THOMAS MICHALSKI (HRSG.)
Geschichten aus Condra: Die Blaue Gans

Geschichten aus Condra

Das Leben ist hart in Condra. Ein karges, schroffes Land, in dem die Sommer verregnet und die Winter eiskalt sind. Viele Geschichten erzählt man sich über diese Region, manche sind vielleicht erlogen, doch in jeder steckt ein Funken Wahrheit.

Es sind Geschichten von einem kleinen Volk, dass zu seiner Stärke fand, als es übermächtigen Feinden trotzen musste, es sind Geschichten über Einigkeit und Verrat, Glauben und Betrug, Geschichten von Helden und Halsabschneidern – und all dies nicht selten vereint in ein- und derselben Person.

Die blaue Gans

Dieses Buch vereint sieben Kurzgeschichten von sieben Autoren, angesiedelt in der fiktiven Welt Condra. Jede der Geschichten kann für sich alleine gelesen werden und gibt jeweils einen ganz speziellen Einblick in die Region und ihre eigenwillige Bevölkerung.

Liest man jedoch alle sieben Geschichten aufmerksam, so findet sich noch ein weiteres Körnchen Wahrheit zwischen diesen Zeilen – die wahre Geschichte der blauen Gans, einem der größten Halunken, die Condra je gesehen hat.

Der Verein

Der Condra e.V. ist ein LARP-Verein aus der Eifel. Er wurde bereits 2000 gegründet und kümmert sich seither um die Pflege des Hobbys in all seinen Facetten.

Geschichten aus Condra: Die blaue Gans ist die erste rein belletristische Veröffentlichung des Vereins.

Weitere Bände sind in Planung.

Thomas Michalski (Hrsg.)

Die blaue Gans

Geschichten aus Condra, Band 1

Texte: Tim Claahsen, Tobias Cronert, Susanne Evans, Julia Fink,
Lina Goege, Néomi Havinga, Thomas Michalski, Anke Simon
Satz und Umschlagsgestaltung: Thomas Michalski
Illustrationen: Rani
Lektorat: Tobias Cromert, Thomas Michalski
Korrektorat: Götz Ehemann, Thomas Michalski, Anke Simon
Herstellung und Verlag: Books on Demand GmbH, Norderstedt

ISBN 978-3-7347-9029-4

**Bibliografische Information
der Deutschen Nationalbibliothek**

Die Deutsche Nationalbibliothek verzeichnet diese Publikation in der
Deutschen Nationalbiografie; detaillierte bibliografische Daten sind im
Internet über
http://dnb.d-nb.de abrufbar.

Für alle, die durchgehalten haben.

Die Schreiber, die Testleser, die Spieler, die Orga.

Für jene die Neugierig blieben und für jene,
die daran geglaubt haben, dass dieses
Buch Wirklichkeit werden kann.

Das Land Condra

Inhaltsverzeichnis

Über Condra   11

Prolog   15

Tobias Cronert:
Flamme und Regen   17

Thomas Michalski
Die Bestie von Widdau   45

Julia Fink
Bombenstimmung   75

Anke Simon
Ein Wolf im Schafspelz   105

Susanne Evans
Vergessen   143

Néomi Havinga und Anke Simon
Der gerade Weg   165

Tim Claahsen und Thomas Michalski
Abschied im Schnee   189

Epilog   225

Glossar   227

Nachwort   231

Über Condra

»Lass deine guten Schuhe zuhause und kaufe dir ein paar Stiefel mit dicken Sohlen. Dort, wo kein Schiefer deine Füße zerfetzen will, wartet der tückische Sumpf nur darauf, dich deines Schuhwerks zu entledigen.

Mi-Parti in gelb und schwarz mag in Betheuer und Engonien als schick gelten, aber in Condra wirst du dir damit nur Pfeile fangen.

Geburtsrecht gilt nichts in Condra, es sei denn, du bist ›net von hä‹. Das vererbt sich bis in die siebte Generation.

›Zum Schrank gehen‹ bedeutet nicht, dass man dich zu einem Schnaps einladen möchte. Im Schrank lagert seit dem Befreiungskrieg traditionell der Bogen.

Die ungepflegten, bewaffneten Halunken mit den grünen Kopftüchern sind Condras Armee und heißen Sturmfalken. Ungepflegte, bewaffnete Halunken ohne grüne Kopftücher sind meist Banditen.

In Condra herrscht der Stärkere oder der, dessen Freunde treuer und zahlreicher sind.

Wenn dir in Quellauen jemand begegnet, der in Zungen spricht, heißt das nicht unbedingt, dass er besessen ist. Es könnte auch ein Eingeborener sein.

Der condrianische Hochstapler ist ein angesehener Mann. Niemand sonst kann so viele Waren auf so schmalen Wagen über so schlechte Wege transportieren.

Condrianische Frauen sind wie condrianische Äpfel: sauer und holzig.«

> *— »10 nützliche Weisheiten über unsere ruppigen Nachbarn«*
> *Aus einem beliebten betheuerianischen Almanach*

Wenn man den Erzählungen von Reisenden aus Condras Nachbarländern glaubt, gibt es keinen grässlicheren Ort als Condra: kalt, verregnet, bevölkert von unfreundlichen und misstrauischen Menschen und völlig rückständig. Ein Land, in dem beinahe anarchische Zustände herrschen und in dem man kein einziges anständiges Gasthaus oder auch nur ein anständiges Glas Wein findet. Niemand geht freiwillig dorthin.

Und trotzdem kehren dieselben Reisenden immer wieder nach Condra zurück, manche finden dort sogar ein Zuhause, einen Mann oder eine Frau oder zumindest ein paar gute Freunde. Es muss also etwas geben, was diese ganzen Scheußlichkeiten aufwiegt, die das Land zu bieten hat. Und es muss auch einen Weg geben, sich mit Condrianern anzufreunden.

Die Antwort ist einfach: Condra ist ehrlich. Ehrlichkeit ist aber selten freundlich oder rücksichtsvoll. Die Methode, sich mit solchen Menschen anzufreunden ist genauso einfach: sei ehrlich. Sag laut, dass dir das Geschwätz von dem Kerl da hinten nicht passt. Hau dem Heini aufs Maul, der sich über deine Klamotten lustig macht (aber lass deinen Dolch stecken, der hat in einer ehrlichen Prügelei nichts zu suchen!). Lach laut, wenn dir ein Witz gefällt, egal, auf wessen Kosten er geht. Die meisten Menschen in Condra sind grob, einfach und dein bester Freund, wenn sie wissen, dass du sagst was du denkst.

Diese Methode verhindert leider nicht, dass du ab und an von Räubern überfallen wirst oder mächtig Prügel einstecken musst, weil du über den Kerl mit den größeren Kartoffeln gelacht hast. Aber zumindest sichert es dir den Respekt der Bevölkerung, denn offensichtlich gehst du deinen eigenen Weg. Und nichts geht einem Condrianer über den freien Willen, den der nachtblaue Gottdrache Hydracor seinen Anhängern gewährt.

Ein wichtiger Teil der condrianischen Gesellschaft ist die Verehrung Hydracors, die zu Zeiten der nekanischen Besatzung streng verboten war. Diese noch immer präsente Erinnerung führt dazu, dass die meisten Condrianer sehr religiös sind und vor allem die Religion der Nekaner und seine Repräsentanten mit Inbrunst hassen. Die Nekaner beten ebenfalls einen Gottdrachen an, den ewig flammenden Pyrdracor. Es scheint recht leicht, die beiden in Verbindung zu bringen, Wasser und Feuer, Chaos und Ordnung, Nacht und Tag, aber sag das bloß nicht zu laut, wenn du in Condra bist. Der Hass auf die ehemaligen Besatzer und ihren Glauben sitzt tief und du wirst selbst mit den besten Argumenten nichts dagegen ausrichten können.

Auch wenn der Glaube propagiert, dass man für seine Handlungen verantwortlich ist und sein Leben selbst gestalten soll, hat sich in letzter Zeit eine sehr einflussreiche Kirche mit einem absoluten Oberhaupt etabliert. Wenn du also erfolgreich in Condra leben möchtest, leg dich besser nicht mit der Kirche an. Abgesehen davon wirst du niemals wirklich dazugehören, wenn du einem anderen Glauben angehörst. Es ist nicht so, dass man Andersgläubige verfolgt, aber ein gewisses Misstrauen wird bleiben.

Und genauso wie du dich mit den Menschen in Condra anfreunden kannst, kannst du dich auch mit dem unfreundlichen Land arrangieren. Ein Sumpf ist zwar nass und schwer zu durchqueren, wenn du aber seine Knüppeldämme kennst, kannst du Verfolger leichter abschütteln als in einer zahmeren Umgebung. Außerdem wirst du mit Sicherheit den Geschmack der Tileamer Sumpfgurke zu schätzen lernen mit all den Schnäpsen, die man daraus brauen kann. Und Torf ist ein hervorragender Brennstoff, den man nicht nur zum Schnapsbrennen nutzen kann. Ein verfilzter, düsterer Wald beherbergt meist kostbares Wild, das du ungestraft jagen darfst, denn in Condra gibt es kein geregeltes Jagdrecht. Die verregneten Hügel in Quellauen mögen zwar trist und wolkenverhangen wirken, aber das Gras ist saftig und die Schafe wollig. Mit Socken aus Quellauer Wolle kannst du durch ein nasses Brombeergestrüpp laufen, ohne dass deine Füße mit Wasser oder Dornen in Berührung kommen. Wenn du genauer hinsiehst, kannst du aus jeder unangenehmen Eigenschaft des Landes einen Vorteil ziehen. Zumindest wirst du die unangenehme Eigenschaft gegen deine Feinde einsetzen können, wenn du schon selbst nicht davon profitieren kannst …

Manchmal frage ich mich, warum die Nekaner Condra damals eingenommen haben. Es taugt nicht als Brückenkopf für Feldzüge in seine Nachbarländer. Es gibt dort keine Bodenschätze, keine Reichtümer, keinen guten Ackerboden und erst recht keine treuen Untertanen. Nur einen Haufen dickköpfiger Leute, die diesem Land ein lebenswertes Dasein abringen und sehr stolz darauf sind, dass es ihnen so gut gelingt.

Solltest du also in der Absicht dort hinreisen, ein lohnendes Ziel für deine Expansionsgelüste auszukundschaften, dann lass dir Folgendes gesagt sein: Tu es nicht. Es lohnt nicht. Du wirst es bereuen.

So, nun weißt du genug, dass ich dich ruhigen Gewissens nach Condra gehen lassen kann. Ich wünsche dir eine sichere Reise.

Prolog

»Bei Furatha!«

Der Würfelbecher schlug vernehmlich auf der alten, mit Wachs verkrusteten Holzfläche auf. Die kräftigen Finger des Reisenden ruhten fast sanft auf dem genähten Leder und für einen Moment verharrte er, während der gesamte Tisch in Schweigen verfiel. Als er dann letztlich die Hand hob und den Blick auf die geschnitzten Holzwürfel darunter freigab, entwisch ein Seufzen aus den Kehlen der sieben Männer, die mit ihm an diesem Tisch Platz genommen hatten.

»Die Zwei, die Vier und drei Mal das halbe Dutzend!«, entfuhr es dem Bauern Mervon, voller Erfurcht vor dem hervorragenden Ergebnis, nach dem das Spiel auch benannt war.

»Das Glück lächelt Euch wirklich ins Gesicht, Fremder. Wie heißt Ihr?« erkundigte sich Lano, seinerseits Torfstecher. Der Reisende goutierte die Frage mit einem schelmischen Lächeln, kaum erkennbar unter den zotteligen, blonden Haaren, unter denen vor allem sein unrasiertes Kinn hervorzustechen schien.

»Bertrap«, erklärte er, »man nennt mich Bertrap.«

»Neue Runde? Vom Spiel und vom Met?«

»Gerne.«

Einer der anwesenden Bauern schritt erneut zum Tresen und ließ die Hörner und Kelche der Anwesenden füllen, während Bertrap den Knobelbecher an Mervon weiterreichte. Als sie alle wieder Platz genommen und auf Furatha, jene Tochter des Gottdrachen Hydracors, die ihnen ihre Gunst und damit das Glück schenken sollte, angestoßen hatten, begann der Bauer die Holzwürfel im Leder kreisen zu lassen. Er gab sich sichtlich Mühe, den eleganten Schwung des Reisenden nachzuahmen, doch offenbar war ihm das Glück nicht so hold wie dem anderen. Kupfermünzen wanderten zunächst in die Tischmitte und dann vor allem zu Bertrap.

Als der Becher wieder bei ihm war und er ihn noch in seinen Fingern kreisen ließ, warf er einen neuerlichen Blick in die Runde.

»Sagt, mögt ihr mir was erzählen?«

»Was denn?«, fragte Lano nach.

»Mir ist's gleich. Was man sich hier so erzählt. Ich war lange unterwegs und mich dürstet es nach Abenteuern. Erzählten Abenteuern, die man an der warmen Feuerstelle austauschen kann.«

Der Würfelbecher schlug auf, wieder diese Pause, dann wurde das Ergebnis des Reisenden gezeigt.

»Die Zwei, die Vier, zwei Sechsen und eine Fünf. Da beißt mich doch der Glutwurm!«

»Nun, eine Geschichte, die Herren?«

Offenbar ganz glücklich, eine Ablenkung von dem zu ihren Ungunsten verlaufenden Spiel zu finden, war es Mervon, der sich als erstes ein Herz fasste und einen Vorschlag machte. Wohl auch, weil seine Pechsträne sich nur zu verschlimmern schien.

»Schon mal von der blauen Gans gehört, Bertrap? Dem größten Schurken Condras?«

»Die blaue Gans?« Ein neugieriges Funkeln trat in die Augen des Fremden. »Nein, tatsächlich nicht. Magst mir was von dem erzählen, Unglücksrabe?«

Mervon verzog das Gesicht.

»Von dem können Euch hier glaube ich alle was erzählen.«

»Na dann mal los.«

Tobias Cronert

Flamme und Regen

»Sommer ist, wenn der Schnee als Regen fällt. Ich glaube letztes Jahr war's am Sterntag.« Missmutig musste ich an das alte condrianische Sprichwort denken, als ich die Tür zu meinem kleinen ›Zuhause‹ schloss und die Kapuze tiefer ins Gesicht zog. Nach dem Sprichwort müsste es fast immer in Condra Sommer sein, denn der Schnee ließ mal wieder auf sich warten, was sich in einem wolkenverhangenen und vor allem nassen Himmel bemerkbar machte.

Mein Bauch rumorte und erinnerte mich daran, dass ich seit Wochen nichts Ordentliches mehr zu essen bekommen hatte. Versteht mich nicht falsch, Haferschleim erhält einen Mann am Leben, halbwegs kräftig und lässt ihn zumindest die Hälfte seiner Zähne behalten, aber ich sehnte mich wirklich nach einem warmen frischen Brot, mit Butter und Schinken oder Käse und vielleicht einem Stück gebratenem Huhn. Ich mein, ich bin nicht anmaßend, aber etwas mehr Substanz dürfte es wirklich schon sein.

Ich brauchte diesen Auftrag, wirklich, und als der Junge mit der Botschaft kam, dass Frau Töpfer etwas für mich hätte, wagte ich schon, mir Hoffnung zu machen, meine Pechsträhne wäre vorbei. »Natürlich weißt du es besser«, schalt mich diese andere

17

Stimme aus meinem Hinterkopf. »Du bist zu dem verdammt, was dir passiert und das zu Recht.« Dumme Stimme, aber wahrscheinlich hatte sie Recht.

Seit diesem dummen Zwischenfall mit der Besatzung der *Gnadenbringer* waren mir mehr als die Hälfte der Aufträge weggebrochen. Niemand wollte den Zorn des Torfkopfs, oder wie er sich selber nannte, Kapitän Jeremias ›Sumpfschädel‹ Walkenwacht, auf sich ziehen, ohne dass es sich lohnte. Und so fand ich heraus, dass meine Dienste wohl doch nicht so einmalig waren, wie ich immer gedacht hatte. »Na«, hörte ich diese Stimme wieder Flüstern, »das hättest du auch vorher wissen können«, doch diesmal musste ich ihr wirklich widersprechen. Als einziger ehrlicher Mann in Condra, oder zumindest hier in Tileam, der sein Schwert und seine Loyalität für Geld verkaufte, war es mir bislang eigentlich ganz gut gegangen. Versteht mich nicht falsch, auch die Condrianer haben ehrliche Leute, aber ihre Auffassung von Ehrlichkeit und Ehre ist eine ganz andere, als die eines nekanischen Legionärs. »Eines ehemaligen Legionärs«, warf diese dämliche Stimme wieder ein. Wenn ich mein Wort gab, dann hielt ich es auch, egal was passiert und das war in Tileam so selten wie Sonnenschein und Feuerblumen. Eine condrianische Wache konnte man bestechen, oder bedrohen, sie hörte auf zu arbeiten, wenn sie merkte, dass sie von ihrem Auftraggeber verarscht worden war … ich nicht. Das wussten meine Auftraggeber und auch mittlerweile die meisten ›wichtigen‹ Personen hier und so hatte ich zumindest immer genug Essen auf den Tisch und ein paar Münzen für meine »Zurück in die Heimat«-Sammlung bekommen, deren Hoffnung mich am Leben hielt und durch so manche Nacht half.

Tja, bis dann der Torfkopf hatte verbreiten lassen, dass jeder, der meine Dienste in Anspruch nahm, sich damit seine Feindschaft zuziehen würde. Nun, dass hieß nicht, dass er jemanden umbringen würde, nur weil er sich mit mir einließ, genauso wenig, wie er mich umbrachte. Aber das war nicht seinem guten Gewissen zu verdanken, sondern den ›Gesetzen‹, die Eusebius Amspfälser – der ›Vogt‹ von Tileam – aufrechterhielt. Nun war keines dieser ›Gesetze‹ aufgeschrieben worden oder auch nur halb so »fest und ehern« wie eine der Tileamer Sumpfgurken, aber der Vogt hatte es bislang immer geschafft, dass die Stadt eben nicht im Chaos versank. Das war in meinen Augen ein halbes Wunder und die Priester und Gelehrten daheim hätten es gar für unmöglich gehalten, aber niemandem wurde grundlos ein größeres Leid zugefügt, oder das Gesetz des Vogtes holte diesen Jemand ziemlich schnell ein.

Diese ganzen Gedanken hatten es tatsächlich geschafft, mich bis zum *Durstigen Dolch* zu tragen, einer der übleren Kneipen im Hafenteil, in der mich Frau Töpfer treffen wollte. Eigentlich ein ungewöhnlicher Ort für ein Mitglied einer angesehenen Händlerfamilie, sodass ich schon an eine Falle und diverse andere Dinge gedacht hatte; aber eine verruchte Kneipe im Hafenviertel war für Tileamer Verhältnisse schon fast so öffentlich wie anderswo ein Marktplatz. Als ich mich in einer der dunkleren Ecken der Kneipe an einen Tisch setzte, schenkte mir der Wirt weniger Aufmerksamkeit als den Schmutzflecken auf seinem Tresen. Man kannte mich und er wusste, dass zu viel Wissen über die Geschäfte eines anderen in dieser Stadt schnell gefährlich werden konnte. Nun wie auch immer, Frau Töpfer, die wenig später nach mir hereinkam, entpuppte sich eben nicht als die gut situierte Ehefrau und Handelsherrin Frau Jesmelina Töpfer, sondern als die kleine Dienstmagd, die zwar auch auf den Nachnamen Töpfer hörte, deren Vorname aber so unwichtig war, dass ich ihn nicht kannte. Im Stillen beglückwünschte ich mich für die Entscheidung, erstmal nur ein Brackwasser bestellt zu haben, denn der Auftrag sah nicht danach aus, als dass ich mir von der Bezahlung irgendetwas anderes würde leisten können.

Tja, schade. Auf jeden Fall steuerte die junge Dienstmagd geradewegs auf mich zu und fing direkt an zu plappern, wie sie unter alten Handelsgütern ein Tagebuch gefunden habe, das zu einem Schatz führen solle und dass sie mich bräuchte, weil sie niemand anderem vertrauen könne und dass sie nun furchtbar reich werden würde und ich ja auch, weil sie den Gewinn mit mir teilen werde.

Wisst ihr, in Neka-Stadt, dort wo ich herkomme, gibt es einen Ehrenkodex, was den Umgang mit Mädchen und jungen Frauen angeht, falls diese nicht selber Soldat waren, und ich hatte mich mein ganzes Leben daran gehalten. Eine wichtige Sache auf die dieser Kodex aufbaute, war der Grundpfeiler des nekanischen Soldatentums, ›schütze diejenigen, die sich nicht selber schützen können‹, und so sprach mich dieses Mädchen auf eine der fundamentalsten Weisen an, die mein Wesen ausmachen. Ich wollte ihr helfen, einfach weil es das Richtige war. Ich wollte sie in den Arm nehmen, mir ihre fantastische Geschichte anhören, brav nicken und sie dann nach Hause zu ihrem Vater zurückbringen. Danach würde ich zwar hungrig und alleine ins Bett fallen, doch zumindest hatte ich ein unschuldiges Wesen vor einer Dummheit bewahrt. Aber so lief es mit Condrianerinnen nicht. Sie waren zwar voll von unrealistischen Träumen, wie alle anderen jungen Frauen in diesem Alter, aber sie waren auch stur und stolz, wie jeder in diesem verflixten Land, und ich wusste schon im Vorhinein, dass meine Antwort zum Scheitern verurteilt war.

»Hört zu, Frau Töpfer …«, »Anna«, »Gut, Anna. Hör zu, Anna. Es ist sehr unwahrscheinlich, dass sich auf einem alten Friedhof oben an einer Klippe ein Jahrhunderte alter Goldschatz befindet. Selbst wenn das Tagebuch echt ist und selbst wenn der Schreiber des Tagebuchs nicht gelogen hat, dann wird wahrscheinlich in den letzten Hunderten von Jahren irgendjemand den Schatz gefunden und ausgegraben haben. Ich würde Euch … ich würde dir empfehlen, die Sache auf sich beruhen zu lassen.«

Nun kam der harte Teil und ich wusste es. Die Dienstmagd guckte mich mit großen Hundeaugen an und es war genau diese Art von Blick, die eigentlich für Väter, Onkel und dergleichen reserviert war und mit dem sie in der Regel alle bekamen, was sie wollten. Ich kannte es, ich war drauf vorbereitet und konnte tief unter dem Schauspiel die Entschlossenheit erkennen, die sagte: »Ich mache auf jeden Fall weiter, egal was du sagst«, während aus ihrem Mund die Worte kamen: »Könnt Ihr mir nicht doch helfen? Bitte!«

Tja, würde ich jetzt nein sagen, dann würde sie sich an einen der vielen Schurken wenden, die hier die Straßen unsicher machten oder, schlimmer noch, es selber versuchen. Sprich, der einzige Weg, ihr wirklich zu helfen, war, ihr zu helfen, aber ihr klar zu machen, dass es einen festen Punkt gab, wo wir aufhören würden.

Also sagte ich: »Ich werde Euch helfen, wenn Ihr möchtet, aber es gibt Bedingungen. Erstens koste ich zwei Kupferstücke pro Tag und zweitens müsst Ihr wissen, dass Euer Auftrag keine Priorität hat. Ich habe zwar derzeit keinen anderen, aber sollte ich in der Zeit einen weiteren, besser bezahlten Auftrag bekommen, dann werde ich mit Eurem pausieren und erst weitermachen, wenn ich den anderen erledigt habe. Und drittens machen wir einen Punkt aus, an dem wir aufgeben und die Sache auf sich beruhen lassen.«

Ich sah den Schock deutlich in den Augen der jungen Frau und wusste, dass ich die Wirkung erzielt hatte, die ich beabsichtigte. Sie erwartete einen ehrenwerten Mann, der alles für sie tun würde, wenn sie ihn nur überredet hatte. Diesen Wind hatte ich ihr direkt aus den Segeln genommen, indem ich klare Bedingungen stellte, unter denen sie meine Hilfe gerne haben könnte. Das mit der Bezahlung war auch so eine Sache. In meiner kurzen Beziehung mit einer Condrianerin hatte ich eines schon von Anfang an gelernt: Sie mochten es nicht, wenn man ihnen Geschenke machte, das Essen für sie bezahlte oder dergleichen. Sie empfanden das als eine Beleidigung, weil es ja ausdrückte, dass sie selber nicht stark oder erfolgreich genug waren. Zugegeben, das gleiche traf auch auf mich zu, aber in Neka war das immer so ein Männlichkeitsding gewesen. Als Mann musstest du stark sein, während du dir als Frau Schwäche erlauben konntest, ja es sogar erwartet wurde. Die condrianischen Frauen wollte auch keine Schwäche zeigen, obwohl es vielleicht für uns alle besser gewesen wäre, wenn wir unseren Stolz mal beiseite schieben und uns helfen lassen würden … aber egal. Die zwei Kupfer würden verhindern, dass diese Farce allzu lange dauerte und sie würde unser Arbeitsverhältnis besser definieren.

»Zwei Kupfer pro Tag?«, fragte sie. »Ich dachte, ich bezahlt euch einfach mit einem Anteil des Schatzes. Ihr könnt die Hälfte haben. Ich denke, das ist ausreichend fair, oder?«

»Es tut mir leid, Anna. Die zwei Kupfer pro Tag sind schon der reduzierte Lohn, den ich normalerweise nur für Freunde und Bekannte reserviere. Ich habe Ausgaben, müsst Ihr wissen, die ich sowieso bezahlen muss, egal ob wir den Schatz finden, oder nicht. Außerdem kann ich natürlich auch nicht in Vorkasse treten, sprich die Bezahlung an mich ist im Voraus. Darüber hinaus könnte ich nicht ruhigen Gewissens die Hälfte des Schatzes als Bezahlung einfordern. Das würde uns zu Partner machen, aber in Wirklichkeit bin ich ja Euer Angestellter. Ihr könnt mir gerne einen Bonus von … sagen wir dem hundertsten Teil des Schatzes versprechen, wenn wir erfolgreich sind, aber ich muss immer vom schlimmsten Fall ausgehen und der ist natürlich, dass wir lange Zeit suchen werden, ohne etwas zu finden.«

Ich ließ sie etwas darüber nachdenken, während ich an meinem Becher mit Brackwasser trank und die Kneipe studierte. Mittlerweile hatten sich einige der üblichen Kameraden für uns interessiert, aber niemand hielt meinem Blick stand, als ich ihnen klarmachte, dass ich sie auch gesehen hatte. Ein Kerl war allerdings richtig gut. Er saß in einer der hinteren Ecken und würfelte mit ein paar ziemlich üblen Gesellen, die ich zumindest vom Sehen her kannte. Ich sah nur seinen Hinterkopf mit längeren strähnigen Haaren, aber was mir auffiel, war, dass er sich nicht für mich interessierte. Nicht für mich interessieren sollte ja eigentlich gut sein, würdet ihr sagen, aber das wusste ich besser. Ich war Nekaner – »Deserteur, Verräter«, warf die dämliche Stimme wieder ein – und das zeigte sich deutlich in meiner Körpersprache, in meinem ganzen Wesen, und die Leute reagierten darauf. Sag, was du willst, aber die 30 Jahre nekanische Besatzung hatten tiefe Spuren bei den Menschen hier hinterlassen. »Straßen, Schulen, Bildung, Zivilisation«, flüsterte die Stimme. »Unterdrückung und Tyrannei«, ergänzte ich, und die Condrianer reagierten darauf. Wenn das jemand nicht tat, dann weil er es bewusst unterdrückte … und das war suspekt.

Es dauerte schon etwas, bevor die junge Frau so weit nachgedacht hatte, wie sie musste und sich wieder an mich wandte: »In Ordnung. Ich gebe Euch den zehnten Teil vom Schatz und ich werde Euch sechs Kupferstücke im Voraus bezahlen. Wenn es mehr als drei Tage dauert, dann schreibt es auf und nach dem Auftrag bezahle ich dann Eure Rechnung.«

Damit konnte ich leben, mit nur einer kleinen Sicherheit: »Ich arbeite nicht länger als fünf Tage auf Rechnung. In dem Fall müsst Ihr erneut in Vorkassen treten.« Die Dienstmagd überlegte einen Augenblick und antwortete für meinen Geschmack etwas zu schnell: »In Ordnung, Einverstanden.«

Der Rest des Abends war einfach. Sie erzählte mir eine Geschichte, von der ich nur die Hälfte glaubte, gab mir ein Tagebuch, wo alle weiteren Dinge drinstehen sollten und teilte mit mir eine herzergreifende Erzählung, wie einer der Männer des Torfkopfs sie um die wichtigsten Seiten des Tagebuchs gebracht hatte. Genau jene, wo die exakten Informationen drin stehen würden, um welches Grab es sich handele. Sich für zwei Kupfer pro Tag wieder mit seinem erklärten Feind anzulegen ... das war selbst für meine Verhältnisse ziemlich dumm, da brauchte ich noch nicht mal eine innere Stimme, die mir das sagte. Na ja, wie auch immer, ich hatte den Auftrag angenommen und es war ja sowieso nicht so, als könne ich noch wesentlich tiefer in die Scheiße geraten ...

Eigentlich sollte ich es auch besser wissen, den Göttern so eine Vorlage zu geben und dass meine innere Stimme *das* nicht kommentierte, beunruhigte mich.

Als ich mich von Fräulein Töpfer verabschiedete, versuchte ich noch mal einen Blick auf den Kerl zu erlangen, der mir vorher aufgefallen war, aber der war schon lange verschwunden und so stapfte ich erneut durch die nassen Straßen zurück.

Als ich in dem kleinen Schuppen an der Rückwand der Schmiede ankam, den ich großzügigerweise mein ›Zuhause‹ nenne, begann ich als erstes, die Kerze für die Nachtwache zu entzünden. Das erforderte zunächst, zur Schmiede herüber zu gehen, einen Kienspan an der immer noch heißen Esse zu entzünden und sich dann in meinem Zimmer an der, der Schmiede zugewandten, Seite hinzuknien und die Gebete zu beginnen. Die Worte hatten mir die Priester meiner Jugend unauslöschbar in den Verstand geprägt, aber das richtig aufwendige war, diese nagende Stimme zu ignorieren. »Eine einzelne Bienenwachskerze? Was für ein erbärmliches Feuer soll das denn sein?«, und: »Dieser traurige Verschlag von einer Bretterbude ist noch zu gut für dich. Du hast noch viel schlechteres verdient«, waren ihre häufigsten Einwürfe.

Versteht mich nicht falsch, ich war nie ein sonderlich religiöser Mann und nach dem, was ich hier in Condra gesehen hatte, wie die Condrianer unter den Priestern des Pyrdracor gelitten hatten, hat sich mein Bild der Kirche sicherlich nicht verbessert, aber trotzdem. Hier ging es nicht um irgendwelche Priester, die mich in meiner Kindheit in den Gebeten angeleitet hatten oder nachher in der Armee für die »Moral« gesorgt hatten. Dies war zwischen dem Ewigen und mir, niemandem sonst, und der Ewige versprach Wärme, Ordnung, Regeln, Gesetze und Ehre. Dinge, nach denen ich mich hier in der Fremde nur allzu sehr sehnte und darum entzündete ich Nacht für Nacht eine Kerze, um über meinen Schlaf zu wachen und darum sagte ich jeden Abend, wenn es mir möglich war, meine Gebete. »... schütze uns vor den Kreaturen der Nacht und schenke uns einen neuen Morgen. Pyrdracor, der Ewig Flammende, erhelle meinen Weg«, und damit entzündete ich die Kerze, die nun wiederum mein kleines Zimmer in sanftes, warmes Licht tauchte und mir darüber hinaus erlaubte zu lesen.

Das Tagebuch, was mir die junge Frau Töpfer mitgegeben und aus dem sie schon die paar Zeilen vorgelesen hatte, war wirklich alt, aber trotzdem noch brauchbar. Das Leder hatte man wohl zumindest halbwegs gefettet und die Seiten selber waren trocken und ganz geblieben. Auf den ersten Seiten waren viele, viele Wappen aufgemalt und das größte von ihnen war Gold und Blau geviertelt mit einem Pegasus darauf, das Wappen des engonischen Kaiserreiches. Offensichtlich war es wohl von einem Engonier, einem Ritter oder Herold verfasst worden, der Wappen und Heraldik sehr mochte. Nun das sollte ich schnell genug herausfinden, oder?

Na ja, es stellte sich ziemlich zügig heraus, dass dem nicht so war. Das Tagebuch war von dem Knappen eines reisenden Ritters geschrieben worden, der wohl Lutz hieß. In diesem Buch hatte der Knabe seine Abenteuer in fremden Landen festgehalten, alle etwas subjektiv, aber meist sehr spannend. Sein Herr, Jerevan vom Eibenhain, war wohl ein ziemlich tyrannischer Herr, aber trotzdem schaffte es der Knappe immer, irgendetwas Gutes an ihm zu finden. Ich blätterte schnell zum Ende, weil es ja eigentlich das war, was uns interessieren sollte. Die letzte Seite war hastig geschrieben und enthielt nur wenige Informationen, aber auch einen ersten Anhaltspunkt: »Wir haben uns entschieden, wenn alle Toten begraben sind, weiter nach Süden zu ziehen. Südlich der Retekberge soll es größere Häfen geben, die uns vielleicht nachhause bringen können, so sagt man. Alle Pferde und Esel sind verendet und auch sonst wird der Weg durch den Sumpf oder durch die Berge wohl ziemlich schwer werden, daher müssen wir mit leichtem Gepäck reisen. Alles an Wert lassen wir hier auf der Klippe bei den Gräbern. Ein weiteres Grab wird nicht auffallen und wir können bald zurückkommen und es abholen. Falls es länger dauert, habe ich mir ein schönes Rätsel ausgedacht und es hier auf den letzten Seiten aufgeschrieben, damit wir notfalls auch jemand anderen schicken können, alles zu bergen. Wen auch immer wir schicken, muss dann aber Schrift und Wappen lesen können, ich denke, das wird lustig.«

Hm, in Ordnung, das half schon mal, zumindest würde der Torfkopf höchstwahrscheinlich Hilfe brauchen, um die Sache mit den Wappen zu entschlüsseln, wenn er überhaupt wusste, dass ›die Sachen‹ in der Nähe der Gräber lagen. Aber Hinweise, um was es sich eigentlich handelte, waren immer noch keine vorhanden. Im schlimmsten Falle waren es nur ein paar persönliche Habseligkeiten, aber vielleicht würde mir diese letzte Geschichte in ihrer Gesamtheit ein paar Hinweise geben können.

Tja, das funktionierte dann auch wohl erstaunlich gut. Offensichtlich waren der Knappe und sein Ritter auf einem Grenzbruecker Schiff unterwegs gewesen, das dann vor irgendeiner Küste auf Felsen gelaufen war. Offenbar hatten nur der Knappe und mehrere Seeleute überlebt und dann gab es eine wilde Abenteuergeschichte mit der Suche nach einem Schatz, den das Schiff transportiert hatte, und die dann schließlich mit der letzten Seite endete, die ich eben als erstes gelesen hatte. Offensichtlich hat es viele Tote gegeben und es gab eine kleines Dorf auf einer Klippe, in dem dann auch alle Einheimischen gestorben waren und wo man alle beerdigt hatte.

Tja, wieso sollte das wichtig sein, könnte man mich fragen und dann hätte ich wieder einmal die tolle Möglichkeit, mit meinem rasiermesserscharfen Verstand anzugeben. Denn viele hätten, zu Recht, gedacht, wenn es ein kleines Dorf auf einer Klippe am Meer war, dann könnte es nur an der Ostküste liegen. Wahrscheinlich irgendwo bei Kupferdreh oder Schieferkant, denn an der Nordküste, oder ›Oben in Condra‹, wie die Condrianer sagen würde, gab es nur Tileam und das lag beileibe nicht auf einer Klippe, sondern meist sogar noch ein bis zwei Schritt unter der Wasserkante. Die Condrianer am Meer übergeben ihre Toten den Ewigen Fluten, zumindest meistens, und daher haben sie nur sehr bedingt Bedarf für Gräber. Vor allem hier in Tileam hat so gut wie keiner den Wunsch, jemanden im Torf, Morast oder Sumpf zu beerdigen und Grabsteine würden auch schneller weg sein, als eine verlorene Silbermünze am Kai. Nun ja, es sei denn, man ist Ausländer und von denen gibt es trotz aller Probleme immer noch ein paar. Vor allem die Grenzbruecker hatten damals, als sie Tileam besetzt hatten, die Notwendigkeit, ihre Toten zu beerdigen und haben für den Zweck einen kleinen Knüppeldamm durch den Sumpf zur Nadel errichtet. Die Nadel war eine Klippe, die in Sichtweite von Tileam ins Meer hinausragte und auf deren Rücken ein paar Bäume standen und genug Erde war, um darin zu graben. Es war nicht nur genug Erde dort, sondern offensichtlich waren in der Umgebung auch noch genug Steine zu finden, um Grabsteine zu errichten, was die Grenzbruecker auch prompt getan hatten. Ich war kurz nach meinem Abschied – »Flucht, Verrat« warf die Stimme ein – von meiner Legion zum ersten Mal dort gewesen, um einen Kameraden zu begraben, der nicht, wie sonst bei uns üblich, den Flammen übergeben werden wollte. Weil ich selber einen errichtet hatte wusste ich, dass die »Grabsteine« dort oben aus mehreren Basaltsteinen bestanden, wie sie in Häusern verwendet werden. Nur die ältesten Gräber dort hatten massive Platten, ab einem bestimmten Datum waren alle aus Hauswandsteinen. Genauso, als ob man an einem bestimmten Zeitpunkt viele Gräber hatte bauen müssen und gleichzeitig mehrere Häuser nicht mehr brauchte … tja, wie bei der Geschichte im Tagebuch. Na? War ich schlau, oder was … und glücklich obendrein, denn diese Gräber lagen keinen halben Tagesmarsch von Tileam entfernt und ich kannte den Weg.

Der nächste Tag war erfreulich trocken, was auf der anderen Seite allerdings hieß, dass ein strammer Wind vom Meer in Richtung Land blies und die ganzen Meergerüche mitbrachte. »Immerhin besser als Sumpf, Torf und Tod«, warf die Stimme ein und diesmal musste ich ihr zustimmen. Während ich über den Knüppeldamm wanderte, fragte ich mich, ob Fräulein Töpfer beim Lesen den gleichen Gedankengang gehabt hatte wie ich, oder ob sie einfach angenommen hatte, dass der Schatz in Tileam sei, weil sie das Tagebuch in Tileam gefunden hatte. Ehrlich, ich glaube es war Zweiteres, denn bei aller Intelligenz war das gute Fräulein reichlich naiv und das war genau so eine Sache, an die Mädchen wie sie glaubten.

Auf dem Knüppeldamm durch den Sumpf hätte ich Verfolger Meilen vorher gesehen und so war ich recht überzeugt, alleine zu sein. Der Aufstieg zur Nadel war zwar etwas mühselig, aber ich war schon immer mit kräftigen Beinen gesegnet gewesen und so keuchte ich auch nur leicht, als ich oben angekommen war. Die älteren Gräber lagen mehr ins Landesinnere hinein, aber ich entschied mich erstmal dem Grab meines ehemaligen Kameraden einen Besuch abzustatten, bevor ich mich auf die Suche nach irgendwelchen Hinweisen machte. Er war sehr weit vorne begraben, da wo man schon eine ziemlich gute Aussicht auf das Meer hatte. Er wollte in Richtung Heimat begraben werden. »Das hat er nicht verdient, genauso wenig wie du«, durchbrach diese verdammte Stimme den ansonsten so schönen Tag. Wisst ihr, ich kann es ertragen, wenn sie mich selber runtermacht, das hab ich verdient, aber nicht meine Freunde. Ich wurde wütend, vielleicht auch wegen des sinnlosen Todes meines Kameraden – »Mitverschwörers« – und musste irgendwas zerschlagen oder kaputt machen. Ich griff einen Stein und sah mich nach einem Ziel um, das ich bewerfen konnte und als ich mich zur Klippenseite der Nadel umdrehte, sah ich sie. Eine schlanke, nicht sonderlich große Gestalt in einer grauen Kutte, genau am Rand der Klippe mit Blick auf das Meer. Ihre langen dunklen Haare wehten im Wind und ich kannte sie. Ich wusste gar nicht, wie ich sie eben hatte übersehen können, oder wie es kam, dass sie mich nicht wahrgenommen hatte. Fenya war eigentlich ziemlich gut darin, Menschen zu hören. In unserer kurzen, aber intensiven Beziehung hatte ich es niemals geschafft, mich an sie anzuschleichen, ohne dass sie mich bemerkt hätte. Tja, diesmal war es anders. Ohne sonderlich subtil zu sein, überbrückte ich die restlichen Schritte und hörte nun, dass sie sang. Es war laut, aber es hatte sich so mit dem Wind vermischt, dass ich es vorher nicht herausgehört hatte. Gut zehn Schritte hinter ihr setzte ich mich auf den Boden und wartete, bis sie fertig war ... was allerdings ein gutes Weilchen dauerte.

Als sich Fenya endlich zu mir umdrehte, hatte ich den Stein weggelegt und schon mein halbes Brot und das Stück Käse ausgepackt, in die ich mein erstes Gehalt investiert hatte. Ihr Blick war geprägt von aufrichtiger Überraschung und ich nahm mir die Freiheit, alles noch schlimmer zu machen, indem ich ihr in ein Stück von meinem Käse anbietend entgegenhielt.

Versteht mich nicht falsch, ich habe diese Frau schon in einigen verdammt leidenschaftlichen Gewaltausbrüchen gesehen und dass ich mich von hinten habe anschleichen können, wird sicherlich schwer an ihr genagt haben, aber ich bin nicht jemand, der vor Schmerzen davonrennt. »Du suchst die Schmerzen«, kam die dumme Stimme, »weil du sie verdient hast«, aber das war eine Gelegenheit, die ich mir nicht entgehen lassen konnte. Mal wieder überraschte sie mich völlig, denn anstatt mir den Kopf abzureißen, schenkte sie mir ein Lächeln, ein wirklich liebreizendes Lächeln. Sie löste ihren Stoffgürtel und während ich sie nun mit dem dämlichen verwirrten Gesichtsausdruck beschenkte, den ich mir eigentlich vor ihr erhofft hatte, zog sie sich die graue Robe über den Kopf und warf sie zur Seite.

Ähm ja, ihr braucht keine Angst zu haben, dass das nun endet, wie in einer dieser grottenhaften Apfelgerber-Geschichten aus der roten Laterne. Sie trug eine Bruche darunter und so ein enges ärmelloses Hemd, das den Bauch freilässt, aber ich bekam, erneut, einen guten Blick auf ihren Körper. Zugegeben ich habe schönere Frauen gesehen, aber Fenyas Schönheit war irgendwie ... echter. Sie hatte kräftige Beine und Schultern für jemanden mit einer schlanken Figur, und man konnte definitiv Muskeln erkennen, da wo es sinnvoll war. Sie hatte eine stattliche Anzahl an Narben, mit denen ich nicht wirklich konkurrieren konnte, aber auf ihrer eher blassen Haut sah man sie nur, wenn man wusste, wo man zu suchen hatte. Ich starrte immer noch, als sie sich schon längst eine Hose, Hemd und Tunika angezogen und sich neben mich auf den größeren Stein gesetzt hatte. Ich versuchte aus dem Fiasko noch etwas zu machen und suchte, während ich meinen Speichelfluss wieder unter Kontrolle brachte, nach einer guten Begrüßung, die sie prompt übersprang, indem sie sich ein Stück von meinem Käse abriss und herzhaft reinbiss. Wir saßen eine ganze Weile einfach nur da, ließen uns die Meeresluft durch die Haare wehen und sagten nichts. Schließlich brach sie das Schweigen, indem sie sich hinlegte und an mich kuschelte. »Na? Was machst du denn hier?«

Von der Intimität ein wenig überrascht, fing ich einfach an drauf los zu erzählen. Von dem Auftrag, dem Schatz, dem Friedhof und so weiter. Wir tauschten noch ein wenig weiter Körperkontakt aus, also in einem Sinne von ›gemütlich beisammen sitzen‹, und es stellte sich heraus, dass sie wesentlich mehr Essen zu unserem ›Imbiss‹ beizutragen hatte, als ich. Ähm ja, nachdem die Mittagsstunde schon gut überschritten war, machten wir uns zusammen auf, den Gräbern einen Besuch abzustatten. Es waren sicherlich an die fünfzig, oder noch mehr, die aus derselben Zeit zu stammen schienen und alle Grabplatten oder Steine aus Mauersteinen hatten. In viele waren Wappen eingemeißelt und jetzt, da ich wusste, wonach ich suchte, fielen mir auch immer mehr von ihnen auf. Ich entdeckte sogar das Grab von Jerevan vom Eibenhain, dem Ritter, dessen Knappe das Tagebuch geschrieben hatte. Insgesamt waren es bestimmt zwei bis drei Dutzend mit den unterschiedlichsten Markierungen.

Fenya und ich fanden wieder einen recht schönen Platz, um uns hinzusetzen und laut über das Rätsel nachzudenken, das dieser Knappe Lutz in seinem Tagebuch versprochen hatte.

Na ja, bis der Abend sich langsam anschickte und ich wirklich aufbrechen musste, um noch im Hellen nach Tileam zu kommen, waren wir nicht weitergekommen. Ich brauchte wirklich die fehlenden Seiten aus dem Tagebuch, wollte aber noch nicht darüber nachdenken, mich wieder mit dem Torfkopf auseinandersetzen zu müssen. Stattdessen ließ ich mich auf ein anderes Wagnis ein. »Kommst du mit nach Tileam?«

»Wieso?«

»Vielleicht können wir etwas Zeit zusammen verbringen?«

»Wir haben doch den ganzen Tag zusammen verbracht und Tileam ist nun nicht wirklich die romantischste Stadt des Landes.«

»Ja, stimmt.«

»Bestimmt bald mal wieder irgendwann.«

»Ich weiß nicht, wie ich dich erreichen kann.«

»Wir sehen uns bestimmt wieder.«

»Ich dachte, du glaubst nicht an Schicksal.«

»Tu ich auch nicht und das hat auch nichts mit Schicksal zu tun. Nur mit Vertrauen.«

»Wie alle anderen hab ich Obutep-Priester immer gehasst, aber trotzdem sind mir feste Termine irgendwie lieber.«

»Tja, darauf steht ihr Nekaner, oder? Du bist jetzt in Condra, mein Liebster.«

»Ah, dein Liebster bin ich? Ich werd dich bei Gelegenheit dran erinnern.«

»Keine Angst, das brauchst du nicht, das weiß ich.«

Schweigen.

Als ich wieder nach Tileam hinein kam war es dunkel und es fiel dieser fiese, leichte Nieselregen, der in Condra immer fällt, wenn ich jemanden beschatten muss. Wenn ich Pech hatte, dann war Jasko schon über beide Ohren in seinen dunklen Geschäften, also beeilte ich mich, den Sumpf von den Stiefeln zu schütteln und marschierte strammen Schrittes durch die Straßen zur *Kenterhure*, die im Hafen vor Anker lag. Die *Kenterhure* war das offizielle Flagschiff des Kaperrates von Tileam und nur meiner langen Zeit unter den Condrianern war es zu verdanken, dass ich diesen Satz auch nur denken konnte, ohne in erbärmliche Hustkrämpfe auszubrechen. Um ehrlich zu sein hatte der Kaperrat dem Vogt von Tileam das Schiff geschenkt, als dieser offiziell zum Vogt ernannt worden war. Wahrscheinlich war's einfach nur plump als Beleidigung gedacht, denn das Schiff hatte genauso viel Schlagseite, wie seine Namenspatronin an einem Morgen, nachdem ein Piratenschiff in Tileam eingelaufen war, das einen alinesischen Weinhändler aufgebracht hatte. Aber der Vogt Amspfälser hatte sich mit dem Schiff genauso gut arrangiert, wie mit den … Freihändlern, ihrem Rat und der ganzen Stadt, und nun diente es den mannigfaltigsten Zwecken. Einer davon was der legale Schwarzmarkt. Sprich, der berüchtigtste Hehler und Schieber hatte, wann immer die *Kenterhure* im Hafen lag, exakt dort seine Lager aufgeschlagen. Dem Vogt reichte es wohl, wenn er die ganz dunklen von den weniger dunklen Geschäften separieren und somit die Stadt halbwegs ›zivilisiert‹ halten konnte. Nun, wie auch immer, zwei Planken führten an Bord und eigentlich blieb einem Beobachter nur die Option, am Kai zu bleiben, wenn er nicht vollends erkannt werden wollte. Oder man hatte eine gute Ausrede. Habe ich erzählt, dass ich Schiffe hasse?

Mir wird immer schlecht, auch wenn sie im Hafen liegen und schon während ich die Planke hinaufging bereute ich, dass der eigentlich so schöne Tag mal mindestens in Übelkeit enden würde. Mit mindestens meine ich, falls alles gut ginge … falls. An Bord, am Ende der Planke, saß ein gelangweilter, hässlicher Schläger auf der Reling, den ich zumindest entfernt mit Jasko in Verbindung bringen konnte, und musterte mich eindringlich. Schon vor langer Zeit hatte ich gelernt, dass die beste Lüge keine Worte erfordert, sondern einfach nur aus Körperhaltung besteht und so tat ich, als wäre dies mein Schiff und meine Anwesenheit das Natürlichste auf der Welt. Als ich gerade an dem ungewaschenen Kerl vorbei war, hörte ich von hinten das Reiben von Holz über Leder, als ob er einen Knüppel oder so was gezogen hätte und ein tiefes, gegrummeltes: »Stehenbleiben!«

Ich tat ihm den Gefallen und der verkappte Linguist erfreute mich mit weiteren Weisheiten aus seinem scheinbar bodenlosen Wortschatz: »Was willse?«.

Ich entschied mich dazu, ähnlich wortgewandt zu antworten und entgegnete eloquent: »Jasko«. Dies in Kombination mit der Tatsache, dass ich ihm immer noch den Rücken zuwandte, ein Sakrileg für jeden halbwegs vernünftigen Kämpfer, kombiniert mit meiner schon demonstrierten Selbstsicherheit, schien sein mit Sumpfgurkenöl getränktes Erbsenhirn wohl davon zu überzeugen, dass ich einen Termin mit Jasko, oder sonst einen legitimen Grund hätte, hier zu sein.

Wie auch immer, kurze Zeit später saß ich auf der linken Seite der Reling des Schiffes, um mich herum ein paar der ›üblichen Verdächtigen‹ aus Tileam, und wartete, dass Jasko Zeit für mich hätte. Dieser saß heute mal auf dem vorderen Teil des Schiffes, wo man für ihn ein Segel als Regenschutz aufgespannt und einen Tisch mit zwei Stühlen aufgestellt hatte. Normalerweise war es nicht sein Stil, die Geschäfte in der Öffentlichkeit abzuhandeln, aber er hatte es schon getan, wenn er einen triftigen Grund dafür hatte und heute schien er so einen zu haben. Der Mann, der mit ihm dort saß, drehte mir zuerst den Rücken zu, weshalb ich ihn nicht direkt erkannte, aber es dauerte nicht lange, bis er sich zu mir zu mir wandte und es mir wie Schuppen von den Augen fiel. Längliche glatte Haare, die ohne erkennbaren Schnitt ins Gesicht fallen, ein Dreitagebart und dieses Grinsen, als würde er sich gerade aus dem Balkonfenster der Tochter des Herzogs abseilen. Das war der Kerl, den ich schon gestern im *Durstigen Dolch* gesehen hatte. Er war offensichtlich sehr mit Jasko zugange und freute sich über das, was gesagt wurde. Seine rechte Hand spielte nebenbei immer mit zwei Würfeln, indem sie diese einhändige Jonglierbewegung machte, wo ein Ball, oder in diesem Fall Würfel, mit dem anderen den Platz tauschte.

Das Ganze konnte kein Zufall sein und um ehrlich zu bleiben, war es die beste Möglichkeit, die ich hatte. Ich wusste, dass der Torfkopf das Tagebuch brauchte, das sicher in meinem Gambeson ruhte und die Chancen waren wirklich verdammt hoch, dass es kein Zufall war, der den Kerl gestern in den *Durstigen Dolch* und heute zu Jasko geführt hatte. Daher beschloss ich, den Jäger zum Gejagten zu machen und ging wieder von Bord, wo ich in einer dunklen Gasse darauf wartete, dass der Mann die *Kenterhure* verließ. Nun, leider dauerte das einige Zeit und ich fragte mich schon, ob er mich gesehen und nach Hilfe zur *Gnadenbringer* hatte schicken lassen, aber gerade dann, als ich meine Position als zu gefährdet aufgeben wollte, kam er die Planke herunter und verschwand in meiner Nachbargasse. Ich bin kein sonderlich guter Schleicher, aber die Straßen von Tileam kenne ich nun schon recht gut und schaffte es nach kurzem Ausprobieren, mich an seine Fersen zu heften. Wir zirkelten um ein paar Häuser und dann traf mich fast der Blitz, als ich ein gutes halbes Dutzend der Matrosen der *Gnadenbringer* zusammen auf einer der größeren Straßen stehen sah. Sie suchten anscheinend etwas und es brauchte beileibe nicht meine unerschütterliche Intelligenz, um herauszufinden, wen genau sie suchten. Ich erwog gerade die Verfolgung abzubrechen, aber dann bog der Kerl, den ich verfolgte, links ab, ohne mit den Matrosen etwas auszutauschen und ich konnte schnell hinterherhuschen, ohne dass die Matrosen allzu viel von mit mitbekamen … dachte ich zumindest.

Dann schlossen die Verfolger zu mir auf und ich konnte jedes einzelne meiner Nackenhaare aufstehen fühlen, doch jedes Mal, wenn ich mich umdrehte, war dort niemand. Ich hatte quasi die Wahl, den Fliehenden weiter zu verfolgen oder mich meinen Verfolgern zu stellen. Ich entschied mich für ersteres und stürmte weiter die Gasse entlang, die, wie ich wusste, bei der Krananlange endete. Die Wolken öffneten sich gerade genug, um so viel Mondschein durchzulassen, dass die Gestalt des Gauklers klar unter einem der Holzkräne zu sehen war. Der Kran war an das Dachgeschoss eines Lagerhauses angebaut, sodass man direkt von kleinen Booten oder Karren Waren in die oberen und trockenen Etagen des Lagerhauses hochhieven konnte. Direkt darunter, wo der Haken des Krans an einem Karren befestigt war, um ihn für die Nacht zu sichern, stand der Flüchtende und blickte nun genau zu mir herüber, als ich in Renntempo zu ihm aufschloss. Als ich nur noch ein dutzend Schritte von ihm entfernt war, hielt ich an und zog mein Schwert. »Bleib sofort stehen«, keuchte ich, auch wenn das rückwirkend nun etwas dumm erscheint, da er da sowieso schon stand, weshalb ich ihn überhaupt eingeholt hatte. »Die Seiten gehören nicht dir, gib sie sofort heraus.«

Der Gaukler blickte mich merkwürdigerweise ziemlich traurig an, der Schalk in seinen Augen mehr entschuldigend als spöttisch: »Werter Herr Ritter. Ich bin nicht der, nach dem ihr sucht.« Was wiederum mein linguistisches Gehirn in Eiltempo versetzt und mich zu der Frage hinreißen ließ: »Hä?«

»Nun, Herr Ritter. Hätte ich Euch erlaubt, mich zu fangen und hätte dann meine Unschuld beteuert, in was auch immer ihr mir zur Last legt, dann hättet ihr mir nicht geglaubt, ich hätte kostbare Zeit verloren und vielleicht sogar Probleme bekommen, meinem … sagen wir Schicksal zu folgen. Daher musste ich Euch etwas in die Irre führen, damit eure Feinde zu Euch aufschließen können und ihr Euch zu meinem Benefit miteinander austauschen könnt, während ich aus dieser Stadt verschwinde.«

Ich weiß bis heute nicht, was mehr schmerzte, die Schande über meine pfeilschnelle Erkenntnis, oder das, was jetzt gleich kommen würde. Unschuldig antwortete ich aber erstmal: »Wieso fliehen, ich habe Euch und Ihr werdet mir nun Rede und Antwort stehen.«

Der Gaukler blickte mich wieder leicht traurig an, ging in die Knie, als ob der die Schnallen seiner Stiefel zubinden wollte und zuckte entschuldigend mit den Schultern. Dann zog er blitzschnell ein kleines Messer aus einem Schaft und durchtrennte das fingerdicke Ende einer Umlenkrolle des Kranseils. Daraufhin schoss die untere Umlenkrolle in die Höhe, mitsamt dem Gaukler, der sich an ihr festhielt und mit sicherer Balance auf dem Sims des oberen Stockwerks des Lagerhauses landete.

Meine Reaktion war dieselbe, wie die der meisten Zuschauer im Zirkus und ich blickte ihm mit offenem Mund hinterher nach oben. Dabei nahm ich aus dem Augenwinkel eine Bewegung wahr und einen Moment später explodierte mein Kopf vor Schmerzen.

Lasst euch gesagt sein, es ist eigentlich recht schwer, jemanden mit einem Schlag bewusstlos zu bekommen und die Mannschaft des Torfkopfes hatte vielleicht ausreichend Übung, aber an Finesse fehlte es ihnen deutlich. So kam ich lediglich in den Genuss einer Bewusstlosigkeit, die so lange dauerte, wie mein Körper brauchte, um das Schwert loszulassen und zu Boden zu sinken. Von dort konnte ich dann netterweise die schlammverkrusteten Schuhe meiner Verfolger begutachten und als ich meinen Blick nach oben lenkte, wurde ich darüber hinaus noch mit einem schiefen Grinsen aus dem von verrotteten Zähnen geprägten Schandmaul eines Piraten beglückt, bevor mich gnädigerweise der nächste Schlag mit dem Belegnagel jeglichen Bewusstseins beraubte.

Ich wachte wieder auf durch das monotone Quietschen und gelegentliche Schlagen eines Handkarrens, und dem beständigen condrianischen Regen. Es war nicht das erste Mal, dass ich in einer solchen Situation war und so blieb ich still, stellte mich tot und versuchte zu lauschen, in welchem Dilemma ich mich genau befand. Ich hörte die Stimmen von bestimmt einem dutzend Seeleuten. Männer und Frauen von der *Gnadenbringer* ... keine Frage, denn von Zeit zu Zeit ertönte die befehlende Stimme vom Torfkopf etwas weiter vor mir.

Normalerweise würde ich mich jetzt bereitmachen, etwas Dummes zu tun. Ja, obwohl ich gefesselt und gnadenlos unterlegen war, aber ich hatte noch nie sonderlich viel auf mein Leben gegeben und dermaßen hilflos zu sein weckte jeden Funken Widerstand, den ich jemals besessen hatte. Wie gesagt, für mich selber wäre ich nicht liegen geblieben und hätte mich tot gestellt, aber für das unschuldige Fräulein Töpfer, deren angsterfüllte Stimme immer mal wieder kurz über den Regen, die Karrengeräusche und das Meer im Hintergrund zu mir herüber drang, änderten meine Meinung. So ließ ich mich zum Fuß der Klippe fahren und auch nachher sogar noch wie einen Sack Kohlrüben bis auf die Nadel tragen. Offensichtlich war mein Gewicht für die Träger eine ernstzunehmende Last und Grund für viel Unbill, aber der Torfkopf setzte sich gegenüber seiner Mannschaft durch und eine Ewigkeit später waren wir bei den Gräbern angelangt. Klar hatte der Kapitän mich durchsuchen lassen, denn er las aus dem Tagebuch vor, wobei mich eigentlich mehr erstaunte, dass diese Ausgeburt überhaupt lesen konnte.

Ich bekam zwar nicht viel mit, aber es schien allgemeine Ratlosigkeit zu herrschen und auch das regelmäßige Einschüchtern der Händlersmagd schien da keine Hilfe zu sein. Ich wusste, was nun passieren würde und machte mich bereit. Noch bevor das erste »Weckt ihn auf!« die Lippen des Torfkopf verlassen hatte, klatschte mich die flache Hand eines Piraten ins Hier und Jetzt zurück. Ich geb' zu, ich nahm ihnen ein wenig den Spaß und wachte sofort auf, was sie wohl noch nicht mal ansatzweise dafür entschädigte, mich die ganze Klippe heraufgetragen haben zu müssen. Ich hatte eine ganze Weile Zeit gehabt mir zu überlegen, wie ich meinen Auftritt gestalten sollte, mich dann aber doch für einen Klassiker entschieden: »P … P … Pa … Parlait?«

Ich hätte wissen müssen, dass ein Klassiker der nekanischen nautischen Literatur an diesen tileamer Torfköpfen vollkommen vergeudet war … aber selbst nach so vielen Jahren in diesem Land darf man doch noch Hoffnungen haben, oder?

Der Käpten demonstrierte aber wieder direkt, dass er zwei tollwütige Sumpfratten in seinem Schädel herumlaufen hatten, die für ihn das Denken übernahmen, statt nur einer, wie bei den ganzen anderen Gurken, indem er mir antwortete: »Vielleicht. Heute ist doch eine so schöne condrianische« – damit meinte er nasse – »Nacht, da muss doch keiner sterben, oder? Wo ist der Schatz?«

Nun, wie schon gesagt, um mein Leben hätte ich nicht gefeilscht, aber um das meiner Auftraggeberin sehr wohl, daher entschied ich mich dazu, es ehrlich zu spielen.

»Ich weiß es nicht. In dem Tagebuch steht nur etwas von einem Rätsel, aber nicht, welches Rätsel es ist. Das steht angeblich auf den herausgerissenen Seiten, die Ihr ...« – hier erforderte es wieder ein richtig gutes Stück Überzeugung – »... an Euch gebracht habt.« Das dunkle, beunruhigende Kichern des Torfschädels verlieh dem Hintergrund aus Geräuschen eine ... reichere Note. »Das ist mein Tagebuch, du Idiot. Ich habe es ins Land gebracht und diese dumme Schlampe hier« – dabei stieß er Anna nach vorne, sodass ich sie sehen konnte – »hat es einem meiner Männer abgenommen. Mit den fehlenden Blättern. Das war nur eine Geschichte, um dich zu prellen, nicht mehr. Trotzdem weiß das dumme Kind nicht, unter welchem Grab der Schatz liegt, sonst ... na ja, du kannst es dir denken.«

Ja, das konnte ich und plötzlich machte alles wesentlich mehr Sinn, vor allem die Geschichten, die sie mir erzählt hatte. Ich sah dem Torfkopf in die Augen und machte mein Angebot: »Ich helfe euch so gut ich kann, wenn ihr das Mädchen gehen lasst.«

»Sie hat dich verarscht, Mann.« Das Unverständnis im Blick des Torfkopfs konnte man ja schon fast als Mitleid interpretieren.

»Trotzdem, nimm es an, oder lass es bleiben.«

»Ich lass sie gehen, wenn wir ihn gefunden haben.«

»Nein, lasst sie jetzt gehen und ich verspreche, dass ich alles tun werde, damit Ihr den Schatz findet.«

»Wieso sollte ich das tun?«

»Weil Ihr den Wert meines Wortes kennt und ich den des Eurem.«

»Hehe, doch nicht so dumm, wie ich immer gedacht habe. Trotzdem ... nein.«

Verdammt. Ich konnte nicht vernünftig feilschen ... hatte ich noch nie gekonnt. Als ich mir gerade mein Hirn zermarterte, wie ich aus dieser Scheiße wieder herauskommen sollte, hörte ich ein Geräusch, das früher als Legionär immer wieder die nackte Panik hatte aufsteigen lassen. Das Trällern einer condrianischen Hochsumpflerche bei Nacht. Das war nämlich das Kommunikationssignal der Rebellen um den Dunkelsee herum gewesen. Einfach, aber praktisch, und dazu sah ich, wie ein weißes Leinentuch vom Wind in unsere Richtung geweht wurde. Besser noch, das Leinentuch, in dem Fenya ihr Essen mit sich herumgetragen hatte. Konnte es manchmal doch sein, dass Gebete erhört wurden? »Nein, nicht für dich«, gesellte sich meine innere Stimme zu den bereits existenten Kopfschmerzen.

Ich sah eine Lösung. Wenn der Torfkopf mein ehrliches Angebot nicht annehmen wollte, dann würde ich ihn eben anlügen, was soll's. Außer, dass ich nicht vernünftig lügen kann, hatte ich schnell einen recht passablen Plan bei der Hand.

»In Ordnung, ich werd euch sagen wo es ist und dann lasst ihr uns gehen, bevor ihr anfangt zu graben.«

»Nein.«

»Du kannst ja mitkommen und nur so viele Männer graben lassen, wie unbedingt nötig. Das willst du sowieso, damit euch der Fluch nicht erwischt.«

»Ja sicher, Fluch, willst du mich verarschen?«

»Hast du das Tagebuch nicht gelesen? Es hatte einen Grund, warum das Dorf ausgelöscht wurde und warum das Grenzbruecker Schiff hier auf Grund gelaufen ist.«

»Aha! Was?«

»Das steht auch nicht so ganz genau drin.«

»Langsam reicht's mir, fang an.«

»In Ordnung bind mich los und gib mir die Seiten.«

Man ließ mir die Hände weiter am Rücken gebunden, hielt mir aber die Blätter vors Gesicht. Der Käpten ließ einen Regenschutz für mich aufspannen und einen Mann mit Öllampe hinter mir stehen. Währenddessen begann das Heulen und Pfeifen. Stetig auf und ab mit dem Wind kamen merkwürdige Geräusche, wie sie ein verfluchtes Gräberfeld nicht besser hätte produzieren können. Den ersten Verletzten gab es, kurz bevor ich das erste Rätsel löste. Etwas pfiff unglaublich schrill mitten durch uns durch und bei einem Seemann explodierte die Seite seines Kopfes in einem

Regen von Blut, als sein Ohr abgerissen und zerfetzt wurde. Hatten sie mich vorher milde belächelt, so ging nun langsam die Panik um, alle verteidigten sich gegen einen Feind, der nicht da war und den niemand sehen konnte. Die Lösung des ersten Rätsels war genau richtig. »Vier der Gräber zeigen ein Wappen mit Sparren. Ich muss wissen, welche Symbole noch jeweils darauf zu sehen sind«, eröffnete ich dem Käpten. Er war sichtlich unzufrieden, seine Männer aufteilen zu müssen, aber wer mehr als 50 Grabsteine suchen wollte, die mehrere hundert Schritt voneinander weg lagen, der hatte wenig andere Möglichkeiten.

Es dauerte nicht lange, bis sie die erste Gruppe fanden. Drei Seemänner, die hinter einer Hecke Grabsteine hatten untersuchen müssen, lagen mit kleinen Wunden bewusstlos auf dem Boden. Ich erfuhr erst davon, als sie es dem Torfkopf berichteten, der mit vier anderen bei mir geblieben war, um mich und Fräulein Töpfer zu bewachen. Die Seeleute waren noch nicht wirklich panisch, aber ich konnte deutlich sehen, dass es ihnen absolut nicht behagte, es mit etwas zu tun zu haben, dass sie nicht bekämpfen konnten. Sie berichteten dem Kapitän davon sowie dass die drei wohl lebten und dass sechs andere sie nun nach Tileam zurücktragen würden.

Das ließ den Torfkopf total ausflippen und er lief selber hinter dem Pulk her und brüllte etwas von »zurückkommen, Idioten liegenlassen und so«. Das ließ mich allein mit den drei anderen Wachen und dem Piraten, der neu dazugekommen war. Das Rätsel hatte mir etwas Zeit erkauft, um mich an eine condrianische Geschichte zu erinnern, die ich mal irgendwo gehört hatte und die ich spontan zur Geistergeschichte umwandelte, um die vier Torfköpfe etwas zu … unterhalten.

»Komm, lasst uns verschwinden, jetzt können wir noch fliehen, gleich wird's zu spät sein.« »Nix da, wir warten bis der Kapitän wieder bei uns ist.« »Aber der lässt uns alle ins Verderben laufen. Genau hier ist das Dorf, dessen Bewohner dafür verflucht wurden, dass sie mit einem falschen Leuchtfeuer Schiffe auf die Klippen gelockt und in den Untergang geführt hatten.« »Was?«

Plötzlich guckten sich die Piraten ziemlich unsicher untereinander an. Irgendwo in ihrem Sumpfgurkenöl, das sie

Gehirn nennen, hatten sie wohl auch schon mal von der Geschichte gehört und fragten mich ernsthaft besorgt: »Das ist hier?«

Ich mein, ich kann total schlecht lügen, aber bei so willigem Publikum und so einer Vorlage braucht es nicht viel Können. »Jaja, das ist hier und der Schatz ist genauso verflucht, weil er von der ganzen Beute kommt, die die Schiffe verloren haben. Jeder, der sich darauf einlässt, zieht den Zorn der Seelen der Seemänner auf sich, die auf den Schiffen waren und dabei gestorben sind.« Die Augen der Seemänner wurden groß wie Suppenteller und wie es der Ewige und seine Söhne nicht hätte besser planen können, ertönte erneut dieses extrem schrille Pfeifen und die Öllampe, die der Pirat hinter mir hielt, explodierte in einem spektakulären Feuerball.

Ich weiß nicht, ob ich's schon erzählt habe, aber Feuer macht mit relativ wenig aus. Ich kenn mich damit aus und kann damit arbeiten. Ein Seemann dagegen fürchtet nichts mehr, weil schon so manche Takelage Opfer eines unvorsichtigen Brandes geworden ist.

Mir lief das brennende Öl den Hinterkopf und den Rücken über den Gambeson und meine am Rücken gefesselten Hände herunter und es muss wohl ein ziemlich eindrucksvollen Bild abgegeben haben, wie ich wild schreiend herumhüpfte und versuchte, meine Fußfesseln loszuwerden. In Wahrheit war ich noch nicht mal ansatzweise panisch. Wer in seiner Jugend einmal die Woche ein Feuerreinigungsritual gemacht hat, der hat wenig Furcht vor ein bisschen brennendem Öl auf dem Rücken, auch wenn ich zugeben musste, dass es im Nacken und am Hinterkopf schon gut heiß wurde. »Du hast den Segen des Ewigen verloren« – von meiner inneren Stimme – half da auch nur wenig.

Mein Veitstanz wurde nur von dem des Piraten hinter mir übertroffen, der die gleiche Ladung wie ich abbekommen hatte, nur ins Gesicht und die Front ... und seine Schreie waren ernst gemeint. Die verbleibenden Piraten wurden von den Schreien angelockt und bekamen ein wahrlich denkwürdiges Spektakel geboten, bis es die anderen schafften, unsere Flammen zu löschen. Der brennende Pirat hatte nur mittelschwere Verbrennungen im Gesicht, aber jeglichen Willen verloren, hier zu bleiben, und machte sich ohne viel

Federlesen einfach auf die Flucht. Die übrigen Piraten guckten sich kurz an und beschlossen dann ebenfalls, das Weite zu suchen und während ich mich schon freute, doch noch mal den Kopf aus der Schlinge gezogen zu haben, hörte ich das Brüllen vom Torfkopf deutlich vor mir.

Die Hälfte der Piraten hielten bei dem Brüllen ebenfalls inne, aber für die andere Hälfte schien es nur die Bestätigung zu sein, schneller zu rennen. Als der Torfkopf zu mir aufgeschlossen hatte, wurden ich und das gute Fräulein Töpfer nur noch von fünf Piraten bewacht.

Die blanke Wut über seine ›Soldaten‹ und die ganze Situation entluden sich an mir und Sumpfschädel donnerte mich rücklings gegen einen Baum, sodass mir von meinem verbrannten Rücken die Tränen in die Augen schossen.

»Ich weiß genau, was du vorhast, Arschloch, und ich lass mich nicht verarschen!« Damit zog er mir seinen Dolch durchs Gesicht, einmal komplett über Stirn, Auge, Wange und Ohr. Ich hatte schon vorher Verletzungen im Kampf erlitten, aber das war schlimmer. Das Gesicht war etwas … Besonderes und ich merkte, wie sich dieser rötliche Schleier des Rausches über meine Wahrnehmung legte … oder es war einfach nur das Blut, das mir in die Augen floss. Ich weiß es nicht. Am Rande meiner Wahrnehmung bekam ich nur mit, dass der Torfkopf mich weiter anschrie, während ich am Boden an den Wurzeln des Baumes einen blutigen Fleischfetzen betrachtete, der wohl mal an mein Ohr gehört hatte.

Was mich aus dem Delirium riss, war nicht das Gebrülle des Kapitäns, sondern der Pfeil, der zwischen den Wurzeln lag. Es war einer der Signalpfeile, die die condrianischen Schützen verwendeten, um Zeichen über weite Entfernungen zu tragen. Er hatte, statt einer Klingenspitze, eine mit vielen Löchern drin, durch die der Wind beim Schuss hindurch pfiff und der so ein wildes durchdringendes Pfeifen erzeugte. Wenn der Torfschädel den sah, dann war's vorbei. Ich hatte meine Beine von den Fesseln befreien können und so blickte ich den Torfschädel an, tat so, als würde ich vorne überkippen, fiel in seine Arme und schob dabei mit der Ferse des einen Fußes den Pfeil in die weiche, nasse Erde an den Wurzeln des Baumes.

Der Kapitän belohnte mich direkt wieder damit, dass er mich an den Baum drückte, aber diesmal halfen die Schmerzen, wieder zu Bewusstsein zu kommen und ich konnte die Worte des Schädels verstehen. »Gib mir sofort die Lösung des Rätsels, oder das kleine Fräulein Töpfer ist tot.« Nun, ich konnte es noch nie leiden, wenn Wehrlose bedroht werden, aber ich unterdrückte die Wut erfolgreich, um denken zu können. Ich wusste das Ende des Rätsels nicht und da die einzelnen Seiten des Tagebuchs verbrannt waren oder sich im Regen auflösten, würde ich das auch nie erfahren, aber ich musste meinem Gegner irgendwas geben … zumindest, um etwas Zeit zu erkaufen. »Das Wappen, was falsch ist … das ist die Lösung«, platzte ich heraus, während ich mir krampfhaft überlegte, welches Wappen falsch sein könnte. Das fragte auch der Torfkopf: »Welches Wappen ist falsch?« … »Äh, das vom Ritter des Knappen, Jerevan vom Eibenhain. Er war ein fahrender Ritter und das Grab ist mit dem Wappen des engonischen Kaiserreiches geschmückt. Das ist falsch.«

Puh, das sollte mir zumindest etwas Zeit geben. Der Torfkopf organisierte seine fünf verbleibenden Matrosen, fand das Grab und ließ sie anfangen zu graben, während ich an einem Stein lehnte und mir Gedanken machte, wie ich uns wohl retten konnte. Meine Füße waren frei und die Fesseln auf dem Rücken durch das Feuer so geschwächt, dass ich sie durchreißen konnte. Aber selbst, wenn ich eine Waffen hätte … mein linkes Auge hatte den Schnitt wohl überlebt, aber das ganze Blut machte mich dennoch auf der ganzen Seite blind und nur den Kopf zu drehen sandte ungeahnte Schmerzen über meine ganze linke Flanke. Nun brauchte ich also noch ein Schwert. Während meiner zwei kurzen Gedanken hatten die Piraten es doch tatsächlich geschafft, ein riesiges Loch zu graben … oder waren meine Gedanken nur so langsam gewesen? … und statt auf ein vermodertes Skelett eines fahrenden Ritters trafen sie auf eine große hölzerne Truhe, die so sehr nach Schatztruhe schrie, dass ich's förmlich hören konnte.

Das verwunderte mich doch schon sehr, denn wie gesagt, die beiden zweiten Teile des Rätsels hatte ich noch nicht mal mehr lesen können.

Während ich also dumm in die Gegend guckte und mir Mühe, gab die Schmerzen zu ignorieren, hatten zwei der Piraten die Gürtel mit ihren Entermessern abgelegt und waren in das Loch gestiegen, um die Kisten herauszuhieven. Kurze Zeit später standen sie gierig drum herum, während der Kapitän das Schloss aufbrach und die Truhe öffnete.

Jetzt oder nie. Ich zerriss die Seile und griff mir eines der beiden Entermesser am Boden. Das hatte die Hälfte der Matrosen mitbekommen und drehte sich zu mir um, nur damit einer der drei einen diesmal ganz normalen Pfeil durch seine rechte Hand bekam und prompt die Axt fallen ließ. Der Zweite war unbewaffnet und der Dritte hatte ebenfalls eine Axt, war aber nicht schnell genug, um meinem Schlag auszuweichen und so durchtrennte mein Hieb seinen Unterarm sauber kurz vorm Ellenbogen. Ich machte mir gerade Hoffnung, da spürte ich den Säbel des Käptens einmal sauber von links nach rechts durch meinen Bauch fahren und fiel stolpernd, von der Wucht des Schlages getragen, zurück.

Mein gesundes Auge fokussierte nun direkt auf Jeremias ›Sumpfschädel‹ Walkenwacht, der mit zornerfülltem Gesicht nachsetzte, um mir den Gnadenstoß zu geben. Etwas hinter ihm konnte ich Fenya erkennen, die wie ein Rachegott aus der Dunkelheit mit einem Speer in der Hand über die verbleibenden, verletzten Matrosen herfiel. Der Schlag des Käpten kam senkrecht von oben auf meinen Kopf herunter und ich brauchte nicht zu denken. Jahrelange Erfahrung und Reflexe übernahmen diese Arbeit. Wie von selbst parierte meine Waffe seinen Säbel und im direkten Gegenschlag fuhr sie ihm genauso durchs Gesicht, wie er mir vorher mit dem Dolch. Er konnte fechten, das muss man ihm zugestehen und auch wenn er bestimmt kurz irritiert war, wehrte er meine Schläge mit der kürzeren Waffe leicht ab. Doch dann machte er seinen letzten Fehler und zielte erneut auf meinen weichen Bauch, wo er dachte, nicht tief genug geschnitten zu haben, um mir den Rest zu geben. Den Moment nutzte ich, um nah an ihn ranzukommen, ihn sogar mit der linken Hand zu halten und ihm das Entermesser diesmal durch den Hals zu ziehen, während er mir erneut den Säbel durch die Eingeweide zog. Als das Blut aus seinem Mund und Hals sprudelte und er mich mit fragenden Augen anguckte, waren unsere Gesichter vielleicht noch eine Handbreit voreinander entfernt und ich grinste ihn an … »Sprich mir nach: Kettenhemd unterm Gambeson, Idiot.« Doch er tat mir nicht den Gefallen und fiel einfach nur tot vor mir auf den Boden.

Von den nächsten Sachen kann ich mich nicht an viel erinnern. Fenya gab mir irgendwas zu trinken, was mehr nach Vierkant, als nach Heiltrank schmeckte, aber mich vorerst stark genug machte, dass wir aufräumen konnten. Der einzige, der an dem Abend gestorben war, war der Kapitän gewesen. Fenya hatte all ihre nur verwundet und in die Flucht getrieben. Aber wir hatten ja ein offenes Grab und in das rollten wir Jeremias ›Sumpfschädel‹ Walkenwacht hinein und schoben etwas halbherzig die Erde wieder drauf. Die Kiste mussten wir da lassen, aber das Fräulein Töpfer versprach, sich direkt am Morgen darum zu kümmern, während mich Fenya erst mal nach Hause brachte und einen Heiler besorgte.

Gut die nächsten zwei Wochen war ich erstmal an mein Bett gefesselt, wodurch ich nun tatsächlich das erste Mal wirklich in den vollständigen Genuss des Hammerlärms der benachbarten Schmiede kam und quasi sofort verstand, warum außer mir hier niemand leben wollte. Am ersten Tag kam der Junge vorbei, mit dem die ganze Geschichte angefangen hatte und brachte mir einen silbernen Kerzenständer und Nachricht der neu etablierten Handelspatronin Anna Töpfer, wie sehr zufrieden sie mit meiner Arbeit war und dass ich mir den hundertsten Teil des Schatzes redlich verdient hätte. Den Jungen schickte ich zurück Bescheid geben, dass sie mir den zehnten Teil versprochen hatte, aber den einen Leuchter behielt ich. Sein Erlös reichte, um die Kosten des Heilers zu bezahlen und brachte mir noch eine ganze Hand voll Kupferstücke ein. Ich wartete auf die Stimme im Kopf, die mir sagte, wie ich beschissen worden war und dass ich es verdient hätte, aber sie blieb immer noch aus.

Tags drauf besuchte mich Fenya, verschwand aber nach ein paar Begrüßungsworten wieder. Den Hammerlärm und die Hitze konnte sie wohl offensichtlich so gut ausstehen, wie ich die Boote. Aber in der Nacht, als es ruhiger und kühler war, kam sie wieder.

Sie blickte fragend zu meiner Kerze auf der Kiste, ich nickte und sie blies sie aus. Wir redeten ein wenig miteinander, aber irgendwie auch nicht viel, aber sie bleib die ganze Nacht. Als ich am Morgen aufwachte, war sie jedoch weg. Kein Abschiedsbrief und ich hoffte, dass das bedeutete, dass wir uns wiedersehen würden.

Als ich Wochen später auskuriert war, suchte ich das Handelshaus Töpfer auf, um mir meinen ausstehenden Anteil zu holen. Anna hatte nicht den Mumm, mir persönlich ins Gesicht zu sagen, dass sie mich drum prellen würde, also ließ sie dies ihre neuen Angestellten tun. »Haben sie die Vertragsvereinbarungen schriftlich« war ein Satz, den ich schon von den Fiskutep-Priestern zu hassen gelernt hatte, aber hier bekam er noch mal eine weitere ... sagen wie Neuerung. Trotzdem war irgendwas anders. Wiederum bleib die Stimme in meinem Kopf aus, die sicher gesagt hätte, dass ich es verdient hätte und so weiter.

Diesmal blieb nur die Gewissheit, dass ich mich bewusst für diese Art zu leben entschieden hatte und mich immer wieder erneut dafür entscheiden würde, sollte diese Frage aufkommen. Weil es das Richtige war. Ganz einfach!

Thomas Michalski

Die Bestie von Widdau

Gernot trat über den Kamm des Hügels und konnte einen ersten Blick auf die Siedlung Widdau werfen, und ihm missfiel, was er sah. Widdau, ein winziger Weiler im Norden Condras. Es lag in Quellauen, einer Region, an der nahezu jeder Schicksalsschlag und jede Katastrophe, die das junge Land in den vergangenen zehn Jahren erschüttert hatte, spurlos vorbeigezogen war. Und offenbar auch jede Form von Kultur.

Er wandte seinen Blick von den schiefen Fachwerkhäusern ab und blickte seine Reisegefährtin an. Flevia wirkte nicht weniger unglücklich über ihre Situation, die Stirn in Furchen gelegt. Gernot verkniff sich ein Lächeln. Flevia war sicherlich zehn, fünfzehn Jahr jünger als er, aber wenn sie zerzaust und von der Wanderschaft gezeichnet grimmig dreinschaute, war von ihrer Jugend nichts zu erkennen. Doch sie würde es ihn spüren lassen, würde er dergleichen jemals laut sagen.

Die beiden gaben ein eigenartiges Gespann ab, wie sie sich der Ortschaft langsam näherten. Die fahle, blassgrüne Landschaft schien Gernot fast vollständig zu verbergen. Seine braune Lederhose, die dunkelgrüne Tunika und auch seine bräunlicher Gugel verschwammen an diesem trüben Tag im Spätherbst mit der

45

rauen Gegend. Flevia dagegen strahlte dem Dorf entgegen und es hätte schon eines wahren Wilden bedurft, um ihre wallendes, graues Gewand nicht als Robe zu erkennen.

»Wo sind die Leute?«, fragte Flevia leise, ihre Haltung ansonsten nicht verändernd.

»Vielleicht haben sie sich verbarrikadiert?«, antwortete Gernot, ganz ohne jede Ironie in der Stimme.

Als sie sich der Dorfgrenze näherten, erkannten sie eine weitere Eigenart Widdaus, die überregional Bekanntheit erlangt hatte. Der Ort war von einem »Wall« umgeben, errichtet zu schweren Zeiten von Widdaus eigentümlichen Herrscher Jupp Steinmeier, nach dem Vorbild großer Befestigungsanlagen. Nur gab es einen bedeutenden Unterschied: Der Wall von Widdau maß keine anderthalb Schritt.

Flevia hob eine Augenbraue und wischte sich die blonden Haare aus dem Gesicht. Gernot zuckte mit den Schultern und stieg in einer fließenden Bewegung über den Wall. Vielleicht bin ich keine 20 mehr, dachte er bei sich, aber dafür reicht es. Er drehte sich um, bot seiner Gefährtin die Hand dar und Flevia gelang es tatsächlich, dem Übersteigen der kleinen Mauer so etwas wie Würde zu geben. Dann aber wurden ihre Gesichtszüge wieder hart.

Gernot drehte sich um und erblickte einen alten Mann, der ihnen offenbar im Schatten der Mauer aufgelauert hatte. Er stand dort, die Knie angewinkelt als habe er noch etwas Dringendes zu erledigen. In seiner Hand ruhte, die Absurdität steigernd, eine Art trauriger Flitzebogen, der gespannt auf das Haupt des Söldners zeigte. Die Augen des Mannes verrieten nicht, wie ernst es ihm war, weit verborgen in einem schmalen Spalt zwischen seinem verwilderten Bart und seinen buschigen Augenbrauen.

Dieser Augenblick zog sich lange hin. Der Wind zerrte an ihnen, Flevias Robe schlug ebenso in den Böen wie die Strähnen, die ihrem strengen Zopf entkommen waren. Der Alte fixierte Gernot, zitterte leicht, aber wirkte dennoch entschlossen. Gernot war sich recht sicher, dass von der Zwille keine tödliche Gefahr ausging, doch zweifelte er nicht an den Schmerzen, die das Geschoss nach sich ziehen konnte. Aber er wusste auch, dass er sich auf seine Begleiterin verlassen konnte.

Flevia räusperte sich – und das reichte. Die kleinen Augen inmitten der vielen Haare ruckten, nur für den Bruchteil einer Sekunde, zu der jungen Frau herüber, doch Gernot war schon bei ihm. Mit einem Ausfallschritt brachte er sich zugleich aus der Schusslinie wie auch neben den Mann, ergriff in einer fließenden Bewegung die Zwille und riss sie ihm aus den Händen.

Der Alte stieß einen erschreckten Seufzer aus und brachte sich mit einem unbeholfenen Sprung in etwas größeren Abstand zu dem großen, dunkelhaarigen Fremden. Gernot atmete durch, ließ die Zwille in das sumpfige Gras fallen und deutete eine Verbeugung an.

»Mein Name ist Gernot Distelstich. Dies ist meine Begleiterin und treue Gefährtin Flevia Schwingenschlag. Wir folgen euren Aushängen, nach denen ihr einen Söldling braucht, um die Bestie von Widdau zu erlegen?«

Der Alte schien einen Moment zu überlegen und sagte dann ... etwas. Sie hatten schon im Vorfeld Geschichten über den unverständlichen, schweren Dialekt von Widdau gehört und was man sich erzählte, war offenbar nicht übertrieben.

»Könnt Ihr uns zu Jupp bringen?«, fragte nun Flevia, ließ dabei aber auch nicht erkennen, ob sie die Worte des Alten verstanden hatte.

Der nickt und eilte los. Gernot hob die Zwille auf und folgte ihm.

***

Im Nachhinein fragte Flevia sich häufiger, was sie eigentlich erwartet hatte. Sie wusste es nicht genau. Womit sie allerdings keinesfalls gerechnet hatte, war, alle Geschichten, Anekdoten und Gerüchte als wahrhaftig anzutreffen.

Jupp Steinmeier war eine eigenartige Gestalt. Er mochte vielleicht einen Schritt sechzig hoch sein, aber wenig mehr. Selbst die zierliche Adepta überragte ihn ein Stückchen. Jupp war allerdings muskulös und drahtig zugleich, trug wie offenbar die meisten Männer in Widdau einen auffällig üppigen Bart und sprach, wenn er sein Wort nicht an die Fremden richtete, mit einem ähnlich starken Dialekt.

Der alte Mann – offenbar Welka geheißen – hatte sie zu Jupps Haus geführt. Dort hatte man sie eilig in »die gute Stube« gebeten. Der Wohnraum war relativ klein, dafür aber reich gefüllt mit scheinbar allem vom Geschirr bis zu einer stattlichen Zahl Geweihe. Ein eiserner Ofen an der Schwelle zur Küche leistete bollernd seinen Dienst und die kleinen, aber verglasten Fenster waren bis zur Unkenntlichkeit beschlagen. Jupp saß in einem mit Fellen überhäuften Sessel, so wie auch große Teile des Bodens mit Fellen ausgelegt waren, und zog zufrieden an seiner Pfeife.

»Ihr müsst den alten Welka entschuldigen«, sagte der selbsternannte Herrscher von Widdau. »Die Männer sind draußen auf den Feldern und hüten die Schafe, die Wache im Dorf können wir derzeit vernachlässigen. Aber er wollte wohl auf eigene Faust für mehr Sicherheit vor Ort sorgen.«

Flevia wollte bereits nachhorchen, doch erneut wurden sie unterbrochen als Frau Steinmeier, ihrem Gemahl weder in ihrer Höhe noch in ihrer Masse irgendwie ähnlich, den Raum betrat und jedem von ihnen einen hoch gefüllten Humpen überreichte. Es war kein Wasser, war kein Tee. Flevia ahnte, was es war und fürchtete um ihr Augenlicht – Jupps Selbstgebrannter war im ganzen Land berühmt wie berüchtigt. Unsicher wandte sie den Blick ab, nur um festzustellen, dass neben ihr auf einem scheinbar uralten Schrank eine ausgestopfte Eule stand und sie mit großen Augen zu mustern schien.

»Was bedroht den Ort?«, fragte Gernot schließlich, nachdem er einen Schluck getan und sich danach die Tränen fortgewischt hatte.

»Ein Unhold geht hier um!«, entfuhr es Jupp. Als er merkte, dass wohl weitere Erklärungen erwartet wurden, fuhr er fort. »Seit jetzt drei Wochen reißt hier etwas unsere Schafe. Sieben sind bereits tot. Es kommt, wenn niemand da ist um aufzupassen und reißt sie in viele Teile.«

Flevia konnte sehen, wie Jupp seine Lippen unter dem dichten Bart zusammenpresste. Seine Frau legt eine ihrer massigen Hände auf seinen Unterarm.

»Wann ist es zum jüngsten Übergriff gekommen?«, erkundigte sich Gernot.

»Heute erst.«

Flevia nickte. »Ich würde gerne die Leiche sehen.«

***

»Oahßebluertruert«, erklärte Welka.

»Was bitte?«, fragte Gernot.

»Ochsenblutrot«, übersetzte der junge Mann, den sie am Tatort angetroffen hatten und erhob sich, das Blut an den Handflächen in seine Hose reibend. »Wir geben Ochsenblut in die Farbe, mit der wir die Fachwerkbalken streichen. Ist dann dunkelrot, wie das hier.«

»Hannich doch uch jesacht«, trug Welka zum Gespräch bei.

Der junge Mann trat zu ihnen herüber und erklärte: »Ich könnte verstehen, wenn die junge Frau etwas Abstand wahren möchte, der Anblick schlägt ja auch gestandenen Männern auf den Magen.«

Er hatte nicht Unrecht. Das Schaf war einzig noch an der Wolle als solches zu erkennen. Es war zerrissen worden und blutige Fleischfetzen lagen in einem halb geronnenen See aus Blut, nur durch die kühle Herbstluft noch soweit in Form gehalten.

Er irrte sich allerdings, was Flevia betraf. Die junge Frau trat an ihm vorbei und über das Blut hinweg zu den Überresten des Schafskörpers hin. Ihre Robe war derart geschnitten, dass sie auf Höhe der Stiefelschäfte bereits endete und ermöglichte es ihr so sogar, abzuknien. Der junge Mann entschied, sich lieber an Gernot zu wenden.

»Ich bin Kejan. Mein Vater ist der Metzger im Ort.«

»Ich bin Gernot, das dort vorne ist Flevia.«

Er bereute sofort, die Aufmerksamkeit des jungen Mannes wieder auf seine Gefährtin gelenkt zu haben. Flevia hatte gerade ihre schwarzen Lederhandschuhe abgestreift und hinter ihren Gürtel gesteckt, öffnete nun eine kleine, feste Ledertasche an ihrer Seite und förderte dort eine kleine Ampulle und einen ebenso kleinen, aber selbst auf die Entfernung als bemerkenswert klar zu erkennenden Edelstein zu Tage.

»Ist sie Magierin?«, erkundigte Kejan sich bei Gernot, doch Flevia konnte für sich selber sprechen.

»Ich bin Elementaristin.«

»Aber Ihr zaubert doch, richtig?«, fragte er weiter.

Flevia drehte ihren Kopf und ein bedrohliches Funkeln schien sich in ihren Augen zu spiegeln.

»Ich wurde an der Akademie zu Tharemis im Hause Luft unterwiesen und vermag es, den Fluss der Elemente zu betrachten. Und jetzt lasst mich meine Arbeit tun.«

Erneut kehrte Stille ein. Gernot betrachtete das Umland genauer. Wiesen, großteilig offenbar stark aufgeweicht unter den anhaltenden Regenfällen der letzten Wochen. Er konnte mehrere Waldgrenzen erkennen, großteilig kleine, aber dafür urwüchsige Bereiche. Er schaute wieder den jungen Mann aus Widdau an.

»Was ist mit anderen Tatorten? Es sind, wenn ich das richtig verstanden habe, bereits sechs weitere Schafe getötet worden?«

»Kann ich Euch zeigen«, gab der Mann zurück, »bringt Euch aber nichts. Der Regen hat da nichts zurückgelassen. Hat auch mehrere Abgänge gegeben in den letzten Wochen. Ganze Abhänge sind unter dem Regen in Bewegung geraten.«

»Gab es jemals Spuren?«

»Es gab Abdrücke, aber nichts, was man erkennen konnte. Der Boden ist so weich, da könnt ihr den Abdruck eines Wolfes kaum von dem einer Sau unterscheiden.«

»Hat jemand die Bestie mal gesehen?«

»Nein.«

»Wem gehören die Schafe?«

»Was meint Ihr?«

»Wessen Schafe wurden getötet?«

Der junge Mann schaute ihn neugierig an, doch Welka gab die Antwort: »Steinmeier.«

Gernot nickte. Das war interessant.

Flevia hatte sich derweil wieder erhoben und trat mit gleichermaßen großen Schritten wieder aus dem Umkreis heraus, den das Blut des zerfetzten Tieres gezeichnet hatte. Ihr Blick ging hoch zu den dunklen Wolken, die mit beachtlichem Tempo über sie hinweg zogen, dann suchten ihre Augen die Gernots.

»Die Elemente an diesem Ort sind im Gleichgewicht. Was auch immer hier vor sich geht, der Ursprung ist zumindest nicht offensichtlich an elementare Kräfte gekoppelt.«

»Das wäre vermutlich zu einfach gewesen«, brummte der Söldner.

***

Als ein wenig später die Sonne unterging, war dies nur daran zu erahnen, dass es unter der dichten Wolkendecke noch dunkler wurde, als es ohnehin schon den Tag über war.

Kejan und Welka hatten sie zum Dorf zurück begleitet und nun Unterschlupf in ihren warmen Häusern gesucht, während die beiden Fremden noch draußen saßen. Bisher hatte die Bestie von Widdau bei Nacht niemanden angegriffen, aber bisher hatte ihr auch niemand die Chance dazu gegeben. Gernot hatte darauf bestanden, die Schafe näher an das Dorf zu führen, dafür aber auf weitere Wachen zu verzichten. Nun saßen Flevia und er, beide in schwere Umhänge gehüllt, auf dem Wall von Widdau, der tatsächlich eine ganz bequeme Bank abgab, und starten hinaus in die dunkle Nacht.

»Sag mir was du denkst«, bat er seine Begleiterin.

»Systematik. Was auch immer hier umgeht, es greift die Tiere an, wenn sie unbeobachtet sind oder scheinen. Es tötet genau ein Tier, zerfetzt es und verstreut die Teile, aber es labt sich nicht daran.«

»Was meinst du?«

»Es ist schwer zu sagen, aber dafür, dass unsere Bestie ein ganzes Schaf erlegt hat, fehlte sehr wenig Fleisch. Was ich gesehen habe waren zudem Klauenspuren. Zähne, Kiefer, aber richtige Bissspuren habe ich keine gesehen.«

»Also kein normales Tier«, schloss Gernot. Flevia erkannte an seinem Ton, dass es offenbar nur bestätigt hatte, was auch in seinem Kopf schon vor sich gegangen war. Gemeinsam schauten sie hinaus in die Nacht. Der nahe Wald war kaum mehr als ein dunkler Schatten vor einem schwarzen Himmel und eine leichte, kühle Brise wehte ihnen entgegen.

»Du bist den Kerl heute ziemlich hart angegangen, als es um den Elementarismus ging«, stellte Gernot schließlich fest.

»Ich bin kein kleiner Schoßhund, den du dressierst, lustige Kunststücke zu machen, wenn der Zeitpunkt dafür gekommen ist«, fauchte sie.

»Ich glaube nicht, das Kejan das so verstanden hat. Ich nehme einfach an, dass hier im Ort gerade die jüngeren Leute einfach noch nie eine Elementaristin gesehen haben.«

»Ich würde aber auch nicht darauf wetten, dass sie nach Schieferbruch ein gesteigertes Interesse daran hatten.«

Gernot verfiel in Schweigen. Schieferbruch. Es hatte einen bürgerkriegsähnlichen Konflikt mit der ehemaligen Handelsstadt gegeben und zum ersten Mal hatten die Elementaristen der Academia Cantus Harmoniae ihre sonstige Neutralität abgelegt und eingegriffen. Die Konsequenzen waren verheerend und hatten die Stadt in ein Gebiet verwandelt, in dem einen die Gesetze der Natur jederzeit im Stich lassen konnten. Seit mehr als einem Jahr versuchte man, Schieferbruch wieder bewohnbar zu machen. Mit eingeschränktem Erfolg.

Es war kein Thema, das man gut mit Flevia besprechen konnte.

Zu Gernots Glück war das aber auch gar nicht nötig. Das Knacken eines Astes, draußen auf der Wiese, und ein leises Rascheln weiter vor ihnen hatten Gernots Aufmerksamkeit erregt. Er blickte zu Flevia und sah, wie sie ihrerseits lautlos von der Mauer glitt. Gernot verschaffte ihr etwas mehr Ablenkung und sprang regelrecht auf die Füße, sodass der Schlamm unter den Sohlen seiner Stiefel ein klatschendes Geräusch von sich gab. Scharrend zog er sein Schwert aus der Scheide.

»Wer da?«, raunte er dann in die Nacht und machte einige zügige Schritte auf den Ort zu, an dem das Knacken ertönt sein musste. Er musste nicht weit gehen, um einen Mann dort anzutreffen, der – offenbar unkundig der Gefahren dieser Gegend – auf geradem Wege auf das Dorf zuzuhalten schien. Gernot konnte ihn nicht gut genug im Dunkeln erkennen, um einen ordentlich Eindruck zu erhalten, war sich aber relativ sicher, dass er ihm hier noch nicht begegnet war. Der Sack, den der Fremde offenbar über die Schulter geworfen hatte, bekräftigte den Eindruck.

Eine Waffe hing an der Hüfte des Mannes, aber offenbar war es weniger ein Breitschwert oder etwas in der Art, sondern eine schmalere, filigrane und somit in Condra recht seltene Waffe.

»Ganz ruhig, Freund Wachmann!«, entfuhr es dem Fremden, der seinen Sack in den Schlamm fallen ließ, die Hände erhob und den Blick offenbar auf die Klinge Gernots gerichtet hielt.

»Radagund Nesseltau heiß ich.«

»Was willst du hier?«, fragte Gernot, die Augen zwischen den Händen des anderen wandern lassend. Er wusste nicht warum, aber es war etwas Verschlagenes an der Gestik des Mannes.

»Vorbei.«

»Nicht bevor ich meine Antworten habe.«

»Und wer fragt?«

»Mein Name ist Gernot. Das Dorf hat mich angeheuert, eine Bestie zu fangen, die hier ihr Unwesen treibt.«

»Keine gesehen«, gab der andere ungerührt zurück.

Flevia trat nun aus dem Dunkeln hinzu, lautlos. Doch der Fremde bemerkte sie, drehte sich kurz um und entblößte in einem breiten Lächeln seine selbst in dieser Dunkelheit zu erahnenden, weißen Zähne.

»Ich verstehe«, lachte er dann, »das Hackmesser für die Tiere des Waldes und schöne Frauen für den ehrlichen Tagelöhner am Wegesrand!«

Gernot hörte Flevia schnaufen, sah eine kurze Bewegung ihrerseits und hörte dann einige Worte der alten Sprache, derer sie sich für ihre Zauber bediente: »Spiritus Aurae Lucem Manifesta.«

Ein Licht entflammte in ihrer Hand und warf einen Schein auf die Züge des Fremden, der sich als Radagund vorgestellt hatte. Das Haar fiel ohne erkennbaren Schnitt halblang um sein Gesicht und das breite Grinsen, irgendwo zwischen frech und anrüchig, war umrahmt von einem ausgeprägten Dreitagebart. Am auffälligsten aber war der Schalk, der in den Augen des Mannes saß.

»Ich glaube nicht, dass das unser Mann ist«, knurrte Flevia in offensichtlichem Missfallen.

»Oh, dein Mann kann ich gerne sein, aber nicht solange der da zuschaut«, entgegnete der Fremde. »Ich hab auch keine Angst vor Magierinnen, im Gegenteil, da erzählt man sich ja–«

Die Adepta fiel ihm ins Wort: »Geht ins Dorf. Sucht Euch eine Bleibe. Und eilt Euch, wir haben hier zu tun.«

»Nur wenn Hackepeter hier verspricht, mich nicht abzustechen«, sagte Radagund.

»Geh«, knurrte Gernot. Radagund hob seinen Sack auf, zwinkerte Flevia noch einmal zu und verschwand dann im Dunkel der Nacht Richtung Widdau.

***

Eine Stunde später saßen die beiden wieder auf dem Wall von Widdau. Sondrik, der Wirt des Ortes, hatte ihnen einen Krug mit Tee herausgebracht. Es war eine schöne Handarbeit, durchaus kunstfertig, und stolz berichtete Sondrik, dass er sie selber herstelle. Dies wurde aber noch von dem fruchtigen Duft überboten, der daraus aufstieg und der von der warmen Flüssigkeit ausging, an der sie sich nun labten. Auch wenn Flevia gelegentlich darüber fluchte, dass ihr Zinnbecher mittlerweile wohl heißer war als die Flüssigkeit darin.

Abseits dessen sprachen sie nicht mehr viel. Gernot wollte das Gespräch von zuvor nicht unbedingt vertiefen – vor allem aber waren sie sich beide einig gewesen, dass der Fremde deutlich zu nahe an das Dorf herangekommen war, bevor sie ihn bemerkt hatten. Sie hatten sich also darauf besonnen, ihre Arbeit gründlich zu machen.

Das hatte auch zugleich Flevia die Möglichkeit genommen, weiter nachzufragen, was Gernot durch diesen Wachposten eigentlich zu bezwecken hoffte. Sie saßen an keinem der Tatorte, die Schafe waren zwar näher, aber auch zu weit entfernt, um wirklich ein Auge auf sie zu haben und zwar würde so nichts unbemerkt nach Widdau hineingelangen können – doch nach allem, was sie wussten, hatte das bisher auch nichts und niemand versucht.

Schweigend saßen sie nebeneinander, ertappten sich gelegentlich dabei, einander zu mustern und kämpften ansonsten mit der Kälte und der Müdigkeit, die miteinander um die Vorherrschaft in ihren Knochen zu ringen schienen.

All das war allerdings vergessen, als erneut ein Knacken von der Wiese zu hören war. Ein Knacken – und ein Fauchen.

Erneut gingen sie in ihre Routine über. Flevia glitt geräuschlos von der Mauer und verschwand in die Dunkelheit, Gernot zog scharrend sein Schwert, sprang auf die Füße und ließ seine Stimme erklingen. Es war ihm für einen Moment auf eine naive Weise unangenehm, kam ihm aber zupass, dass dabei der Teekrug ebenfalls von der Mauer fiel und klirrend auf dem Boden zerschellte. Ein Rascheln, leise, kaum hörbar, drang von der Wiese herüber.

Der Söldner atmete tief durch und versuchte dann grob die Richtung anzupeilen, aus der das Geräusch gekommen war. Was auch immer sie diesmal aufgespürt hatten – oder, wie er sich eingestehen musste, was sie aufgespürt hatte – machte es ihm nicht so einfach, ihn zu finden wie der seltsame Wandersmann zuvor.

Er machte einige beherzte Schritte weiter in die Dunkelheit hinein und konnte das Gefühl nicht abschütteln, dass etwas ganz nah war. Flevia war irgendwo zu seiner Rechten in die Dunkelheit entschwunden, dieses Gefühl aber kam von der anderen Seite her. Er schloss die Augen und vertraute seinem Gehör. Konzentrierte sich. Er hörte den Wind, wie er leise in den Wipfeln der nahen Bäume rauschte, hörte seinen eigenen Atem und den Schlag seines Herzens. Und ein erneutes Rascheln.

Gernots Blick fuhr gerade noch rechtzeitig herum, um die Kreatur kommen zu sehen. Eindeutig ein Tier, Schulterhöhe von einem Schritt, eigenartige Form – doch mehr erkannte er erst einmal nicht. Er handelte aus Instinkt, machte einen Ausfallschritt zur Seite, riss sein Schwert hoch und brachte die Klinge dorthin, wo gerade noch sein Oberkörper gewesen war.

Die Kreatur schlug mit einem lauten Scheppern gegen die Waffe und riss Gernot das Schwert dabei fast aus der Hand. Sie landete weniger elegant, als er es erwartet hatte, in dem weichen Gras, hatte den Söldner aber auch aus dem Rhythmus gestoßen. Er brachte zwei schnelle Schritte Entfernung zwischen sich und die Kreatur, die noch immer kaum mehr als ein Schemen in der Nacht war.

Die Bestie fuhr herum, stieß erneut ihr Fauchen aus und rannte auf ihn zu. Sie war noch kleiner, als er gedacht hatte, vielleicht einen halben Schritt hoch – doch schnell wie der Blitz. Seltsame Stacheln ragten aus ihrem Rücken empor, schwach zu erkennen in der Dunkelheit. Ihr Pelz wirkte fremdartig für eine derartige Kreatur, kurzhaarig, teils geradezu borstig. Auch fehlte das oft typische Musikelspiel unter der Haut, das man bei Raubtieren oft sah. Sie sprang ab, er versuchte erneut auszuweichen und einen Passierschlag zu landen – doch das Tier hatte gelernt und traf nicht nur die Klinge, sondern auch seinen Arm. Mit einem lauten Getöse gingen sie beide im Schlamm nieder.

Gernot rollte sich auf die Seite, realisierte aber zu spät, dass sein Arm durch den Aufprall taub schien und kam nicht wie gewollt auf die Füße, sondern schlug auf seinem Rücken auf. Die

Bestie hatte sich derweil wieder in Position gebracht und schoss erneut heran.

»Spiritus Aurum Procellis Movete!«

Flevia schleuderte jedes ihrer Worte mit einer solchen Wucht aus ihrer Kehle, dass es selbst Gernot erstaunte. Doch ihre Formel wirkte – der leichte Wind, der bisher über die Wiese geweht hatte, schien sich für einen Moment zu formen, zu bündeln und hieb dann, durch einen Schlag von Flevias Fächer entfacht, mit einer einzelnen, geschlossenen und gezielten Böe auf die Kreatur ein. Einen jämmerlichen Schrei von sich gebend, wurde das Tier aus der Bahn geworfen und fiel, erneut mit unerwartet lautem Aufprall, in den Matsch.

Gernot war wieder auf den Beinen. Sein Schwert lag noch immer in der Dunkelheit, nutzte ihm ohne Kontrolle über seinen rechten Arm aber ohnehin nichts. Doch damit war er nicht wehrlos. Schon ruhte der Dolch aus seinem Stiefelschaft in seiner Linken, schon war er bei der Kreatur, die gerade wieder auf die Beine kam. Mit einem kehligen Schrei ließ er die Klinge herabschnellen – und erstarrte für einen Moment, als sie nach einem Funkenschlag dann fast ohne Widerstand durch die Stacheln fuhr und am Rücken des Wesens etwas abbrach.

Das Biest von Widdau hatte offenbar dennoch erst einmal genug, wand sich unter dem verdutzten Söldner heraus und sauste mit wahnsinnigem Tempo in die Nacht davon.

Flevia tauchte neben Gernot auf, ließ den Fächer wieder in ihrem Gewand verschwinden, kniete ab und befühle vorsichtig den herabhängenden, rechten Arm des Söldners. Der aber beachtete sie nicht, sondern blickte noch immer auf die Spuren ihres Kampfes.

»Holzstacheln?«, entfuhr es ihm.

***

Erst als sich die ersten Spuren der Dämmerung am Horizont abzeichneten, machten sich die beiden Reisegefährten auf den Weg in die örtliche Schenke. Gernots Arm war schnell wieder einsatzbereit gewesen, offenbar alleine durch die Wucht des Aufpralls betäubt. Flevia zweifelte zwar daran, dass der Söldner so gänzlich schmerzfrei war, wie er behauptete, doch hatte sie schnell gelernt, dass es schon aus ihm sprudeln musste, damit er akzeptierte, verletzt zu sein. Condrianische Sturheit.

Flevia übergab die Scherben des Teekruges der Wirtin, die bereits auf den Beinen war und Frühstück vorbereitete. Sie schlugen beide das Angebot aus, noch etwas zu essen und erkundigten sich nach dem Zimmer, um das sich Jupp Steinmeier für sie hatte kümmern wollen.

»Wir haben nur ein Gästezimmer«, erklärte die Wirtin beschwichtigend. »Dort gibt es nur zwei Einzelbetten. Aber wenn Bedarf besteht, kann ich gerne noch helfen, die zusammen zu rücken.«

»Das wird nicht nötig sein«, knurrte Gernot, doch Flevia dankte der Frau noch einmal und wandte sich dann zur Treppe, die ihr Begleiter bereits mit schweren Stiefeln herauf schritt.

»Ihr habt Kejan gefragt, ob die Schafe alle Jupp gehören?«, erkundigte sich die Wirtin. Flevia hielt noch einmal inne, wandte sich um und besah die Frau. Sie war schon älter, aber durchaus hübsch, wenn auch von eher rustikaler Schönheit. Vor allem aber sagte Flevias Bauchgefühl ihr, dass sie jemand war, den man nicht unterschätzen durfte. Neugierig blitzten ihre Augen der Elementaristin entgegen.

Oder war es noch etwas anderes?

Die Adepta zuckte nur mit den Schultern.

»Hat es denn etwas zu bedeuten?«, erkundigte sich die Wirtin weiter.

»Es ist zu früh, um das zu wissen!«, donnerte Gernots Stimme von oben herunter. Die Elementaristin lächelte der Frau noch einmal höflich zu und eilte dann die Treppe herauf.

***

Wenige Stunden später hatte die Sonne auch schon ihren höchsten Punkt erreicht, was jedoch zu dieser Jahreszeit nicht viel hieß. Sie waren direkt zu Bett gegangen und hatten versucht, etwas Ruhe zu finden. Zumindest Flevia war das gelungen, Gernot hingegen hatte die Zeit eher in einem dumpfen Dämmerzustand zwischen Schlafen und Wachen verbracht.

Als er bemerkte, dass auch die Adepta erwacht war, schlüpfte er aus seinem Bett, zog seine Kleidung und die schweren Stiefel wieder an, gurtete das Schwertgehänge und trat in die Taverne herab. Er wusste, dass seine Begleiterin gerne in Ruhe nachdachte – und das wollte er ihr auch ermöglichen.

Im Schankraum hatte sich in der Zwischenzeit das Bild stark gewandelt. An zahlreichen Tischen saßen die Männer und Frauen des Ortes, angeregt über die Bestie diskutierend. Sie hatten niemandem berichtet, was sich in der Nacht vor dem Wall ereignet hatte und wollten es eigentlich auch erst einmal so halten. Gernot hoffte nur, dass sie nicht zu viele Fragen stellen würden. Er spürte mehr Blicke auf sich, als ihm lieb war.

Er entdeckte Welka unter den Gästen und staunte nicht schlecht, denn er teilte sich einen Tisch mit dem Wandersmann der vergangenen Nacht. Offenbar hatten er und Radagund gerade ein angeregtes Gespräch beendet, zwei leere Schalen standen vor ihnen, die Löffel blank wie gespült. Nun erhoben sich beide, schüttelten sich noch einmal die Hände und Radagund stapfte, seinen Reisesack und einen zweiten, kleineren Beutel tragend, der Türe entgegen.

»Lass stecken, Großer, ich hab schon genug Ärger im Gepäck«, flüsterte er Gernot noch zu, dann war er aber auch vorbei und verschwand hinaus in die kühle Herbstluft. Der Söldner warf Welka einen fragenden Blick zu, doch der zuckte nur mit den Schultern, sagte … etwas, was Gernot nicht verstand und verließ dann auch die Schenke. Für einen Moment bedauernd, die wortgewandte Adepta nicht bei sich zu haben, ließ er sich stattdessen an dem nun freien Tisch nieder und bestellte sich ebenfalls eine Schale von dem Eintopf.

Erstmals ließ Gernot bei Tageslicht auch seinen Blick über den Tresen wandern. Gute, solide Handwerkskunst, massives Holz und offenbar gut in Schuss gehalten. Jupps Schnaps war allerdings ja nun auch landesweit bekannt und vermutlich machte Sondrik einen guten Umsatz mit seiner Schenke.

Doch noch etwas anderes fing Gernots Blick ein und ließ seine Miene sich aufhellen. Ein Langbogen hing dort, von zwei Metallhaken gehalten, mittig über dem Ausschank. Ein gutes Stück, ebenfalls gut gepflegt, offenbar aber schon länger Teil der

Dekoration. Als die Wirtin erneut an den Tisch trat, erkundigte sich Gernot.

»Mir ist der Bogen dort oben aufgefallen. War Sondrik im Widerstand?«

Ein Lächeln huschte über die Züge der Frau.

»Ja, mein Mann war Rebell. Hat mit vielen anderen Männern hier aus Widdau der schwarzgelben Brut aus Neka die Stirn geboten.«

Gernot konnte erkennen, dass sie es genoss, darüber zu reden. Viele Condrianer waren letztlich am Widerstand gegen die langjährigen Besatzer aus Neka beteiligt gewesen. Manche früher, manche später, manche mit mehr, manche mit weniger Eifer, aber die Identität Condras war stark mit dem Kampf für die eigene Freiheit verbunden.

»War er beim Sturm dabei?«, fragte Gernot weiter nach, vor allem auf die entscheidende Schlacht um die Hauptstadt Tharemis anspielend. Die Frau schüttelte den Kopf.

»Sondrik war in Widdau, die ganze Zeit. Auch hier sind gegen Ende noch viele, gute Männer und Frauen gestorben«, erklärte sie.

Ihre beiden Blicke richteten sich auf die Treppe, als auch Flevia hinunter trat, die Robe auch nach dem gestrigen Tag von heller, grauer Farbe. Sie trat zu den beiden herüber, nickte der Wirtin höflich zu.

»Ich habe eine Idee, wo wir als nächstes hingehen sollten«, erklärte sie Gernot. Dann, an die Wirtin gewandt: »Kejan erwähnte Abgänge in den Hügeln. Wo hat sich das ereignet?«

***

Kurz darauf waren beide wieder auf dem Weg heraus aus dem Ort und hielten auf die Hügelgruppe zu, die man ihnen beschrieben hatte. Mit jedem Schritt, den sie gingen, wurde der Boden sumpfiger, die Büsche und Bäume wirkten noch kärger. Keine Frage, der harte condrianische Winter würde auch dieses Jahr Widdau wieder zeigen, wo die Grenzen des Menschen verliefen. Wie überall im Land. Dazu kam ein dichter Nebel, der ihnen jede Sicht zu rauben drohte.

Ihr Ziel war dennoch leicht zu finden. Davon zu sprechen, dass es Abgänge gegeben habe, war eine gewaltige Untertreibung. Der Herbststurm hatte offenbar eine regelrechte Schneise der Verwüstung hinterlassen, ein angrenzendes Waldstück gefällt und eine kleine Hügelgruppe in eine einzige, große Schlammfläche verwandelt.

»Was genau suchen wir hier?«, fragte Gernot, während er skeptisch über die Einöde blickte.

»Condra ist alt. Das Land ist alt. Es gibt Geheimnisse, die wir vergessen haben, die wir vielleicht sogar nie gekannt haben. Wenn nun dieser Sturm hier etwas freigelegt hat, dann ist das vielleicht dafür verantwortlich, dass dieses Monster das Dorf heimsucht.«

»Warum Widdau?«

»Nun«, erklärte Flevia und drehte sich zur weißen Nebelwand hinter ihnen um, »ich nehme an bei klarem Wetter kann man sogar bis zu dem Ort hinausblicken.«

Gernot begann, mit ausholenden Bewegungen einen weiteren Teil der verschlammten Hügel zu erklettern.

»Aber sagtest du nicht, dass du an dem Schaf nichts Übernatürliches gefunden hast?«

»Das Schaf wurde nicht durch Magie getötet, nein«, bestätigte Flevia. »Das heißt aber ja nicht, dass es da keine weitere Einflussnahme gegeben haben kann.«

Gernot nickte. Er konnte durchaus einen Sinn in der Erklärung erkennen.

Gemeinsam begannen sie, das Gelände abzusuchen. Sie trennten sich, blieben aber stets in Sichtweite; Gernot glaubte zwar nicht, dass sich die Kreatur an helllichtem Tag anschleichen können würde, zumal sie zwar schnell, aber zugleich schwerfällig gewirkt hatte und dieser Untergrund ihr keine Vorteile bieten konnte. Aber sicher war sicher.

Es mochte eine Stunde gewesen sein, die sie dort durch den Schlamm wateten und gelegentliche, entwurzelte Pflanzen umklettern mussten. Der Söldner war schon drauf und dran, die Suche abzubrechen, als aus einer Senke neben sich Flevias Ruf ertönte.

Er blickte herab und sah, dass die Adepta neben etwas kniete, was nur ein kleines Stück aus dem Schlamm herausragte. Er zögerte nicht lange, ging in die Knie und ließ sich, teils auf den Schuhen und teils auf der Lederhose, den schlammigen Hang herabrutschen. Gernot war klar, dass er das am Abend bereuen würde und dass er Flevia niemals sagen durfte, dass ihm das Spaß gemacht hatte, doch seine Laune besserte sich augenblicklich.

Neugierig beäugte er, was sie gefunden hatte. Es war ein Stein, der einige Hand breit aus dem Schlamm ragte. Zunächst wusste er nicht, was ihre Aufmerksamkeit erregt hatte, doch dann sah er es – dicht oberhalb der Erdmasse ragte der Teil einer Triskele hervor. Die Triskele, das heilige Zeichen des Gottdrachen Hydracor. Ein Schrein?

»Jemand hat es eingegraben. Kann nicht lange her sein«, erklärte Flevia.

»Was?«, entfuhr es Gernot. Sein Blick folgte ihrem Fingerzeig und er erkannte, was sie meinte. In dem frischen Erdreich, aufgewühlt durch das Unwetter, waren neue, nachher entstandene Spatenstiche zu erkennen.

»Warum sollte jemand so etwas wieder eingraben?«, wunderte sich die Adepta weiter.

Der Söldner ließ sich nicht lange bitten. Er legte sein Schwert ab, zog die Lederhandschuhe fester auf die Finger und begann, in dem weichen Erdreich zu graben. Flevia erkannte, was er tat und kniete neben ihm ab, die Arme bald ebenfalls tief in den Schlamm drückend.

***

Nach etwa einer Viertelstunde sahen sie beide aus wie Wildschweine, doch der Stein war weit genug freigelegt. Er war nicht sonderlich groß, aber mit feiner Handwerkskunst versehen. Die Triskele war nicht nur eingraviert, sie war offenbar als Applikation auf dem Stein angebracht. Gernot zog einen Handschuh aus, fuhr mit den bloßen Fingern mehrfach darüber und schloss letztlich: »Ton.«

Doch noch tiefer im Erdreich, am Fuß der Platte, war auch eine Gravur zu finden. Sie brauchten beide einen Moment, um sie vollständig zu erkennen, doch Flevia sprach es zuerst aus: »Vergebung.«

»Vergebung wofür?«, fragte Gernot.

»Das weiß alleine, wer diesen Stein errichtet hat.«

»Meinst du, das ist unsere Quelle?«

»Ich bin mir unsicher, bin kein Priester«, murmelte die Elementaristin. »Aber ich denke, das hier hat etwas zu sagen. Sonst hätte niemand versucht, es einzugraben.«

Gernots Blick wanderte den Hügel entlang. Sie waren direkt neben dem Beginn des entwurzelten Waldes, es war kaum zu erahnen, wie es hier vor dem Unwetter ausgesehen hatte, geschweige denn vielleicht Jahre zuvor.

Der Nebel aber nahm langsam eine gelblichere Farbe an, ein untrügliches Zeichen dafür, dass irgendwo jenseits dieses undurchdringlichen Schleiers die Sonne langsam wieder hinter den Wäldern verschwand. Und dann entdeckte er sie. Ohne große Bewegung bedeutete er Flevia, seinem Blick zu folgen. Er erkannte in ihren Augen, dass sie sie auch sah: Die Bestie von Widdau.

Nun aber erkannte er mehr. Eine Schulterhöhe von einem halben Schritt, Kopfhöhe ein Stück darüber. Ein sehr langer, buschiger Schwanz schien ihr Gleichgewicht zu verleihen, während sie mit grau bepelzten, starken Pranken dabei war, sich erstaunlich geräuschlos ihnen beiden zu nähern. Ein großer Teil des Rumpfes und nahezu das vollständige Haupt der Kreatur aber waren verhüllt. Eine eigenartige Konstruktion aus Knochen und Holz bedeckte ihren Rücken, aus dem diverse spitz zulaufende, beschnitzte Holzstäbe wie die Stacheln eines Igels herausragten. Einer davon fehlte – es war der, den Gernot in der vergangenen Nacht abgeschlagen hatte. Über den Körper selbst wurde von einer Art Überwurf verborgen, vielleicht eine Wildschweinhaut, der auch das borstige Fell entsprang. Der Bauch wurde von ineinander verschachtelten Holzschienen bedeckt, die mit Nieten und Lederbändern die Rückenkonstruktion hielten. Gernot hatte solch eine Technik gelegentlich bei nekanischen Spangenpanzern gesehen – aber noch nie aus Holz, geschweige denn an einem Tier. Das Haupt der Kreatur war mit Knochenteilen behängt und wurde teils von dem Überwurf bedeckt, machte es nahezu unmöglich, die wirkliche Kopfform zu erkennen. Sie wirkte nicht wie ein Monster, nur wie etwas, das man als Monster verkleidet hatte.

»Spiriti elementorum«, flüsterte Flevia kaum hörbar, während sie scheinbar aus einer Falte ihrer Robe den klaren, kleinen Edelstein hervorzog, den Gernot schon bei der Untersuchung der Schafleiche gesehen hatte. »Apparete!«

Nichts Offensichtliches geschah, doch nach einem Moment nickte die Adepta und ließ den Stein ebenso behände wieder verschwinden.

»Irgendetwas scheint die Kreatur zu kontrollieren. Vielleicht nicht gerade aktiv, aber sie ist nicht aus reinem Instinkt heraus hier«, flüsterte sie. Gernot nickte.

»In Ordnung, wir ziehen uns jetzt beide langsam in Richtung des Windbruchs hinter uns zurück. Auf der flachen Ebene hier ist es wie gestern Abend auf der Wiese. Das war mir entschieden zu knapp. Im Unterholz haben wir vielleicht einen Vorteil wegen der sperrigen Aufbaute.«

Langsam zogen sie sich beide zurück. Die Kreatur bemerkte es, änderte den Winkel, in dem sie sich näherte, beschleunigte aber nicht. Erst als die beiden bereits einige Meter in das Chaos aus zerfetzter Natur hineingetreten waren, setzte sie zum Angriff an.

Fauchend legte die Bestie die letzten Meter des Hanges mit wenigen Sprüngen zurück und ließ sich dabei auch nicht davon aus der Ruhe bringen, dass jede Landung mit einem erneuten Rutschen verbunden war. Gernot konnte die Balancefähigkeit nur bewundern, die damit einherging.

Erneut schien sich das Wesen den Söldner ausgesucht zu haben. Der zog sein Schwert und beschloss, diesmal ernst zu machen. Während Flevia mit wehendem Gewand unter einem halb gestürzten Baum durchtauchte, griff Gernot seine Waffe mit beiden Händen und holte weit hinter seinen Rücken aus. Keine gute Defensivposition, aber er hatte auch kein großes Interesse an Defensive.

Er wartete. Ließ die Kreatur herankommen. Wartete. Und dann, als sie absprang, riss er mit einem wilden Schrei und aller Wucht, die er in den Hieb legen konnte, die Klinge über seine Schulter nach vorne.

Mit lautem Schlag prallte sein Schwert auf die Verkleidung und grub sich tief in die bizarre Mischung aus Holz und Knochen, ohne sie jedoch zu durchdringen. Die Wucht alleine hatte den

Sprung der Kreatur jedoch abgeleitet und ließ sie krachend durch einen entwurzelten Busch in eine kleine Mulde stürzen.

Der Söldner setzte nach. Mit einem geschickten Sprung folgte er der Bestie, die offenbar mit der Last auf dem Rücken noch nicht wieder richtig auf die Beine gekommen war. Gernot griff um, die Klinge zum Stich an der Seite geführt und versuchte dann, die Spitze in einen schmalen Spalt zu rammen, der sich zwischen den Lamellen am Bauch offenbarte. Diesmal war die Kreatur aber zu schnell, Gernots Klinge glitt wieder ab und er musste zügig einen Ausfallschritt machen, um nicht von einer Pranke erwischt zu werden. Er stieß mit dem Rücken gegen etwas – und realisierte, wo er war.

Die Mulde war offenbar eine Art Krater, der entstand, als ein großer Baum nebst Wurzel aus dem Erdreich gerissen worden war. Und er war nun rücklings gegen eben jene Wurzel gestolpert. Wo war eigentlich Flevia?

Die Bestie sah ihn an, fauchte, fixierte ihn regelrecht, während sie flach am Boden begann, sich zu nähern. Gernot griff das Spiel auf, begann sich gegenläufig zu bewegen. So umkreisten sie einander, in ein seltsames Duell verwickelt und der Söldner fragte sich für einen Moment, wie dieses Tier den Augenblick wohl wahrnehmen würde.

Flevias Stimme riss ihn aus diesem Gedanken: »Gernot! Raus da!«

Ohne zu überlegen, ohne zu hinterfragen, folgte er der Anweisung und brachte sich mit zwei langen Sprüngen zurück. Er hörte Flevias Stimme, kurz, präzise, gezielt intoniert. Eine Detonation erfolgte irgendwo an seiner Seite und sprengte offenbar große Teile des Geästs des gestürzten Riesen ab. Holzsplitter gingen auf ihn nieder und er musste sein Gesicht kurz abschirmen.

Mit einem tiefen, sonoren Krachen erhob sich der Baum wieder. Dröhnend richtete sich der massive Stamm – ohne die Äste nun leichter als die schwere, verzweigte Wurzel an seinem Fuß – wieder auf und donnerte in seine alte Position zurück. Gernot kam stolpernd zum Stehen. War die Bestie in der Mulde von dem Riesen begraben worden?

Er blickte zu Flevia. Sie stand einige Schritt neben der Stelle, an der die Äste des Baumes gelegen haben mussten. Selbst durch den in der Dämmerung noch dichter scheinenden Nebel konnte er ein Lächeln auf ihrem Gesicht ausmachen, scheinbar verzückt von dem, was sie dort mit einem Spruch angerichtet hatte.

Gernot nickte ihr anerkennend zu – und erstarrte dann. Fauchend schoss aus dem Nebel ein flacher Schemen auf sie zu, schnell wie der Wind. Die Bestie lag nicht unter dem Baum begraben, musste entkommen sein, als der Söldner sein Gesicht gegen die Splitter abgeschirmt hatte. Sie hatten einen Teil der Rückenkonstruktion eingebüßt, wirkte sonst aber unversehrt.

Flevia führte zwei, drei schnelle Bewegungen aus und schien wieder Worte zu murmeln, die aber nicht zu Gernot drangen. Dieser lief schon los, als die Bestie die Adepta ansprang und ihre Klauen in sie rammte.

Oder rammen wollte. Als wäre die letzte Hand breit Luft um Flevia undurchdringbar, holte das Untier seine Gefährtin zwar von den Beinen, verwundete sie aber nicht weiter. Sie rollte sich ab, kam zerzaust wieder auf die Füße und sprach erneut etwas. Gernot verstand die Worte nicht, sah aber ihre Wirkung als ein Glühen sich um Flevias rechten Arm legte, Blitze zwischen ihren Fingern lautstark zu schlagen begannen und sich ein beißender Geruch breit machte.

Auch der Bestie war dies offenbar nicht geheuer und zum ersten Mal wich sie offenkundig einige Schritte zurück. Flevia rückte nach – und Gernot fluchte, denn seine Gefährtin brachte damit einen weiteren, umgestürzten Baum zwischen ihn und die beiden.

Der Söldner trat einen Sprint an. Ohne weiter über das Unterholz nachzudenken, was in der Dämmerung kaum mehr zu erkennen war, umkreiste er in zügigem Lauf den Baumstamm, der ihm nun die Sicht auf den Kampf nahm. Er hatte gerade die halbe Distanz überwunden, als ein greller Lichtblitz hinter dem Baum erfolgte und der beißende Geruch erheblich zunahm.

Er rutschte um das Hindernis herum und sah, was passiert war. Offenbar hatte es einen Schlagabtausch gegeben. Flevia stand, aus einer Beinwunde blutend, mit dem Rücken zum Baum, das Biest von Widdau ihr gegenüber. Und wenn er irgendetwas über das Verhalten der eigenartigen Kreatur gelernt hatte, setzte es wieder zum Sprung an.

Gernot beschloss es der Kreatur gleichzutun, rannte los, ließ sein Schwert fallen und sprang ab – beide Füße voran auf das gepanzerte Tier gerichtet.

»Gernot!«, entfuhr Flevia ein besorgter Ruf und erst in der Luft erkannte er, warum. Dicht hinter dem Wesen, zuvor durch Nebel und Dämmerung verborgen, brach der Boden ab und ein steiler Abhang gab einen recht langen Weg in die Tiefe preis. Dann aber rammten seine Stiefel bereits gegen die Bestie und gemeinsam taumelten sie beide über den Rand.

Wäre Gernot einfach gesprungen, wäre er in geradem Weg in den Abgrund gestürzt. Der Aufprall aber hatte ihn genug gebremst, um seitlich auf den Hang zu schlagen und weniger zu fallen, als vielmehr in die Tiefe zu rutschen, wenn auch gleichsam unkontrolliert. Er griff zu, grub seine Finger tief in das weiche Erdreich, doch schien nichts aus dem Boden heraus genug halt für den schweren Mann zu bieten.

Flevia rannte ebenfalls los und versuchte ihn noch zu greifen, doch war er bereits zu weit von der Kante entfernt – als seine Finger etwas zu packen bekamen. Was es auch war, er krallte sich daran fest, während die Bestie unterhalb von ihm weiterhin in die Tiefe schlingerte.

Er hatte Halt. Mit Gewalt trieb er seine Stiefelspitzen in den nassen Dreck, atmete dann erst einmal tief durch. Sein Blick fiel auf das, was er gegriffen hatte. Für einen Moment konnte er nicht begreifen, was es war, doch dann erkannte er es.

Es war ein Bogen. Ein Langbogen, der dort, vor Jahren tief begraben, aus dem frisch aufgebrochenen Steilhang ragte.

***

Es erforderte noch einige Mühen, Gernots Position zu sichern. Flevia war im Nachhinein froh, seine Hand nicht noch zu fassen bekommen zu haben, unsicher wie viel von ihren Blitzen zu dem Zeitpunkt noch in ihrem Körper innegewohnt hatte.

Sie hatte noch immer einen metallischen Geschmack im Mund, als sie endlich mit einem ausreichend langen und stabilen Ast zurückgekehrt war, um dem Söldner eine Hilfe beim Aufstieg zu sein. Gemeinsam hatten sie eine Weile an dem Abhang gelegen, bevor er mit der Übung eines langjährigen Soldaten einen Verband um ihre Beinwunde gelegt hatte. Sie würden sie ordentlich reinigen müssen, wenn sie zurück in Widdau waren, doch vorerst musste es reichen.

Durch Gernots Fund befleißigt, hatten sie sich daran gemacht, die Umgebung näher zu untersuchen und letztlich sogar erneut den Abstieg zu wagen, um dem mysteriösen Bogen auf die Spur zu kommen. Der Fund, den sie aber letztlich gemacht hatten, war grässlicher gewesen als alles, womit sie gerechnet hatten. Kurzes Graben im Schein ihres magischen Lichtes hatte nicht, wie sie zunächst erwartet hatte, ein Skelett zu Tage gefördert, sondern vielmehr eine Leiche. Verwest und übel riechend, aber durch den lehmigen Boden offenbar besser konserviert als derjenige sich erhofft hatte, der sie einst hier begrub.

Sie arbeiteten fast die gesamte Nacht hindurch, legten immerhin vier weitere Leichnahme frei, alle in vergleichbarem Zustand. Flevia aber schätzte, dass es vermutlich noch eine ganze Reihe mehr sein mussten, die dort lagen. Gernot sah offenbar keinen Anlass, ihr zu widersprechen.

Als die Sonne sich wieder erhob, hatte der Nebel sich offenbar bereits gelichtet. Im fahlen Schein des Morgens besahen sie erneut, was sie gefunden hatten. Und beiden schwante nun, was es mit dem Biest von Widdau auf sich hatte.

Nach kurzer Rücksprache traten sie erneut den Weg ins Dorf an.

***

Ihr Kommen blieb nicht lange unbemerkt. Kejan war einer der ersten, der sie entdeckte und Gernot hatte den Eindruck, der junge Mann sei bereits auf der Suche nach ihnen gewesen. Die Furcht stand ihm ins Gesicht geschrieben, doch war das auch verständlich. Beide waren sie von oben bis unten mit Schlamm bedeckt, Flevias Robe zudem mit ihrem eigenen Blut durchtränkt. Die Beinwunde war nicht ernsthaft gefährdend gewesen, doch hatte sie der grauen Gewandung offenbar endgültig den Rest gegeben.

»Bei den sieben Schwestern!«, entfuhr es auch einer jungen Frau, die offenbar mit Kejan zusammen am Wall von Widdau

Wacht gehalten hatte. Flevia winkte ab, bedeutete ihm aber, näher zu treten.

»Hör gut zu. Wir werden uns jetzt beide reinigen gehen, außerdem müssen wir mein Bein noch versorgen.«

»Natürlich, Adepta. Wenn ihr–«

»Du wirst in der Zeit dafür sorgen, dass einige bestimmte Personen sich alle in eurer Schenke versammeln. Sage Jupp Steinmeier, dass wir uns treffen, und bitte Welka, die älteren Widdauer zu rufen. Sollte wieder seine Frau die Schenke betreiben, so sage ihr, dass Sondrik auch dort sein soll. Um die Jugend des Ortes kümmerst du dich ebenfalls. Schau, dass jene dort sind, die die Schafe gehütet haben.«

»Jawohl«, gab Kejan nur von sich, dann lief er los.

Gernot wunderte sich manchmal über seine Gefährtin. Auch gerade, denn ihr Gesichtsausdruck verriet ihm, dass Kejan es wohl erstmals geschafft hatte, in ihren Augen richtig zu reagieren.

***

Zu sagen, dass die beiden sauber gewesen wären, als sie den Schankraum wieder betraten, würde nicht der Wahrheit entsprechend, aber es war besser als zuvor. Flevia hatte in ihrem Reisegepäck zumindest noch andere Kleidung gefunden, wenn auch keine Robe mehr. Gernot trug noch immer die gleiche Lederhose, hatte aber alles bis auf seine Tunika auf dem Zimmer abgelegt und wirkte zumindest besser so. Ihre Gesichter waren gereinigt, die Haare noch nass, als sie eintraten.

Einige unvermeidliche Spottbemerkungen darüber, was die beiden wohl zusammen im Zuber gemacht hätten, kamen auf, doch erstarben sie ebenso schnell wieder, als man den Ernst in ihren Gesichtern erkannte. Der zentrale Fleck des Raumes war tatsächlich an der Theke, sodass sie sich beide dort hinstellten, wartend, bis Ruhe in den Raum gekommen war.

Flevia und Gernot tauschten noch einmal Blicke. Das würde nicht schön werden.

»Stimmt es, dass es eine Verschwörung ist, Jupps Schafe zu töten?«, eiferte sich eine ältere Frau.

»Ein Fluch!«, schallte es aus einer anderen Ecke. Gemurmel kam erneut auf, verklang jedoch, als Jupp Steinmeier seine beachtliche Hand hob.

»Wir sind gerufen worden«, erklärte Gernot, auch wenn es unnötig schien, »um die Bestie von Widdau zu stellen. Um das Dorf zu retten. Und wir werden das Dorf retten, doch fürchte ich, ist die Bestie von Widdau nichts, was man stellen kann. Es ist jemand, den man entlarven muss.«

Wieder folgte Gemurmel, das Flevia aber unterbrach.

»Ich weiß, viele von euch rechneten mit einem Tier. Einem Biest, das man stellen, das man erlegen kann. An dessen Tod neuerlicher Frieden in Widdau gekoppelt wäre. Ich fürchte, so einfach ist es nicht.«

»Aber etwas tötet doch die Schafe!«, brüllte ein Erster.

»Das ist kein Mensch!«, ergänzte ein Zweiter.

»Unser erster Zweifel kam uns, als wir die Leiche sahen. Das Tier war zerrissen worden, zerfetzt geradezu«, fuhr Gernot fort. »Ist ein Jäger unter euch?«

»Ich«, tönte ein Hüne, der nahe dem Tresen saß.

»Euer Name.«

»Brigo. Brigo Nesselbach.«

»Wenn ein Tier tötet, warum macht es das dann, Brigo?«, fragte Flevia.

»Meist um es zu fressen. Außer vielleicht die Mietz, die spielt damit. Manchmal frisst sie dann auch.«

Gernot nickte.

»Eure Bestie hier aber, sie griff stets nur ein einzelnes Tier an, obwohl ja weiterhin Schafe in der Nähe waren. Stets eines, wo sie gut zu finden waren, und richtete dort dann einen größtmöglichen Schaden an. Ein blutiges Spektakel«, erläuterte er, bevor Flevia wieder fortfuhr.

»Einige von euch wissen, dass wir vorletzte Nacht mit dem Tier gekämpft haben. Dass das Tier, ich vermute einfach, dass es das Gerücht längst gibt, eine dämonische Kreatur sei, die von normalen Waffen nicht verletzt werde. Wir haben es gestern bei Tage gesehen. Das Tier trägt eine Verkleidung.«

Beide beobachteten sie die Blicke der Bewohner, versuchten jede Reaktion, jede Nuance aufzufassen. Sondrik in ihrem

Rücken hatte derweil zwei Tonkrüge mit Bier bereitet und stellte sie zu den beiden. Gernot bedankte sich lächelnd, ergriff dann wieder das Wort.

»Wir waren weiter außerhalb des Ortes, bei dem Windbruch. Wir haben dort etwas gefunden. Einen Stein, mit einer hydracorischen Triskele darauf und einer Inschrift.«

»›Vergebung‹«, ergänzte Flevia.

»Welka, du bist einer der ältesten Anwohner hier, oder?«, erkundigte sich Gernot.

Welka antwortete und Flevia übersetzte seine Zustimmung, was eigentümlich fehl am Platze erschien, war Gernot vermutlich der einzige, der den hiesigen Dialekt auf Teufel komm raus nicht zu verstehen vermochte.

»Kennst du den Schrein?«, fragte er nun und Welka verneinte. Zustimmendes Gemurmel erfüllte den Raum.

»Wir haben in der Nähe des Platzes, wo wir den Stein fanden, noch etwas entdeckt. Leichen, mindestens vier«, berichtete Flevia und beobachtete, wie sich mehrere der jungen Frauen des Ortes schockiert die Hand vor den Mund schlugen. »Condrianer.«

»Was?!«, entfuhr es nun auch Jupp. Gernot übernahm das Wort.

»Sie trugen Langbögen bei sich, eindeutig condrianischer Machart. Außerdem trugen, soweit wir das sagen können, mindestens zwei von ihnen grüne Kopftücher. Sie waren Kämpfer des Widerstandes zur Zeit der nekanischen Besatzung.«

»Dann ist diese Bestie ein Mittel der Rache? Etwas, das gekommen ist, um wahllos Rache zu nehmen für verstorbene Condrianer und einen vergessenen Schrein?«, entfuhr es Brigo.

»Nichts dergleichen«, sagte Flevia. »Aber ich denke, der Verantwortliche würde begrüßen, wenn man es so sähe.«

»Die Leichen sind kaum verwest. Flevia sagt, das läge an der Beschaffenheit des Bodens dort oben zwischen den Bäumen«, erklärte Gernot. »Das führt dazu, dass man recht gut erkennen kann, woran sie gestorben sind. Sie wurden erschossen. Und ich vermute stark, dass es mit Langbögen gemacht wurde.«

Erneut ging ein Raunen durch den Raum und es dauerte dieses Mal einen Moment, bis wieder Ruhe einkehrte. Jupp, kreidebleich hinter seinem Bart, bedeutete Gernot, fortzufahren.

»Wir sind uns beide sicher, dass die Bestie eine Ablenkung ist. Wer auch immer die Verstorbenen verscharrt hat, er hat zwar einen Schrein zur Buße errichtet, aber ihn zugleich vergraben, um Fragen zu vermeiden. Der Sturm hat ihn freigelegt – und die Bestie war der perfekte Vorwand, dort wieder alles herzurichten. Niemand ging weit aus dem Dorf, aus Angst vor dem Ungeheuer und wegen der Wacht an den Schafswiesen, und auf den eigenen Wachrunden hatte der Täter eine Chance, jeden Tag wieder etwas mehr dort einzugraben.«

»Aber wer war es?«, knurrte Kejan. Flevia fuhr fort.

»Die Verkleidung des Tieres war eine feine, ordentliche Holzarbeit. Handwerklich sehr geschickt. Wer auch immer sie hergestellt hat, er war Soldat, kannte nekanische Spangenpanzer. Aber sie ist aus Holz, also eine condrianische Arbeit. Ein Falke also?«

Gernot nahm einen Schluck aus dem Humpen.

»Der entscheidende Hinweis aber ist die Triskele auf dem Stein. Sie ist nicht gemeißelt gewesen, sie war aus Ton hergestellt.«

Er drehte sich um und blickte Sondrik in die Augen. Und dann sagte er zum ersten Mal etwas, das direkt an den Wirt gerichtet war: »Das ist ein wirklich schöner Bierkrug. Ihr fertigt die selber, nicht wahr?«

***

Die nächsten Minuten waren wildes Chaos gewesen. Die junge Bevölkerung, von Kejan herbeigeschafft, fiel über den Tresen her wie Ameisen über süßes Gebäck. Sondrik hatte sich nicht gewehrt, war aber dennoch unter Hieben auf den Platz vor der Schenke gezerrt und von dem gesamten Dorf umkreist worden. Allein seine Ehefrau war zurückgeblieben und hatte, die Hände so stark zu Fäusten geballt, dass ihre Knöchel weiß zu leuchten schienen, beobachtet was geschah.

Schnell hatte Sondrik gestanden. Es war ein nebliger Tag kurz vor dem Sturm gewesen, ein Missverständnis im Wald, einige, wenige geschossene Pfeile. Sie hatten ihr Ziel nicht verfehlt, waren mit der den Falken eigenen, tödlichen Präzision eingeschlagen.

Sondrik und seine drei Gefährten, Männer die alle schon nicht mehr lebten, hatten sich nicht getraut, in dem Dorf zu berichten, was geschehen war und hatten die Toten daher vergraben. Aus schlechtem Gewissen heraus hatten sie ihnen den Stein beigegeben, damit Hydracor die Seelen der Toten vielleicht ja dennoch in die ewigen Fluten geleiten konnte.

Während das Chaos noch tobte, hatten sie Jupp beiseite nehmen können. Er hatte ihnen ihren Lohn gegeben und sich noch einmal bedankt, dann aber wieder seine ganze Aufmerksamkeit auf Sondriks Geschichte gelenkt.

Flevia war sich sicher, dass sie niemand hatte gehen sehen.

Nun schritten sie bereits wieder seit zwei Stunden den Pfad entlang, zurück in Richtung Tharemis, der Hauptstadt Condras entgegen. Neue Arbeit würde sich leicht finden lassen, es waren schließlich unruhige Zeiten.

»Eines ist mir aber noch unklar«, gab Gernot plötzlich zu.

»Was denn?«

»Die Bestie – was hatte es jetzt genau damit auf sich?«

»Ein condrianischer Waldkater, wenn du mich fragst. Und ich vermute, die Kontrolle darüber ging von seiner Frau aus.«

»Seiner Frau?«

»Ist dir aufgefallen, wie niemand im Ort sie beim Namen nennt? Wie auch wir sie nie beim Namen genannt haben?«

»Bisher nicht«, räumte Gernot ein. »Aber du hast Recht.«

»Namen haben Macht. Nicht jeder Spitzname, aber der Name, der wirklich dich bezeichnet, der ganz individuell dich meint, der hat Macht. Aber dieser feine Unterschied ist nicht jedem bekannt, der die Akademie nicht besucht hat.«

»Eine Hexe oder so etwas?«

»Nur ein Bauchgefühl. Aber wir hatten unseren Moment.«

Für eine Weile gingen sie schweigend weiter.

»Du hast nichts darüber vor Ort gesagt«, fuhr Gernot fort. Es war keine Frage.

»Nein. Das muss das Dorf wenn selber regeln. Sie werden die richtigen Fragen stellen; es ist an ihnen, sie der richtigen Person zu stellen.

»Manchmal verstehe ich dich nicht.«

»Gut.«

So schritten sie weiter die Straße entlang. Dunkle, fast schwarze Unwetterwolken bahnten sich von Norden her bereits wieder an.

Der condrianische Herbst war vielleicht vergangen, doch der Winter schickte sich an, ihm in nichts nachzustehen.

Flevia schoss ein weiterer Gedanke durch den Kopf. Als sie am Morgen, bevor sie ins Dorf gegangen waren, im Licht der aufgehenden Sonne noch einmal an dem Hang gestanden hatte, war ihr Blick bis an dessen Fuß gefallen. Dort unten hatte sie die Trümmer der Verkleidung sehen, das Tier jedoch, was darin gesteckt hatte, war verschwunden.

Flevia beschloss, es nicht weiter anzusprechen.

Gemeinsam schritten sie dem Herzen des freien Landes Condra entgegen.

Quellen

Diese Geschichte wurde stark inspiriert von der realen Bestie des Gévaudan, die in den Jahren 1764 bis 1767 die gleichnamige französische Region unsicher machte und bis heute von vielen Spekulationen umgeben ist. Sie wurde bereits mehrfach literarisch aufgegriffen und diente 2001 auch als Grundlage des Films *Pakt der Wölfe* von Christophe Gans. Die in dieser Geschichte genannte Auflösung beansprucht dabei keinerlei Wahrheitsgehalt und versteht sich nicht als Adaption realer Vorgänge.

Die Rüstung der „Bestie" wurde stark von den Katzenrüstungs-Skulpturen des kanadischen Künstlers Jeff de Boer geprägt. Die Verkleidung der Bestie mit einem „Überzug" aus Wildschwein-Haut basiert auf der entsprechenden These aus Michel Louis' Sachbuch *La bête du Gévaudan* (Perrin, Paris 2001), wenngleich Louis von einem Hund ausgeht.

Julia Fink

Bombenstimmung

Niedergeschlagen hing er über seinem Schreibtisch, auf dem sich wie immer ein riesiger Haufen Papier angesammelt hatte. Nur direkt vor ihm war eine fast freie Fläche, auf der ein einzelnes Schreiben lag. Und genau über diesem runzelte der gealterte Alchemist die Stirn und raufte sich die schütteren, hellblonden Haare.

»Warum, im Namen des Ewigen, müssen sich jetzt auch noch diese Zauberwichtel von der Akademie einmischen? Als wären wir nicht selbst in der Lage, so eine kleine Explosion aufzuklären!«

Mühsam erhob sich der Inspektor und ging an ein Regal neben dem großen, leicht rußgeschwärzten Fenster. Aus einer Schatulle fummelte er eine Feder, schaute sie sich genau an, legte sie dann wieder weg und zog dann eine zweite, breitere heraus.

Mit einem hörbaren Seufzen ließ er sich wieder auf seinen Stuhl fallen und nahm direkt die ihm eigene, leicht nach vorne gebeugte Haltung ein, die ihm schon seit Jahren Rückenschmerzen bereitete. Immer noch missmutig vor sich hin grummelnd zog er dann ein schön marmoriertes Stück Pergament aus dem Stapel vor sich, griff geistesabwesend nach rechts nach seinem Tintenfässchen, tauchte die Feder ein und begann dann, in schwungvoller Schrift, eine Depesche aufzusetzen.

Werter Herr Reißenbach,

mit Erstaunen las ich heute die Mitteilung, dass nun auch die Elementaristen der Academia Cantus Harmoniae zu Tharemis an den Ermittlungen bezüglich der Explosion und ihrer Nachwirkungen im Südviertel von Tharemis beteiligt sind. Es drängt sich die Frage auf, ob der Hohe Rat der Meinung ist, die Gilde der Alchemisten sei nicht in der Lage, diesen Vorfall selbst aufzuklären. Vielleicht wäre es im Sinne der Gilde angebracht, noch einmal den Kontakt zu Archontin Holzholt zu suchen, um ihre genauen Beweggründe zu dieser Entscheidung zu hinterfragen und sie zu bitten, diese Entscheidung noch einmal zu überdenken.

Mit den besten Grüßen
Hendrik Wanruk

***

Durch die spätherbstlichen Gassen von Tharemis versuchte Dilga, ihre Schritte trotz ihrer guten Laune maßvoll und ernst zu halten, jedoch konnte sie sich hier und da einen kleinen Hüpfer nicht verkneifen. Endlich konnte sie im Feld zeigen, was sie wert war, und direkt auch noch was für ihre ureigene Forschung tun. Insgeheim hatte sie sich solch eine Katastrophe schon länger gewünscht, aber seit der Explosion des Hallers war es ruhig geworden in der Hauptstadt.

Aber jetzt, endlich, war es soweit, und sie war tatsächlich von ihrem leitenden Inspektor als Kommissarin eingesetzt worden. Im Schlepptau hatte sie noch einige Söldner, die ihr den Rücken freihalten sollten und ein paar Kollegen aus der Gilde. Wüstenberg, Nachtsheim und Grützmann waren, soweit Dilga das beurteilen konnte, allesamt fähige Leute, auch wenn die kleine Grützmann allzu oft von Skrupeln geplagt wurde und für Dilgas Geschmack zu häufig davon sprach, dass »man so was ja nicht machen könnte«.

Am Tatort angekommen, verschaffte sich Dilga erst einmal einen Überblick über die Situation. Obwohl die Explosion schon mehrere Stunden her war, waren die Auswirkungen immer noch gut erkennbar. Mal abgesehen von dem Krater, und davon, dass ein Haus eingestürzt war, ging es auch den Anwohnern noch immer nicht wirklich gut. Fast alle trugen leichte bis mittelschwere Verletzungen im Gesicht, die aber offensichtlich nicht von herumfliegenden Geröllteilen stammten. Natürlich gab es hier und da auch Verletzungen, die direkt auf die Explosion zurückzuführen waren, aber hauptsächlich sahen die Leute eher so aus, als hätten sie bei einer handfesten Rauferei mitgemacht. Veilchen, gebrochene Nasen, Würgemale am Hals und abgeschürfte Fingerknöchel waren vorherrschend im Gesamtbild.

Naserümpfend ob des immer noch in der Luft hängenden, beißenden Geruchs stellte Dilga sich auf ihre Zehenspitzen und schaute sich weiter um. Nach einigen Sekunden sank sie wieder schnaubend auf ihre normale Größe nieder. Wie zu erwarten, versteckten sich weiter hinten im Getümmel zwei grüne Kopftücher. Also genau das, was sie jetzt absolut nicht gebrauchen konnte. Die Falken hatten immer was an der Arbeit der Gilde auszusetzen, immer! Mal kontrollierte man zu viel, mal zu wenig, mal gab es zu viele Drogen im Land, mal zu wenig, dann ging man zu hart mit den Leuten um, dann wieder zu sanft … die Liste der Anschuldigungen war unendlich.

Schnell strich sich Dilga eine blonde Strähne aus dem Gesicht und ging zügigen Schrittes auf die beiden Falken zu. Vor ihnen angekommen, baute sie sich zu voller Größe auf, setzte einen ernsten Gesichtsausdruck auf und …

»Na, wen haben wir denn da? Was für eine Überraschung. Schickt die Gilde jetzt schon Kinder aus, um die Untersuchungen durchzuführen?«

Verdammt! Da wollte sie gerade zu einer griffigen Begrüßung ansetzen, um sich vorzustellen, und da kommt ihr dieser ungehobelte Kerl mit dem grünen Fetzen auf dem Kopf zuvor. Und seine Kumpanin kicherte auch noch, als hätte er den Witz des Jahres gerissen.

Dilga brauchte einige Sekunden, um sich zu sammeln, und entschied sich dann, die Bemerkung einfach zu übergehen.

»Grüße. Mein Name ist Dilga Dreuber, ich bin im Auftrag der Gilde der Alchemisten hier, die wiederum ihren Auftrag direkt vom Hohen Rat bekommen hat. Meine Stellung hier ist die einer offiziellen Kommissarin. Ihr werdet den betroffenen Bereich nun absperren und mir hier vorne Platz schaffen, damit ich meine Utensilien aufbauen kann.«

Das wäre geschafft, und ihre Stimme hatte auch nur ganz wenig gezittert. Sie war durchaus stolz auf sich und gestattete sich ein minimales Lächeln.

»Ach, wir sollen dir also hier jetzt den Arsch nachtragen und für dich die Drecksarbeit machen? Bei dir fehlen wohl ein paar Klötzchen im Kasten.« Der Falke lachte laut auf und seine Kumpanin stimmte ein. »Nee nee nee, Mädchen, so haben wir sicher nicht gewettet. Du hast doch da vorne deine eigenen Jungs dabei. Die können das genauso gut. Und wir bleiben einfach hier und schauen uns an, dass du auch ja nix falsch machst.«

Das hatte ihr ja so gerade noch gefehlt. Zwei Kindermädchen, die ihr die ganze Zeit auf die Finger starrten? Schnell überlegte sie, wie sie mit der Situation umgehen sollte.

»Na gut, wenn ihr nicht helfen wollt … eure Sache. Wir fangen dann mal an.« Nach einigen kurzen Befehlen gingen die Söldner daran, das Gebiet weitläufig abzusperren, und Dilga hockte sich mit ihren Kollegen hin, um einige Bodenproben zu nehmen, die sie dann umständlich mit einigem Firlefanz analysierten … oder jedenfalls etwas taten, was für die Falken möglichst langweilig und möglichst alchemisch aussah.

»Ach, das ist ja spannender hier als eine Aufführung von Theater Haberstedt«, gähnte der Falke. »Komm, Brid, wir gehen uns da vorne erst mal einen Fisken trinken. Wir schauen dann durchs Fenster zu, ob alles mit rechten Dingen zugeht.« Gemütlichen Schrittes gingen sie auf die nächste Taverne zu und verschwanden schon bald durch die Tür.

»Wunderbar. Dann können wir ja endlich anfangen. Sven, du baust hier vorne den mobilen Labortisch auf. Anja, hier vorne brauchen wir einen Schreibtisch. In der Zwischenzeit werden Theo und ich schauen, was wir hier alles vorfinden. Außerdem werden wir Blutproben von der Bevölkerung brauchen.«

Kaum hatte sie diesen letzten Satz gesprochen, als hinter ihr ein lautes Gebrüll losging, als hätte man einem Tanzbär zu kräftig am Nasenring gezogen. Blitzschnell drehte Dilga sich um und schaute, woher der Lärm kam.

Aus einem nahe gelegenen Haus taumelte ein Mann, die Augen blutunterlaufen, die Haare zerzaust, mit einem Stuhlbein bewaffnet. Wie ein wilder Stier brüllend wankte er auf die kleine Gruppe Alchemisten zu, das Stuhlbein in einer Hand weit über sich zum Schlag ausgeholt. Den Kopf hatte er gesenkt, sodass sein gesamtes Erscheinungsbild mehr einem Zombie als einem normalen Menschen glich.

Gunnar, der Anführer der Söldner, trat von hinten auf Dilga zu. »Befehle?« Mit blitzenden Augen schaute sie ihn von unten her an. »Na, was wohl? Schnappt euch den Kerl und stellt ihn ruhig! Na los!«

Mit einem kurzen Wink sammelte Gunnar die Söldner um sich, umkreisten den offensichtlich verwirrten Mann, und während Gunnar ihn vorne ablenkte, schlug eine Söldnerin ihn von hinten mit einem groben Hieb nieder. Als der Knüppel auf den Hinterkopf des Mannes aufprallte, gab es ein unappetitliches, knirschendes Geräusch, und der Mann sackte zusammen. Unsanft schlug er auf der gepflasterten Straße auf.

»Gut, ich denke, dann können wir hier direkt mit den Blutproben anfangen.«

Dilga kniete sich neben dem Mann hin, zog ihren Dolch hervor und schnitt ihm den Ärmel seines Wollhemdes bis zum Ellbogen auf. Mit geübtem Handgriff drehte sie dann seinen Arm so, dass die Innenseite des Handgelenkes zu ihr zeigte, setzte den Dolch an und hinterließ einen kleinen Schnitt entlang der stark durchbluteten Ader. Schnell hielt sie dann die von Nachtsheim angereichte Phiole hin, um das Blut aufzufangen.

Nach wenigen Sekunden war die Prozedur bereits vorbei und sie legte eine notdürftige Bandage um das Handgelenk des immer noch ohnmächtigen Mannes. Schnell begann das weiße Tuch sich rot zu färben.

Die Phiole reichte sie achtlos an ihren Kollegen zurück, der sie schnell beschriftete und einsteckte.

»Was willst du denn in deiner Tasche damit? Zum Labortisch, na los. Wir haben schließlich nicht die ganze Woche Zeit für diesen Auftrag.«

»Ähm … Dilga … wir sind gerade erst angekommen. Der Labortisch steht noch nicht. Vielleicht … sollten wir erst mal alles vorbereiten, bevor wir die nächsten Probanden behandeln«, stotterte Theo, nervöse Blicke um sich werfend. Dilgas schnelle Handlungsweise war nicht unbeobachtet geblieben und auch,wenn die Menschen hier alle noch recht benommen wirkten, wurde ein Raunen laut.

»Wir lassen uns doch nicht von irgendwelchen dahergelaufenen Giftmischern die Arme aufschneiden!« rief eine junge, dunkelhaarige Frau, die ihren etwa dreijährigen Sohn schützend im Arm hielt. Der Kleine sah aus, als hätte ihn ein Pferd niedergetrampelt, jede Stelle seiner Haut, die nicht von seiner zerrissenen Kleidung bedeckt war, war übersät von blauen Flecken und Abschürfungen. Zustimmende Rufe wurden hier und da laut, und in die Augen der Menschen auf der Straße blitzte eine Mischung aus Angst und Angriffslust auf.

»Doch, genau das werdet ihr tun!« Dilga stellte sich wieder auf und stemmte die Hände in die Hüften. »Der Hohe Rat hat uns geschickt, um die Explosion und ihre Folgen aufzuklären. Jeder Bürger der Stadt, der zu diesem Zeitpunkt in der Nähe war, ist verpflichtet, eine Blutprobe abzugeben und sich von uns untersuchen zu lassen. Wer sich dem widersetzt, muss damit rechnen, dass ihm das Blut gewaltsam abgenommen wird, was bei weitem unangenehmer ist, als ein kleiner Schnitt, der sofort versorgt wird.«

Herausfordernd schaute sie sich um, wohl wissend, dass ihre Söldner sich drohend hinter ihr positioniert hatten. Dilga würde nicht zulassen, dass ihre Autorität hier in Frage gestellt würde. Außerdem waren die Leute hier keine wirkliche Gefahr mehr für sie. Wenn ihre Vermutung stimmte, und das tat sie normalerweise, dann würden sie jetzt an Nachwirkungen einer Droge leiden, die den Konsumenten recht lange außer Gefecht setzt, sobald die Hauptwirkung einmal nachgelassen hatte. Mehr als große Reden schwingen und kraftlos taumeln würde hier niemand können.

Zufrieden blickte sie um sich. Nun konnten die Untersuchungen endlich losgehen.

***

Der Nebel vor seinen Augen verzog sich langsam und seine Sicht klärte sich. Eine leichte Unruhe blieb allerdings von dem, was er gesehen hatte, zurück. Die Zeichen standen nicht gut und er wusste nicht genau, worauf sie sich bezogen.

Aber daran war Eichbald schon gewöhnt. Trotz seines Ranges als Vicarius im Haus Wasser hatte er die Kunst der Hellsicht nie ganz gemeistert. Andere Aspekte, wie die Reinigung oder Heilung, lagen ihm viel eher. Seine Meisterprüfung hatte sich vollständig auf die Reinigung bezogen und die Hellsicht hatte er auch in seinem Studium an der Academia Cantus Harmoniae eher vernachlässigt. Um genau zu sein, hatte er sich sogar durch die Prüfungen durchgemogelt. Damals war das noch möglich gewesen, als der gute, alte Grumbach noch die Prüfungen gestellt hatte. Aber jetzt, seitdem Prytanus, Verzeihung, Prytana Wellenschlag das Haus leitete, hatten die Schüler in der Beziehung schlechte Karten. Man erzählte sich sogar, dass sie die Noten kannte, bevor die Prüfung überhaupt geschrieben war.

Eichbald schauderte. Ein unangenehmes Gefühl beschlich ihn, wenn er daran dachte. In der Anwesenheit der Prytana fühlte er sich immer wie ein offenes Buch, und oftmals war er sich nicht sicher, ob ihr gefiel, was sie in ihm las.

Doch das war jetzt alles nebensächlich. Heute erst hatte ihn ein Schreiben von eben jener Vorgesetzten erreicht, das ihm gar nicht gefallen wollte. Das würde doch nur wieder Schwierigkeiten bringen.

Einen Trupp Elementaristen wollte der Rat also haben. Um den Alchemisten auf die Finger zu schauen. Als gäbe es nicht schon genug Streitigkeiten zwischen Akademie und Gilde, ganz davon abgesehen, dass es nun beim Ewig Nachtblauen nicht die Aufgabe der Akademie sein konnte, auf die Giftmischer aufzupassen. Wofür gab es denn Falken? Der Rat hatte doch nun wirklich genügend eigene Truppen, um genau solchen Aufgaben nachzugehen.

Er seufzte schwer. Ihm würde nichts anderes übrig bleiben, erst mal ein paar Leute loszuschicken. Aber in der Zwischenzeit könnte er immerhin versuchen, noch irgendetwas zu erreichen, um die Probleme abzuwenden.

Nun, immer ein Schritt nach dem nächsten. Aus einer Schublade seines Schreibtisches zog er eine dicke Liste mit Namen.

Er fuhr mit dem Finger die lange Kolonne ab, hielt hier und da an, überlegte kurz, um dann direkt weiterzulesen. Endlich stieß er auf einen Namen, bei dem ihm ein Lächeln auf das Gesicht trat. Winfried Teshkal! Ja, das wäre genau der Richtige, um sich mit dem Problem zu beschäftigen. Ein gutmütiger Mensch, immer ruhig, besonnen, vielleicht nicht ganz der Hellste, aber gut, man kann ja nicht alles haben.

Eichbald überlegte, wen er noch dazu tun sollte. Winfried war immerhin schon Adeptus Maior, und damit in der Lage, Entscheidungen selbständig zu treffen und Verantwortung zu übernehmen. Also könnten ihm ruhig ein paar Scolarii oder Adepti Minor unter die Arme greifen. Das hätte direkt noch den Vorteil, dass diese dann wiederum etwas Erfahrung sammeln könnten, in vielerlei Hinsicht. Ein weiterer Schüler aus Haus Wasser wäre wohl angebracht, dann noch jemand aus Haus Humus, falls es viele Verletzte geben sollte, und jemand aus Haus Eis, um Analysen durchführen zu können. Außerdem konnte ein kühler Kopf nie schaden.

Schnell schrieb er noch einige Namen auf ein dafür bereitgelegtes Pergament, wedelte dann damit durch die Luft, um die Tinte zu trocknen, und schaute schließlich zufrieden auf sein Werk. Das wäre ja schon mal geschafft. Die schwierigere Aufgabe lag aber noch vor ihm.

Seufzend legte er ein neues Stück Pergament vor sich, diesmal eines von guter Qualität, nicht einen billigen Fetzen. Immerhin wollte er damit etwas erreichen und sich nicht bloß Notizen machen. Er überlegte eine ganze Zeit, bis er endlich die Feder auf das Pergament setzte.

Hochverehrte Prytana Wellenschlag,
gerade erhielt ich Euer Schreiben, in welchem das Konzil meine Hilfestellung bezüglich der Explosion im Süden der Stadt anordnete. Selbstverständlich habe ich bereits einige geeignete Personen ausgewählt, um sich mit diesem Problem zu beschäftigen.

Trotzdem komme ich nicht umhin, Euch meine Zweifel bezüglich dieses Vorhabens mitzuteilen. Die Zeichen stehen denkbar ungünstig für eine Zusammenarbeit mit der Gilde der Alchemisten. Es könnte durchaus zu politischen Verwicklungen führen, wenn die Akademie und die Gilde zusammenarbeiten.

Selbstverständlich akzeptiere ich die Entscheidung des Rates und des Konzils uneingeschränkt. Die Beweggründe, einige Elementaristen zu schicken, wären für mich jedoch von höchstem Interesse, um die Entscheidung nachvollziehen zu können. Wie Ihr sicher wisst, halte ich nicht viel von blindem Gehorsam.

Mit kollegialen Grüßen,
Eichbald Seffelgruber

Nachdenklich legte er die Feder weg, löschte diesmal die Tinte sorgfältig ab, und las sich das Schreiben noch einmal durch. Ob es wirklich klug war, der Prytana so eine Depesche zukommen zu lassen? Nun ja, er würde sicher deshalb nicht den Kopf abgerissen bekommen.

In Gedanken versunken griff er nach dem kleinen Bronzeglöckchen auf dem Fenstersims und klingelte einmal kurz. Sofort erschien der Gerufene und schaute erwartungsvoll. Eichbald übergab ihm das Schreiben und nannte den Empfänger. Dann dankte er dem Postmeister der Akademie, der sofort loseilte, um das Schreiben zu überbringen.

Der Lavendelduft, der dabei zurück blieb, hing noch lange im Büro des Vicarius.

***

»Müssen wir da jetzt wirklich hingehen? Ich hab doch eigentlich eine Vorlesung …«

Die Stimme des jungen Scolaren klang quengelig, sein von gerade verheilenden Pickeln übersätes Gesicht drückte Missmut aus. Schon den ganzen Weg hatte er Winfried genervt, trotzdem lächelte dieser immer noch freundlich und wandte sich an seinen Mitschüler: »Ja, müssen wir. Und das hat mehrere gute Gründe. Erstens, wir haben den Auftrag vom Konzil bekommen. Zweitens, du umgehst so deine täglichen Arbeiten. Drittens, du wirst sicherlich was dabei lernen. Und viertens ist das hier sicherlich ein Thema, das du auch für deine erste Queste verwenden kannst. Oder hast du da schon ein

Thema?« Aufmunternd lächelte er den Scolarius an. Eigentlich doch ein guter Kerl, dachte Winfried bei sich. Und wenn seine Mundwinkel nicht immer so hängen würden ...

»Nein, habe ich noch nicht ... aber ... ach ... ja, ist ja gut. Ich wäre trotzdem lieber im Gemüsegarten.«

Nach kurzem Überlegen setzte Teshkal wieder an und dozierte eine ganze Zeit vor sich hin, bis sie endlich am Ort des Geschehens angekommen waren: »Na, im Gemüsegarten wirst du aber sicherlich nicht so viel lernen wie hier. Ganz abgesehen davon, dass wir hier Menschen helfen können. Du willst doch sicherlich auch helfen, oder? Na, siehst du.« Auf eine Antwort hatte er gar nicht erst gewartet. Natürlich wollte er helfen, wer wollte das denn nicht? Man half sich doch immer gegenseitig, wenn man konnte.

Die beiden anderen Schüler trotteten still hinter den zweien her. Lisbeth, ihres Ranges schon Adepta Minor und Teshkals anderen Begleitern damit überlegen, schaute sich neugierig um. Als Winfried seiner Litanei über Nächstenliebe und Hilfe anfing, verdrehte sie nur die Augen. Der Scolarius aus Haus Wasser, der neben ihr ging und mit dem wenig wohlklingenden Namen Hinzel geschlagen war, warf ihr einen vorwurfsvollen Blick zu, konnte sich dann allerdings ein Grinsen nicht verkneifen. Freundschaftlich legte er eine Hand auf ihren Arm und leitete sie so um einen Pferdeapfel rum, den Winfried, obwohl er mitten reingetreten war, überhaupt nicht bemerkt hatte.

»Halt! Bis hierhin, und nicht weiter! Anweisung des Rates.« Eine Frau mit dem Gesicht einer Bulldogge baute sich vor Winfried und seinem kleinen Trupp auf. In der Hand hielt sie einen kleinen Knüppel, den sie immer mal wieder in ihre Handfläche klatschen ließ.

Winfried setzte sein strahlendstes Lächeln auf und trat auf die Frau zu. »Da muss aber sicherlich ein Missverständnis vorliegen. Wir, also, meine Gefährten und ich, sind von eben jenem Hohen Rat hergeschickt worden. Also, nein, eigentlich sind wir von unserem Magister hergeschickt worden, Magister Seffelgruber, vielleicht kennt Ihr ihn ja ...«

Nach einem kurzen Blick in das Gesicht der Frau sprach er schnell weiter: »Nein, wahrscheinlich nicht, aber ist ja auch egal, man muss ja nicht jeden kennen, nicht wahr, hehe, also, wie auch immer, er hat uns jedenfalls hierher geschickt, um die Explosion zu untersuchen, und der wiederum hat seine Anweisung vom Konzil bekommen, das Konzil kennt Ihr ja dann doch sicher, also nicht persönlich, aber vom Hörensagen, und das Konzil hat nämlich vom Rat gesagt bekommen, was der Rat da möchte. Also sind wir eigentlich vom Rat hergeschickt worden.« Zufrieden und selbstsicher lächelte Teshkal die Frau an. Er hatte seinen Standpunkt gut klar gemacht, jetzt konnte es nur noch eine Sache von Sekunden sein, bis diese freundliche Dame die ihr genannten Informationen verarbeitet hatte und ihn dann direkt zur Stelle der Explosion führen würde.

Missmutig schaute sich die Frau um. »Gunnar? Kannste mal kommen? Ich hab hier so einen Trupp Zwerge, die meinen, der Rat würde sie schicken.« Winfried setzte sofort wieder an: »Nein, das habt Ihr jetzt aber verkürzt dargestellt, nicht der Rat hat uns …« Rüde unterbrach die Frau ihn: »Jaja, is ja gut. Mir ist das doch wumpe, wer dich geschickt hat, Bürschchen. Erklär das Gunnar. Aber mach's diesmal kurz. Is' nur ein gut gemeinter Rat.«

In der Zwischenzeit hatte sich ein stämmiger Mann aus dem Getümmel gelöst und war auf sie zugetreten. Übellaunig und ohne ein Wort zu sagen schaute er Winfried von oben bis unten an. Dieser lächelte freundlich, doch als er den Mund öffnete, um ein weiteres Mal sein Anliegen vorzutragen, fuhr der Kerl ihm rüde über den Mund: »Papiere?«

»Oh, ja … das hätte ich fast vergessen. Hab ich … Momentchen.« Sofort ließ er sich auf sein rechtes Knie nieder und fing an, in seiner Tasche zu kramen. »Hier irgendwo müssen sie sein … schauen wir mal, nein … das sind die Unterlagen für mein Praktikum … hmm … hier! Nein, das ist die Tröte von letztem Monat, ha, da waren ein paar gute Artikel drin, habt Ihr die schon gelesen?« Ohne die Reaktion abzuwarten drückte er das reichlich zerknitterte Schriftstück dem Mann in die Hand und deutete auf einen langen Artikel. »Hier, der ist gut! Müsst Ihr mal lesen.«

Ach nein, das war ja gar nicht das, was der Mann von ihm wollte. Schnell beugte Winfried sich wieder über seine Tasche und zog dann endlich ein formell wirkendes Schriftstück heraus.

Na also, jetzt konnte ja gar nichts mehr schiefgehen. Mit einer leichten Verbeugung überreichte er das Pergament und wartete, bis Gunnar es ihm aus der Hand nahm. Das dauerte allerdings einen Moment, dieser hatte sich nämlich schon an die Stimme Tharemis', einer Kolumne in der zerknüllten Zeitung, gegeben und schmunzelte leise vor sich hin, bis seine Begleiterin ihn unsanft in die Seite stieß. »Was ist? Ach ja … danke … hmm.« Schnell überflog er das Schreiben und nickte dann. »Scheint in Ordnung zu sein. Ihr könnt passieren.« Er drückte Winfried das Pergament wieder in die Hand und ging dann lesend und leise lachend von dannen.

Endlich konnte es losgehen. Frohen Mutes und mit einem freundlichen Nicken zu der Bulldogge trat Winfried in die Straße, die ihm genannt worden war und versuchte erst einmal, sich einen Überblick zu verschaffen. Die armen Menschen hier sahen wirklich nicht gut aus, überall voller blauer Flecke, hier und dort konnte er auch einige verrenkte Glieder und Knochenbrüche erkennen. Er wollte gerade ansetzen, Hinzel einige Anweisungen zu geben, dass er sich doch um die gröbsten Verletzungen kümmern sollte, als plötzlich ein Tumult losging. Die Quelle des Radaus war schnell geortet: Eine junge Frau drückte ängstlich einen kleinen Jungen an sich und schrie aus Leibeskräften, während zwei Männer versuchten, ihr das Kind zu entreißen und ein junger Mann mit einem Dolch und einer Phiole das ganze mit gelangweiltem Blick betrachtete. Der kleine Junge weinte und klammerte sich an seine Mutter.

Sofort verschwand das freundliche Lächeln von Winfrieds Gesicht. Was wurde hier gespielt? Hilfe suchend schaute er sich nach dem netten Mann um, der eben mit seiner Tröte weggegangen war, aber der war schon außer Reichweite und nicht zu sehen. Dann musste er sich wohl selbst darum kümmern. Entschlossenen Schrittes ging er auf das grausame Schauspiel zu.

»Hey! Was glaubt ihr eigentlich, was ihr da tut?« Seine Stimme bebte leicht vor Wut. »Lasst sofort das Kind in Ruhe! Und die Frau auch.«

Erstaunt drehte der junge Mann sich zu ihm um und schaute ihn von oben bis unten mit dem gleichen gelangweilten Gesichtsausdruck an. »Anweisung von oben. Ich soll jedem der

Geschädigten hier Blut abnehmen, damit es analysiert werden kann.« Er kniff seine Augen zusammen und betrachtete Teshkal genauer. »Wer bist du überhaupt? Und was mischst du dich in Belange der Alchemistengilde ein? Wir haben unsere Befehle direkt vom Rat, also kusch dich. Wenn du ein Problem damit hast, was wir machen, kannst du ja mit der leitenden Kommissarin reden. Du findest sie da vorne am Labortisch. Dilga Dreuber heißt sie.«

Dilga Dreuber … bei dem Namen fuhr es Winfried eiskalt den Rücken runter. Er konnte sich an Zeiten erinnern, als er gezwungen gewesen war, mit ihr zusammenzuarbeiten. Das musste jetzt schon einige Jahre her sein. Aber ihre Anwesenheit erklärte natürlich das brutale Vorgehen der Alchemisten. Es gab wohl in ganz Condra kein rücksichtsloseres Wesen als diese blonde Harpie, die im Dienst der Wissenschaft über Leichen gehen würde. Teshkal hatte damals eine Nacht im Tempel verbracht, um dem Ewigen zu danken, als seine und Dilgas Wege sich endlich trennten und er in die Akademie eintrat, während sie ihre Ausbildung zur Alchemistin begann. Sie waren sich danach noch ein paar Mal über den Weg gelaufen. Zufallsbegegnungen, und zum Glück hatte er kein Wort mit ihr wechseln müssen.

Aber offensichtlich waren die guten Zeiten jetzt vorbei und er musste sich seiner Nemesis ein weiteres Mal stellen. Er musste nur daran denken, professionell zu bleiben, und sich nicht von seiner Wut übermannen zu lassen. Aber wenn er an diesen einen Nachmittag vor fünf Jahren zurückdachte … nein, soweit durfte er es nicht kommen lassen. Er musste die Situation jetzt klären.

Mit bestimmten Schritten ging er in die ihm gewiesene Richtung, auf den Labortisch zu, hinter dem er schon Dilgas blonden Haarschopf ausmachen konnte.

***

Seffelgruber vergrub die Hände in seinem schütteren Haar. Auf der einen Seite freute er sich, so schnell Antwort von seiner Vorgesetzten bekommen zu haben, aber andererseits … er war sich nicht sicher, ob das nun positiv oder negativ war. Oder vielleicht hatte die Hausleiterin schon vorher gewusst, dass er ihr schreiben würde?

Wie auch immer das gewesen sein mochte, die Depesche lag vor ihm auf dem Schreibtisch und starrte ihn auffordernd an. Seufzend zog Eichbald seinen Brieföffner heran und zertrennte sorgfältig die obere Kante des Umschlags. Wie schade, dass man sich für solche Dinge nicht ewig Zeit lassen konnte, irgendwann war der Umschlag halt einfach offen und man hatte keine Ausrede mehr, warum man noch länger daran herumschlitzen sollte. Er fasste sich ein Herz und zog das äußerst formell anmutende Schreiben der Prytana aus dem Umschlag, faltete es auseinander und las es. Bei jeder Zeile verzogen sich Sorgen und Missmut aus seinem Gesicht, und als er nach ein paar Minuten am Ende angekommen war, zierte sogar ein kleines Lächeln seine Mundwinkel. Er hatte ja mit vielen gerechnet, aber dass die Hausleiterin so mit ihm übereinstimmen würde, das hatte er nicht erwartet.

Er überlegte einen Augenblick. Sollte er versuchen, die Sache selbst in die Hand zu nehmen? Es könnte ja nicht schaden, einfach Kontakt aufzunehmen und zu schauen, wie die andere Seite die Sache sah. Allerdings würde er da vorsichtig sein müssen. Wenn er es falsch formulierte, könnte es so aussehen, als würde er versuchen, Konzil und Rat zu hintergehen. Und wer weiß, wie die Alchemisten auf diese Sache zu sprechen waren. Also besser ruhig und konzentriert arbeiten, und nichts überstürzen.

Bevor er sich an die Arbeit machte, ging er erst einmal an sein Fensterbrett und goss sich eine Kräutermischung auf. Der Duft der beruhigenden, geistklärenden Gewächse erfüllte bald das ganze Zimmer, und Eichbald blieb noch einige Zeit an seinem Fenster stehen und schaute gedankenverloren dem Treiben der Schüler zu, die in der Menagerie arbeiteten. Manchmal beneidete er diese jungen, sorglosen Gemüter, deren einzige Probleme darin lagen, ob sie ihre nächste Prüfung bestehen würden. Wie gerne würde er manchmal in der Zeit zurückkreisen und selbst wieder studieren, anstatt sich um die wichtigen Belange des Rates und des Hauses Aqua zu kümmern.

Aber was getan werden musste, musste nun mal getan werden. Mit einer heißen Tasse Kräutertee bewaffnet, setzte Seffelgruber sich wieder an seinen Tisch und fing an zu schreiben. Immer wieder strich er einzelne Passagen durch, setzte neu wieder an, bis er endlich nach einer gefühlten Ewigkeit mit dem Ergebnis seiner Bemühungen zufrieden war.

Mit einer Feder und einem neuen Pergament bewaffnet, begab er sich daran, den Brief zu übertragen:

Hochverehrter Inspektor Wanruk,

bevor ich zum eigentlichen Anliegen meines Schreibens komme, möchte ich mich zunächst einmal vorstellen, da wir bisher nicht die Freude hatten, uns persönlich kennen zu lernen. Mein Name ist Eichbald Seffelgruber und ich bin Vicarius an der altehrwürdigen Academia Cantus Harmoniae zu Tharemis.

Sicherlich könnt Ihr Euch den Grund meines Schreibens bereits denken. Die Explosion im Südviertel unserer schönen Hauptstadt bedrückt unser aller Gemüt und es sollte alles dafür getan werden, den oder die Missetäter schnellstmöglich zu ergreifen.

Wie ich erfuhr, seid Ihr der zuständige Kommissar, der die Untersuchungen von Seiten der Alchemistengilde koordiniert. Auch dürfte Euch bekannt sein, dass der Hohe Rat beschlossen hat, dass in diesem Fall die Alchemistengilde und die Akademie Hand in Hand arbeiten sollen.

Nichts läge mir ferner, als den Beschluss des Rates oder den meines Konzils anzuzweifeln. Jedoch drängt sich mir die Frage auf, ob wir hier nicht wertvolle Ressourcen verschwenden, indem direkt zwei Abordnungen eine simple Explosion untersuchen, deren Aufklärung für die Mitglieder Eurer Gilde sicherlich ein Leichtes ist.

Deshalb trete ich auf diesem Wege an Euch heran, um zu erfahren, ob Ihr eine Möglichkeit seht, sozusagen auf dem kleinen Dienstweg, diesen Missstand aus dem Weg zu räumen. Ich vertraue dabei vollstens auf Eure Diskretion, denn ich bin mir sicher, dass auch Ihr dem Rat und den Vorsitzenden Eurer Gilde treu ergeben seid und dementsprechend nichts tun würdet, was den direkten Anweisungen entgegenlaufen würde.

Solltet Ihr es wünschen, werde ich persönlich dafür Sorge tragen, dass die Ermittlungen der Alchemisten nicht durch Anwesenheit der Akademie verzögert werden. Wie ich bereits betonte, liegt uns allen die Aufklärung des Falles sehr am Herzen.

Ich verbleibe mit der Hoffnung auf Eure Diskretion und dem Wunsch auf ein positives Arbeitsverhältnis.

Mögen der Ewige und seine sieben Töchter Euch schützen.
Eichbald Seffelgruber

Zufrieden betrachtete er die dicht beschriebene Seite, las sie noch einmal durch und löschte sie dann sorgfältig ab. Vielleicht hatte er hier oder da etwas dick aufgetragen, aber es konnte nicht schaden, etwas zu freundlich zu sein.

Als die blaue Tinte sich langsam dunkel verfärbte, strich er das Dokument vorsichtig glatt, faltete es und steckte es in einen Umschlag, den er mit blauem Siegellack und dem Siegel des Hauses Aqua verschloss.

Kurz griff Eichbald erneut in Richtung der bronzenen Glocke, entschied sich dann aber anders und nahm sich anstatt dessen fröhlich pfeifend seinen schweren Wollmantel. Er wollte den Brief lieber persönlich abgeben und so dafür sorgen, dass er ohne Komplikationen bei seinem Empfänger ankam.

Auf dem Weg durch die Gänge des alten Akademiegebäudes schauten ihm einige Schüler, die gerade aus ihren Vorlesungen kamen, erstaunt nach, wie er pfeifend und nach allen Seiten freundlich grüßend das Gebäude verließ.

***

»Dilga Dreuber! Was für eine … schöne Überraschung. Na, wieder unterwegs im Dienst der alchemischen Wissenschaft?« Die letzten Worte spuckte Winfried vor Dilgas Füße. Selten hatte er einen Anblick so verabscheut wie den der jungen Alchemistin. Sein sonniges Gemüt war einigem gewachsen, aber selbst er verlor hier seine gute Laune.

Bisher hatte Dilga vollkommen konzentriert auf einen Kolben gestarrt, in dem dunkles Blut langsam anfing, über einer Flamme anzudicken und eine ungesunde Farbe anzunehmen. Doch als sie angesprochen wurde, ruckte ihr Kopf hoch und ihre Augen verengten sich zu schmalen Schlitzen.

»Ach nein. Du hast Recht, das ist wirklich eine nette Überraschung. Was willst Du hier, Teshkal? Den Weltfrieden bringen? Die Menschheit vor mir beschützen?« Sie schaut sich suchend um und winkt dann einen jungen Mann zu sich, der sofort dienstbeflissen auf sie zukommt. »Hol Gunnar her. Ich möchte eine Erklärung haben, was diese Idioten hier zu suchen haben und wie sie es geschafft haben, sich an der Absperrung vorbeizumogeln.« Sofort stürzt der Junge los, um die Anweisung auszuführen.

Winfried zog spöttisch eine Augenbraue hoch. »Idioten? Vorbeimogeln? Ich glaube, du missverstehst die Situation etwas. Ich schlage vor, du überdenkst die Sachlage noch einmal und wartest dann mit deiner Giftmischerei, bis ich dir sage, was du zu tun hast. In der Zwischenzeit kannst du deine Lakaien zurückpfeifen. Oder schaffst du es nicht, diese zwei Sachen gleichzeitig zu erledigen? Dann würde ich nämlich vorschlagen, dass du zuerst deine Hunde zurückrufst, und wir dann weitermachen.« Selbstzufrieden lächelte Winfried in sich hinein. Es tat gut, den leicht verstörten Gesichtsausdruck seines Gegenübers zu sehen. So eine Chance hatte er sich schon lange gewünscht. Doch seine Freude hielt nicht lange an. Dilga erholte sich erstaunlich schnell, dafür, dass er ihr gerade die Zügel vollständig aus der Hand genommen hatte. Ihr Ausdruck wechselte von verstört zu irritiert und dann belustigt. Verdammt, wie konnte diese Frau so dämlich grinsen, wenn sie gerade erfahren musste, wer dafür zuständig war, ihr auf die Finger zu gucken? Keck schob sie sich eine Strähne hinters Ohr und schaute ihn erwartungsvoll grinsend an.

»Bist du fertig? Ich habe nämlich nicht den ganzen Tag Zeit, mir deine Phantastereien anzuhören. Wie du siehst«, sie deutete auf die umliegende Szenerie, »habe ich hier einiges zu tun. Und ich wäre dir sehr verbunden, wenn du aufhören könntest, die mir vom Hohen Rat selbst übertragene Arbeit zu sabotieren.«

Konnte es sein, dass Dreuber gar nicht wusste, warum er hier war? Winfrieds Gedanken überschlugen sich vor lauter Verwirrung. Ging sie wirklich davon aus, dass sie hier das Oberkommando hatte und er nur zufällig vor Ort war? Oder noch schlimmer, dass er nur dafür da war, ihr als Handlanger zu dienen? Kurz dachte er darüber nach, sich bei der Garde Unterstützung zu holen. Aber nein, nicht jetzt, das würde nur zuviel Zeit kosten. Zeit, die er nicht hatte, denn schließlich würde Dilga in der Zwischenzeit sicherlich nicht damit aufhören, die armen Menschen hier zu belästigen und ihre erzwungenen

Experimente weiterzutreiben. Und wer weiß, wenn er ihr nicht auf die Finger schaute, ob sie den Patienten dann nicht mehr Blut abzapfen würde, als sie bräuchte, um dann allein-die-Schwestern-wissen-was damit zu machen. Blut war ein kraftvoller Fokus, dessen war er sich bewusst, und auch darüber, dass man damit so einigen Unfug anstellen konnte, selbst wenn man nur ein selbstherrlicher Giftmischer war.

»Also? Hast eine Kröte verschluckt, oder was guckst du so dämlich? Ich habe gerade schon mal gesagt, ich habe nicht den ganzen Tag Zeit«, schnitt die schrille Stimme der Alchemistin ihm durch seine Überlegungen. Allein dieses Gekreische machte ihm schon Kopfschmerzen und hinderte ihn daran, einen klaren Gedanken zu fassen. Dann kam ihm allerdings von hinten Hinzel zur Hilfe.

»Ich möchte mich ja ungern einmischen, aber ich glaube wirklich, dass du die Situation falsch bewertest. Adeptus Teshkal und wir anderen sind hergeschickt worden, um die Alchemistengilde in ihrer Arbeit zu unterstützen, aber auch zu überwachen. Ich möchte dir nicht zu nahe treten, aber ich denke, wir sollten uns alle ein wenig beruhigen und den Tatsachen ins Auge sehen.« Ohne um Erlaubnis zu bitten, griff er geschickt in Winfrieds Tasche und zog aus dem Chaos das Schreiben des Konzils hervor. »Hier, bitte sehr. Ich denke, damit sollte dann alles soweit klar sein. Und sei so gut, halte deine Leute davon ab, den Menschen hier noch mehr zu schaden. Ihnen geht es schon schlecht genug, ohne dass sie auch noch zur Ader gelassen werden.«

Endlich, eine Stimme der Vernunft. Ein Lächeln schlich sich wieder auf Winfrieds Gesicht und er schaute Hinzel dankbar an.

Doch Dilga war nicht zu beruhigen. Sie nahm das Schriftstück sauertöpfig in die Hand und überflog es. Ungläubig starrte sie danach erst Hinzel, dann Winfried an.

»Das darf doch wohl nicht wahr sein. Das ist doch eine Fälschung! Wer garantiert mir, dass dieses Schriftstück echt ist? Und außerdem schaden wir den Leuten hier nicht. Wir analysieren lediglich, was mit ihnen passiert ist, um sie dann versorgen zu können. Das bisschen Blut, das wir ihnen abnehmen, wird sie schon nicht umbringen. Also haltet mal schön die Füße still. Wir haben den Befehl vom Hohen Rat, hier für Ordnung zu sorgen und die Explosion zu untersuchen, also machen wir das auch. Auf unsere Art und mit unseren Methoden. Und da haben sich so ein paar Flachpfeifen wie ihr nicht drin einzumischen.«

Ihre Stimme überschlug sich und Winfried bemerkte ein leichtes Zittern in ihrer Hand, die das Pergament so fest hielt, dass es an der Seite zerknitterte. Mit einem lauten Schnauben gab er seiner Wut freien Lauf.

»Flachpfeifen? FLACHPFEIFEN? Ich glaub, ich hör nicht richtig! Du sitzt hier an deinem Tisch, mit deinen bescheuerten Apparaturen, und da drüben versuchen deine Schoßhunde, einer Mutter ihr kleines Kind zu entreißen, um das dann aufzuschlitzen. Und so denkst du, würdest du der Bevölkerung einen Gefallen tun?«

Auf einmal stand Lisbeth hinter ihm und legte Winfried beruhigend eine Hand auf die Schulter. »Beruhige dich erstmal. Ein paar Tropfen Blut, was macht das denn schon? Daran ist noch keiner gestorben. Und wenn die Leute nicht kooperieren, dann muss man ihnen auch zeigen, was für sie gut ist. Notfalls mit Gewalt.«

Winfried konnte nicht glauben, was er da hörte. Er wusste ja, dass Lisbeth teilweise eine etwas andere Ansicht hatte als er, aber dass sie so skrupellos sein würde, und dazu noch ihm in den Rücken fallen, das hätte er nun wirklich nicht von ihr erwartet.

»Da, siehst du? Wenigstens eine von euch hat Verstand und weiß, wie man mit so einer Situation umgeht.« Anerkennend nickte Dreuber Lisbeth zu. »Also, wir werden hier so weitermachen wie bisher. Wir werden den Leuten Blut abnehmen. Wenn sie es uns nicht freiwillig geben, werden wir sie dazu bringen, mit allen nötigen Maßnahmen. Und ja, ich schließe da explizit Gewalt nicht aus. Die Leute müssen endlich lernen, mit der Staatsgewalt zu kooperieren. Das ist ja die reinste Anarchie hier. Meine Söldner werden sich darum kümmern, wir haben genug Möglichkeiten.«

»Aber … aber Dilga … so was können wir doch nicht machen.«

Hinter Dilga trat eine kleine, schmächtige Gestalt hervor. Winfried hatte den Jungen schon mal gesehen … der Name lag ihm auch auf der Zunge … Grützler? Grunzmann? Irgend so was in der Art war das doch gewesen. »Ehrlich, Dilga … Herr Teshkal hat schon Recht. Wir können die Menschen hier nicht wie Tiere behandeln. Sie können nichts dafür, dass sie möglicherweise mit einem Gift in Kontakt geraten sind. Wir sollten sie mit Respekt behandeln. Ein paar Blutproben reichen doch auch, Stichproben, die uns dann etwas über den Zustand der anderen Betroffenen sagen. Das ist doch dann aussagekräftig.«

Unsicher und schüchtern blinzelte er Winfried an. Das war doch durchaus ein guter Vorschlag, auch wenn er selbst sich die Leute auch einfach so anschauen könnte, um zu sehen, ob man sie vergiftet hatte. Aber gut, nicht jeder war so begabt wie er, und man musste akzeptieren, dass es auch noch andere Wege gab als nur den elementaristischen. Immerhin lehrte ja auch Prytanus Sturmfels immer wieder, dass man erst alle anderen Wege ausschöpfen sollte, bevor man anfing, die Elemente zu schubsen.

Offensichtlich war er aber der Einzige, der diesen Vorschlag angemessen fand. Dilgas Gesicht lief puterrot an und sie drehte sich zackig zu ihrem Kollegen um, der erschrocken einen Schritt zurückwich. »Grützmann! Hast du denn überhaupt nichts gelernt in deiner Ausbildung? Du solltest wenigstens eins gelernt haben: wann man die Klappe zu halten hat. Und wie man die Anweisungen eines Vorgesetzten ausführt, das solltest du auch gelernt haben!«

Sie brüllte noch eine ganze Zeit auf den armen, schüchternen Jungen ein, der immer weiter in sich zusammensackte. Mitleidig betrachtete er das Schauspiel, ehe sich Kurt, der bisher die ganze Zeit geschwiegen hatte, einmischte.

»Es reicht mir jetzt. Ehe ihr euch hier einig werdet, leiden die Bürger hier an gebrochenen Knochen, ausgerenkten Gelenken und vielleicht sogar inneren Blutungen. Dieses Dokument zeigt ganz eindeutig, dass die Akademie hier das Sagen hat, und dementsprechend werden wir handeln. Ich werde jetzt alle Verletzten zusammenrufen, und wir werden uns erst einmal um sie kümmern.«

Wutentbrannt stapfte er davon. In ihrer Verwirrung vereint blickten Winfried und Dilga ihm nach.

***

Sei vorsichtig, was du dir wünschst. Es könnte in Erfüllung gehen. Die Stimme seiner Mutter, die ihm dies oft gesagt hatte, hallte Hendrik im Kopf, als er erneut das Schreiben der Akademie überflog.

Im Gegensatz zu den meisten Alchemisten hatte er kein spezielles Problem mit den Elementaristen, lediglich in diesem besonderen Fall wäre es ihm lieber gewesen, sie hätten sich rausgehalten. Wenn er ehrlich sein sollte, war er sogar ein bisschen neidisch auf die Fähigkeiten, die man in dem großen, roten Gebäude in der Mitte der Hauptstadt lernen konnte. Ihm fehlte das Talent und so blieb ihm nur die Möglichkeit, nach Rezepten zu mörsern, zu mischen und zu erhitzen.

Sein Assistent stand ungeduldig neben ihm. »Meister Wanruk? Der Kerl von der Akademie steht noch draußen und wartet auf eine Antwort. Soll ich ihn wegschicken, oder wollt Ihr direkt eine Nachricht verfassen? Oder ihn vielleicht hereinbitten?«

Der gealterte Alchemist überlegte kurz. Er war nicht besonders geschickt, was geschriebene Worte anging, aber gesprochene Worte fielen ihm noch schwerer, denn da konnte er schlecht wieder ausstreichen, was ihm nicht gefiel. »Nein, schick ihn bitte höflich weg. Ich brauche etwas Zeit, um über die Antwort zu reflektieren.« Stolz lächelte er in sich hinein. Ja, diesen Ausdruck hatte er sich gemerkt und fest vorgenommen, ihn auch mal einzusetzen. Aber sein Assistent war reichlich unbeeindruckt von der Wortgewandtheit seines Vorgesetzten.

»Natürlich, Meister. Ich werde ihm sagen, dass ihn im Laufe des Tages eine Antwort von Euch erreichen wird.« Steifen Schrittes entfernte der Mann sich. Armer Kerl, dachte Hendrik bei sich. Seit der Explosion vor einem Jahr war er einfach nicht mehr derselbe. Aber das waren nun mal die Risiken in diesem Geschäft. Manche verloren ihr Sehvermögen, manche ihre Leichtfüßigkeit, und manche … ja, manche verloren ihren Verstand, wenn giftige Dämpfe den Geist für immer zerstörten.

Traurig schüttelte Wanruk den Kopf und zog dann ein weiteres Mal das Schreiben zu sich herüber. Er war hin- und hergerissen. Sollte er seinem Bauch folgen und auf den Vorschlag von Vicarius Seffelgruber eingehen? Damit wären alle Probleme gelöst: Sein Trupp könnte in Ruhe den Vorfall untersuchen, niemand würde sich einmischen und der gesamte Ruhm würde der Alchemistengilde zugesprochen werden, wenn der Täter dingfest gemacht würde.

Andererseits … man könnte seine Beweggründe vollkommen fehlinterpretieren und ihm unterstellen, er habe die Akademie raushalten wollen, um freie Hand zu haben. Um etwas zu vertuschen. Er wusste sehr genau um die schwarzen Schafe aus den eigenen Reihen, und was sie aus dem Ruf der Gilde gemacht hatten. Und er wusste auch, dass die Bevölkerung insgesamt nicht allzu gut auf die Gilde zu sprechen war. In einem Land, in dem fast jedes alte Mütterchen mit ihrem Kräutergarten dies und jenes brauen konnte, waren verpflichtende Gildenbriefe, die nicht ganz billig zu haben waren, nun mal nicht unbedingt das, was einem zum Publikumsliebling machte. Und dabei war die Gilde doch nur gegründet worden, um eben jenes Publikum, also das freie Volk, zu beschützen. Aber die Menschen waren halt wie Kinder: Manchmal musste man sie vor sich selbst schützen, auch gegen ihren Willen.

Nun, diese ganzen Überlegungen mochten richtig sein, sie brachten ihn nur in seiner Urteilsfindung kein Stück weiter.

Wieder entfuhr ihm ein tiefer Seufzer, und er gestand sich endlich ein, dass er das Angebot, so verlockend es auch sein mochte, ablehnen musste. Es würde irgendwann herauskommen, dass die Akademie sich zurückgezogen hatte, und dann würde man ihm unterstellen, Dreck am Stecken zu haben.

Den Kopf tief über seinen Schreibtisch gebeugt, verfasste er ein kurzes Schreiben an Seffelgruber. Sorgfältig wählte er jedes einzelne Wort, war jedoch am Ende nicht mit seinem Ergebnis zufrieden. Nun, es musste reichen. Es konnte ja nicht jeder so gut mit Worten umgehen können wie der junge Hieronymus Augenstern, der gerade den Mädchen Condras von der Bühne aus den Kopf verdrehte.

Abschließend las er das Schreiben noch einmal durch, ehe er es siegelte und nach seinem Assistenten rief. Er übergab ihm den Umschlag, drehte sich dann zum Fenster um. Es hatte angefangen zu schneien und die Straßen der Hauptstadt waren jetzt schon wieder weiß, nur gelegentlich von dunklen Flecken verschmutzt, wo jemand mit schweren Stiefeln entlang gegangen war.

Gunnar schaute von der Tröte auf, die er gerade ausgelesen hatte. Gerade rechtzeitig, um den Bürger zu sehen, der schreiend über den Platz sprintete, einen kleinen Kerzenständer wie eine Keule über dem Kopf zum Schlag erhoben.

Seine Falken reagierten schnell und professionell. Mit wenigen Schritten waren sie bei dem Mann und als dieser zum Schlag auf den einen ausholte, packte der andere den gestreckten Arm und riss den Angreifer von den Füßen. Wie von Sinnen trat der Bürger um sich, bevor ihn eine behandschuhte Faust erschlaffen ließ.

Es war wohl einer dieser Tage.

»Hey, Grünkäppchen.«

Betont langsam drehte Gunnar seinen Kopf der Absperrung entgegen. Dort stand ein hagerer Kerl, verfilzte blonde Haare, stechender Blick. Gunnar legte seine Hand demonstrativ auf den Knauf seiner Waffe und hob eine Augenbraue.

»Was'n passiert?«, fragte der Fremde.

Langsam ging der Falke zu dem Mann herüber, sich bewusst, dass die umstehenden Bürger alle ihren Blick auf die zwei gerichtet hatten. Er beschloss, sich um Ruhe zu bemühen.

»Es hat eine Explosion gegeben.«

»Ah. Aha.«

Der Fremde stellte sich auf die Zehenspitzen und schwankte etwas albern bei dem Versuch, an Gunnar vorbei mehr zu erkennen, fixierte dann aber wieder den Soldaten.

»Viele Falken hier?«

»Warum willst du das denn wissen?«

»Ich mag Falken. Wollt auch mal einer werden.«

»Ja«, knurrte Gunnar letztlich, »ja, sind viele Falken hier.«

»Das freut mich, Grünhäubchen. Danke!«

Und mit diesen Worten machte der Fremde kehrt und schob sich durch die Traube der Schaulustigen fort vom Ort des Geschehens. Irgendwann, an irgendeinem dieser Tage, würde sein Geduldsfaden einmal reißen, dachte Gunnar bei sich.

Sie konnte es einfach nicht fassen. Seit einer geschlagenen halben Stunde stand sie nun schon auf der eiskalten Straße und dieser

Hanswurst von einem Elementaristen war einfach nicht zu stoppen in seinen Anschuldigungen und Beleidigungen.

Damit konnte sie ja noch leben, aber es kam noch viel schlimmer: Dieser aufgeblasene Trottel hatte doch tatsächlich nach Gardisten der Akademie schicken lassen, die nun die Verletzten bewachten und keinen ihrer Spezialisten mehr an sie ran ließen. Etwas weiter entfernt konnte sie den Kerl ausmachen, der eben so unglaublich unhöflich mit ihr gesprochen hatte. Er kniete über einem kleinen Kind, einen Kristall in der Hand, der seltsam grünlich leuchtete. Die Schneeflocken, die auf dem Kristall landeten, schmolzen augenblicklich und tropften in einem steten Rinnsal unter seiner Hand auf die mittlerweile dichte Schneedecke.

Das Stöhnen und Schreien der Opfer des Attentats wurde, dem Ewigen sei's gedankt, durch die weiße Flut gedämpft, und es wäre fast schon eine friedliche Stimmung gewesen, wenn Teshkal sie endlich ihre Arbeit machen lassen würde.

Mit einem Ruck lenkte sie ihre volle Aufmerksamkeit wieder auf ihn. Die Wut war ihm ins Gesicht geschrieben, und das war wirklich kein schöner Anblick: Die Augen traten leicht hervor, die Hände waren zu Fäusten geballt (als hätte das Würstchen im Falle einer Prügelei auch nur den Hauch einer Chance gegen sie) und an seiner Stirn pulsierte eine dicke Ader. Wenn er nicht aufpasst, fuhr es Dilga durch den Kopf, kippt er gleich einfach um und sein Herz explodiert.

Der Streit zog sich immer weiter in die Länge und anstatt sinnvolle Argumente zu bringen, wie sie selbst, erging Teshkal sich nur immer weiter in Beleidigungen und drehte sich dabei auch noch ständig im Kreis. Jetzt war er wieder bei der »Alchemisten sind alle böse«-Strophe angekommen, die sie, wie auch schon die Male zuvor, mit ihrem Argument, dass die Akademie immerhin Dämonenpaktierer und Menschenfresser in ihren Reihen hätte, mit beinahe ruhiger Stimme widerlegte. Das erklärte sie ihm jetzt schon zum dritten Mal, aber er wollte einfach nicht verstehen, dass sie hier die Stimme der Vernunft war.

Jemand tippte ihr von hinten auf die Schulter, als sie gerade dazu ansetzen wollte, ihm erneut zu erklären, dass gerade er als Wasserelementarist gegen den Willen des Ewigen handelte (wobei der Ewige ihr ansonsten relativ egal war). Sie ließ sich nicht unterbrechen, drehte sich nur halb zu dem Störenfried um. Nachtsheim reichte ihr einen Gegenstand, einen Würfel, und faselte dabei etwas von »seltsam, sieben Punkte« und verschwand dann wieder. Warum er jetzt ein Kinderspielzeug anschleppte, konnte sie beim besten Willen nicht verstehen. Wahrscheinlich hatte eines der Kinder ihn verloren und würde sich bald die Augen ausheulen. Na, Pech für das Blag. Unbetrachtet steckte Dilga den Würfel in ihre Hosentasche und überlegte kurz, ob sie ihn am Abend ihrer Nichte schenken sollte.

In der Zwischenzeit hatte sich auch ein kräftiger Streit zwischen dem einzig intelligenten Wesen der Akademie und Grützmann entwickelt. Die beiden standen mittlerweile Nase an Nase und funkelten sich böse an, während sie sich Beleidigungen zuzischten.

Dilga wollte gerade zu einem weiteren wichtigen Punkt ansetzen, um ihre Position klar zu machen, als sie aus dem Augenwinkel links neben sich eine Bewegung sah, die sie nicht zuordnen konnte.

Als sie sich umwandte, stand da ein mittelgroßer, recht korpulenter Mann. Sein Gesicht war von einem gepflegten Vollbart umrahmt. Seine Lippen, die von der Kälte gesprungen waren, verzogen sich zu einem ernsthaft amüsierten Grinsen. Dilga wandte sich dem Menschen zu, und auch Winfried, erst noch verwirrt, dass sie ihn nicht weiter anbrüllte, bemerkte dann ihren Zuschauer.

»Hey, was gibt's da zu lachen? Wir sind hier nicht das Schmierentheater für gelangweilte Bürger.« Die ganze Wut, die sie bis gerade noch auf Teshkal hatte, richtete sich jetzt auf den Kerl, der da immer noch mit heiterem Gesicht stand und sich von ihrem scharfen Kommentar nicht weiter beeindrucken ließ. »Wer bist du überhaupt?«

Der Bärtige trat einen Schritt auf sie zu: »Oh, wie unglaublich unhöflich von mir. Mein Name ist Nefarian Borkeneimer. Ursprünglich stamme ich aus Widdau, aber ich verbringe schon einige Jahre in dieser schönen Stadt. Man könnte sagen, ich bin eine Art Beobachter.« Das bis dahin so anhaltend nervende, amüsierte Lächeln verschwand aus seinem Gesicht wie weggewischt: »Aber was ich hier gerade sehe, gefällt mir überhaupt nicht. Wenn ich das richtig verstanden habe, seid ihr zwei Kälber hergeschickt worden, um den Bürgern zu helfen. Und anstatt eure Arbeit zu machen, überlasst ihr das ein paar eurer Gehilfen, die nicht wissen, wo hinten und vorne ist.«

Der Mann hatte zwar nicht allzu laut gesprochen, aber als sie sich umsah, merkte Dilga, dass sein Tonfall wohl so eindringlich gewesen sein musste, dass er die Umstehenden angelockt hatte. Eine ganze Traube von Neugierigen hatte sich um sie gebildet.

»Worum geht es euch denn hier wirklich? Doch nicht darum, zu helfen. Ich tippe auf … Profilierungssucht. Vielleicht auch Wissbegier, was ja nichts Schlechtes ist, solange die Versuchstiere keine freien Bürger sind. Oder geht es gar nicht darum, Wissen zu sammeln und Vorgesetzte zu beeindrucken? Vielleicht dann darum, eure jeweilige Organisation in einem guten Licht darzustellen?«

Bei diesen Worten hatte Dilga das Gefühl, dass er sie sehr genau musterte. War sie wirklich so durchschaubar? Sie schaute nach rechts zu Teshkal und sah, wie er nur noch auf seine Füße starrte, die verlegen im Schnee scharrten.

»Wenn ihr mich fragt, dann haben sich Alchemistengilde und Akademie gegenseitig nichts vorzuwerfen. Man könnte euch in einen Sack stecken und drauf hauen, es träfe immer den Richtigen. Beide tut ihr nicht das, wofür ihr ins Leben gerufen wurdet. Ihr helft nicht denen, die eurer Hilfe bedürfen. Nein, ihr seid auf euren eigenen Vorteil bedacht, und auf nichts anderes. Ich schlage vor, ihr geht beide nach Hause. Hier könnt ihr nicht weiter helfen.«

Ihr Herz setzte für einen Moment aus. Nach Hause gehen? Sie konnte nicht ohne Ergebnisse wieder zur Gilde zurückkehren. Das würde sie für alle Zeiten in einem unglaublich schlechten Licht dastehen lassen. Noch überlegte sie, wie sie die Situation doch noch zu ihrem Vorteil wenden könnte, wie der schon angeschlagene Ruf der Gilde wenigstens vor den Umstehenden halbwegs aufpoliert werden könnte, als ihr jemand zuvor kam. Der schlaksige Junge aus der Akademie, der sich bisher großteilig aus dem Streit herausgehalten hatte und anstatt dessen mit seinem Kristall angab, hatte sich nach vorne gedrängelt und sprach nun Borkeneimer direkt an.

»Wir können hier helfen, wenn wir es schaffen, einen gemeinsamen Weg zu finden.«

Belustigt schaute der Widdauer ihn an. »Ach, ein gemeinsamer Weg? Und wie soll der bitte aussehen? Die eine Hälfte der Bürger darf aufgeschlitzt werden, die andere hat sich auf deine Weise untersuchen zu lassen? Und dann wird getauscht?«

»Nein.« Die Stimme des Schülers hatte einen leicht verträumten Klang, bemerkte Dilga, als hätte man ihn gerade aus einem tiefen, friedvollen Traum geweckt. »Wir werden denen Blut abnehmen, die das freiwillig mit sich machen lassen und die Wunden direkt versorgen. Diejenigen, die das nicht möchten, können sich von mir, Hinzel oder Winfried auf Gifte untersuchen lassen. Und wer beides ablehnt, aus welchen Gründen auch immer, den werden wir einfach nur heilen. Danach werden wir weitersehen.«

Na, wunderbar. Dann konnte sie sich ihre Blutproben wohl komplett abschminken. Aber …

»Das ist ein guter Vorschlag, genauso werden wir es machen.« Leicht überrascht hörte Dilga sich diese Worte selbst aussprechen. Aber es war der einzige Weg, sauber aus dieser Geschichte wieder rauszukommen. Dann bekam sie halt wenig Blut, dafür konnte sie jetzt vernünftig und volksnah erscheinen, so dass es auch noch der letzte Idiot merkte.

Teshkal stand neben ihr und nickte nur verlegen. Als er den Blick endlich hob, vermeinte Dilga in seinen Augen etwas wie Schuldgefühle zu erkennen. Oder er war doch nur ein guter Schauspieler.

Als sie sich gerade umblickte, um ihre Kollegen zusammen zu trommeln, riss die graue Wolkendecke auf und ein einzelner Lichtstrahl ließ die auf dem Berg gelegene Ratsburg und die umliegenden Gebäude in einem wunderschönen Licht erstrahlen.

Auch Borkeneimer bemerkte das Naturschauspiel, drehte sich zur Ratsburg, und ein sehr zufriedenes Lächeln umspielte seine Lippen.

***

Es klopfte an der Tür, nur kurz und sehr dezent. Hendrik hob den Kopf, der bis gerade über einige Pergamente gebeugt gewesen war. Nach seiner Antwort betrat sein Assistent das Büro und überreichte ihm ein Bündel Papiere: »Der Bericht von Inspektorin Dreuber.«

Hendrik nickte bestätigend und überflog dann die eng beschriebenen Seiten. Scheinbar waren die Ermittlungen gut gelaufen, Akademie und Alchemistengilde hatten Hand in Hand gearbeitet. Der Bericht war sogar zusätzlich von einem Vertreter der Akademie unterschrieben worden.

Wanruk nickte zufrieden. Er hatte gewusst, dass die kleine Dreuber an ihrer Aufgabe wachsen würde. Nach ein paar Seiten blieb sein Blick an einer Unterstreichung hängen. Hier hatte man drei Verdächtige beschrieben. Eine alte, aber sehr rüstige Frau mit langen, silbergrauen Haaren, einen Mann mittleren Alters mit Vollbart und einer auffälligen Narbe über dem Auge und ein junger Mann mit stechenden, blauen Augen und Dreitagebart.

Der gealterte Alchemist überflog noch die nächsten Seiten, ehe er seinen Assistenten bat, eine Abschrift des Berichts zur Ratsburg zu bringen. Die Falken sollten sich um die Fahndung kümmern. Einige weitere Worte hatten in dem Bericht seine Aufmerksamkeit erregt, und damit wollte er sich nun beschäftigen.

***

»Ja, ich bin mir ganz sicher, dass er gut gearbeitet hat, aber ist er wirklich in der Lage, eine solche Droge zu identifizieren?« Seffelgruber warf seinem Kollegen einen bösen Blick zu. Wie konnte der daran zweifeln? »Mein lieber Egon, ich selbst habe Adeptus Teshkal beigebracht, Gifte zu identifizieren und sie aus dem Körper zu spülen. Wenn er Drachenmark gefunden hat, dann war es auch wirklich Drachenmark. Obwohl ich dir natürlich Recht geben muss, dass diese Droge extrem selten in unserem Land ist. Aber überlege doch mal, die Auswirkungen passen perfekt. Die Bewohner des Südviertels sind extrem aggressiv geworden, selbst Kinder sind auf Erwachsene losgegangen. Hier ist sogar eine Hochschwangere erwähnt, die mit einem schweren Tischbein auf einen jungen Mann eingeschlagen hat. Jede Angst vor möglichen Folgen war ihr offensichtlich genommen.«

Er überflog den Bericht, den er in der Hand hielt, noch einmal.

»Außerdem hat man einen Behälter gefunden, der wohl bei der Explosion beteiligt war und das Gift in die Luft gebracht hat. Darin war noch etwas rosafarbenes Pulver. Aktuell liegt das Pulver dem Hohen Rat vor, damit der darüber entscheiden kann, was damit geschehen soll.«

»Nun, das mag ja alles sein, Eichbald. Aber die Motive? Darüber steht in dem Bericht nichts. Ich glaube ja persönlich, dass die Gilde selbst die Explosion verursacht hat. Wer sonst sollte schon an Drachenmark kommen? Und so hatten sie eine wunderbare Gelegenheit, sich zu profilieren, indem sie ihren eigenen Anschlag untersuchen konnten.« Auffordernd schaute er den Vicarius an.

Dieser wiegte den Kopf nachdenklich: »Möglich. Es könnte aber auch ein Zusammenhang zu dem Anschlag auf den Haller bestehen. Militante Anhänger von Schieferbruch wären möglich. Oder auch etwas ganz anderes, wovon wir keine Ahnung haben. Nekanische Spione, die Chaos in der Hauptstadt entfachen wollten. Es gibt unheimlich viele Möglichkeiten.«

Beide tranken nachdenklich an ihrem Tee, während die Sonne langsam versank und die Hauptstadt Condras ein weiteres Mal in Dunkelheit zurückließ.

Anke Simon

Ein Wolf im Schafspelz

Teil 1
Momentaufnahme für die Ewigkeit

Die Sonne stand noch nicht ganz am Himmel, frühes Morgenrot, so hieß die Zeit wohl. Yorrich rannte durch die Straßen. »Eine von drei Möglichkeiten …«, murmelte er vor sich hin. Es war immer so, wenn er sie suchte. Sie war immer genau dann unterwegs, wenn er sie suchte. Gestern war wieder einer dieser Tage gewesen. Kaum war sie um die Ecke gebogen, war sie auch schon verschwunden. »Eine von drei Möglichkeiten …«

Na gut, er sollte vorne beginnen.

***

Leandra setzte schwerfällig einen Fuß auf die Treppe, der schwere Stiefel knarzte, oder war das ihr Kopf? Verdammt noch mal, sie konnte sich nicht einmal erinnern, wo sie abgestiegen war. Doch die Treppe kannte sie, irgendwoher nun, ihr würde schon noch auffallen, wo sie war. Oh verdammt, jeder einzelne Schritt schmerzte sie im Kopf. Sie war schließlich am Fuß der Treppe angekommen – oh den Wirt kannte sie, er grinste sie schief an. Leandra wuschelte sich durch die Haare. Ständig wurde sie aufgrund ihres Haarschnitts begafft, kein Haar war so lang wie das andere. Sie hatte mal lange blonde Haare gehabt, aber irgendwann, nun, sie war es einfach satt gewesen, dass ihr die Männer auf den Arsch starrten und versuchten, sie mit dummen Kommentaren um den Finger zu wickeln. Also hatte sie sich das nächste Messer geschnappt und war so lange mit ihren Haaren beschäftigt, bis diese keiner mehr anstarrte.

»Ein Frühstück bitte, Skemar, und einen ordentlichen Kaffee …«, sagte sie zu dem Wirt. Jetzt wusste sie wieder, wo sie war. Ihre Schritte führten sie zu einem Tisch in der dunkelsten Ecke. Es war einfach viel zu hell. Sie ließ sich fallen und wartete auf den Kaffee. Die Männer in der Kneipe gafften, Leandra hasst es. Sie arbeitete schon viel zu lange in diesem Beruf; bald würde sie damit aufhören, aber noch nicht – noch nicht. Der Kaffee kam, schwarz und dampfend, und auch das Frühstück wurde ihr hingestellt.

»Du hast gestern viele untern Tisch getrunken, Leandra, meinst du nicht, du solltest aufhören, mit den Falken um die Wette zu saufen und zu rauchen?«

»Ach, halt dich da raus, Skemar. Schreib das Essen an, ja? Dann kann ich mir sicher sein, dass die Eier nicht verdorben sind. Wenn ich an faulen Essen krepiere, dann kann ich dich nicht entlohnen!

»Als wenn du daran krepieren würdest, du verschluckst dich eher an deinem Tabak.«

Skemar lachte und entblößte sein fast zahnloses Gebiss. Mann, sie hoffte, dass er nicht ins Essen gespuckt hatte. Lustlos stöberte sie mit der Gabel darin, um nach Haaren und ähnlichem Ausschau zu halten. Die Tür wurde aufgestoßen. Leandra dachte noch »Bitte nicht für mich«, als sie auch schon das befürchtete Wort hörte: »Wolf?«

Verdammt, Yorrich, warum musste er sie suchen? Sie versuchte ihn zu überhören, vielleicht würde er sie ja übersehen. Aber nein, Skemar verriet ihr die Karte: »Sie sitzt hinten in der Ecke, Falke, aber schrei nicht so laut, ich glaube sonst platzt ihr der Schädel.«

Wieder dieses widerwärtige Lachen, sie sollte nicht mehr nach hier kommen.

»Wolf! Endlich, ich habe dich schon in zwei Tavernen gesucht, du … siehst gar nicht gut aus …«

Leandra schnaubte verächtlich und blickte Yorrich an, der ihr gegenüber Platz nahm. Ein guter Soldat, ein hervorragender Falke, aber so verdammt ehrgeizig, dass er nie auch nur eine Dummheit machte. Na ja, dafür machte sie dreimal so viele.

»Mir geht›s gut, danke«, brummte sie. »Das Licht lässt mich nur nicht gerade gut aussehen. Ich dachte, hier würdest du mich nicht finden, Yorrich … Ich glaub ich muss mir eine neue Kneipe suchen.«

Verwirrt schaute sie der junge Falke an, überging jedoch ihren Kommentar kurzerhand mit einem Schulterzucken.

»Wir brauchen dich. Man hat mich geschickt dich zu suchen. Beim Krämer Falkmar Steinhäuser ist eingebrochen worden. Seine Tochter Maiga hat sich bei den Falken gemeldet. Ihr Vater kommt erst heute oder morgen Abend wieder und sie will alles richtig machen.«

»Und lass mich raten, der Rat hat gesagt ›Hey, schicken wir doch Wolf Maisenkorn, dann holen wir sie aus ihrem Suff heraus und sie tut nochmal was sinnvolles für ihr Geld‹?«

»Na ja, nicht direkt, aber man hat beschlossen, dass du dich darum kümmern sollst mit deinen Leuten, da du ja auch nicht direkt involviert bist in die Haller-Geschichte.«

»Oh Mann, ich wünschte ich hätte an dem Abend im Haller gesoffen, das wäre ein schöner Tod gewesen …«

Ein entgeisterter Blick von Yorrich – er nahm wirklich alles ernst, was sie sagte.

»Es war ein Scherz, ein schlechter, aber ein Scherz«, räumte sie ein. »Aber du musst zugeben, Yorrich, als es den Haller noch gab, hatten wir nie die Angst an schalem Bier zu verrecken, oder? Ach, lass gut sein Yorrich, bring mich zu dieser Maiga Steinhäuser …«

Schnell würgte Leandra den Kaffee herunter, zum Glück musste sie das Ei nicht essen. Das Brot steckte sie jedoch ein, dann stand sie auf. Mit wenigen Handgriffen legte sie ihr Gambeson an und zog aus einer Tasche am Gürtel das dunkelgrüne Kopftuch. Wie alt war es? Zwanzig oder dreißig Jahre? Egal, es war verwaschen, dreckig und blutig, aber es passte auf ihren Kopf wie angegossen. Nicht ohne einen gewissen Stolz setzte sie es auf, straffte sich.

Jetzt sah sie wirklich aus wie ein Wolf, und auch ihre Haltung wurde plötzlich gerade ... wären da nur nicht die vermaledeiten Kopfschmerzen

**

Der Weg zum Laden des Krämers war nicht weit. Nur ein paar Minuten. Aber Leandra nutzte ihn, so konnte sie zumindest versuchen, wieder klar zu werden. Im Moment wünschte sie sich nichts mehr als einen Schlapphut, der ihre Augen vor der Sonne schützen würde. Yorrich plapperte unentwegt von irgendetwas. Sie hörte mit halbem Ohr zu. Er redete von der Explosion und wie die Aufklärungsarbeiten fortgeschritten seien. Außerdem filterte ihr Gehirn aus dem unentwegten Gefasel ständig einen Namen heraus: Kayra, ein Küken von ihren Falken. Auch wenn Leandra nicht wirklich zuhörte, war ihr durchaus aufgefallen, wie Yorrich den Namen des Mädchens aussprach. Er mochte sie, wollte oder konnte das aber nicht offen zugeben. Leandra konnte nicht einmal ein Bild mit dem Mädchen in Verbindung bringen.

»Wir werden erst mal keinen der anderen mit in die Untersuchungen mit einbeziehen, Yorrich. Natürlich wären die eine tolle Hilfe, aber ich glaube mit einem einfachen Raub kommen wir zwei auch noch ohne die anderen klar. Gönn' ihnen die freie Zeit. Bald schon steht wichtige Arbeit an, dafür sollen die sich fit halten«, murrte und grummelte Leandra. Was sie für eine Arbeit meinte? Weiß der Geier, was der Rat für angebracht hielt, womit sie sich beschäftigen durfte. Schließlich war sie ja nicht gerade der beliebteste Wolf von Tharemis. Für Geheimaufträge gab es Keppler und seine Irren, für Aufgaben mit Ruhm und allen Ehrerbietungen, die Condra zu bieten hatte, wählte der Rat Wolf Valentin aus, einen aus Silbertor, einen Helden der vergangenen Zeit. Alles Interessante bekamen die Männer. Sie, Wolf Maisenkorn, bekam das, was übrig blieb. Ihr Name beschrieb einen unwichtigen kleinen Vogel, und so war sie auch ein unwichtiger kleiner Wolf.

Leandra stieß gegen Yorrich, er war stehengeblieben. Wohin waren sie noch gleich unterwegs? Ach ja, Krämer, Raub ... Sie mussten also da sein. Leandra murrte eine Entschuldigung und was von wegen Sonne in den Augen. Yorrich öffnete ihr die Tür und hielt diese auf, damit Leandra nur ja nicht abhauen konnte. Sie seufzte. Also sollte die Arbeit beginnen.

Der Laden war voller Krempel, Kruscht und Kram. Vollgestopft bis obenhin. So schlimm sah es nicht einmal in Leandras Schrank aus. Sie betrachtete die Regale, die bis unter die Decke reichten, und die schmalen Gänge, als sie ein Schluchzen wahrnahm. ›Auch das noch, bitte lass diese Krämerstochter nicht hysterisch sein!‹, schoss es ihr durch den Kopf. Während sich Leandra ihren Weg durch den Laden bahnte, erkannte sie jedoch, dass ihr dieser Wunsch auch verwehrt bleiben würde. Hinter der Theke hockte ein Mädchen von vielleicht siebzehn Jahren, hübsch anzusehen, dunkle lange Locken und tiefrote, verheulte Augen. Zum Glück ergriff Yorrich das Wort: »Maiga Steinhäuser? Mein Name ist Yorrich Bergstein, das hier ist Wolf Leandra Maisenkorn. Wir sind geschickt worden, weil hier ein Raub, oder auch ein Einbruch gemeldet wurde?«

Das Mädchen stand auf und putzte sich mit der Schürze die Nase. Leandra schaute schnell weg. Hasste sie Menschen? Eigentlich nicht. Eigentlich kam sie sogar gut mit den Menschen Condras zurecht, aber es war noch viel zu früh, um mit Leuten zu reden.

»Ich freue mich, dass ihr so schnell kommen konntet, Wolf Maisenkorn. Ich wusste nicht, ob jemand für so etwas Zeit hat, ihr wisst schon, nach der Explosion! Gestern Nacht ist eine besonders wertvolle Vase geklaut worden. Sie war mit verschiedenen Edelsteinen besetzt. Ich habe sie gestern Abend noch bestaunt, wie jeden Abend, und jetzt, jetzt ist sie weg …«

Wieder ein Schluchzen, neue Tränen. Leandra räusperte sich.

»Schon gut, junge Frau, könnt Ihr uns zeigen, wo diese Vase immer stand?«

Das Mädchen nickte und führte die beiden Falken durch die Gänge des Ladens. Langsam wurde Leandra wach und auch ihr Geist arbeitete plötzlich auf Hochtouren. Steinhäuser. Den Namen kannte sie, der Krämer hieß Falkmar Steinhäuser. Sie hatte schon mit ihm zu tun gehabt, nur wie und warum? Es fiel ihr einfach nicht ein.

»Woher kenn ich den Namen Falkmar Steinhäuser noch gleich?«, raunte sie schließlich Yorrich die Frage zu.

»Aus der Schmuggelaffäre von vor zwei Monaten! Habe ich dir doch eben schon erzählt!«, gab Yorrich überrascht wieder. Ach ja, verdammt. Falkmar Steinhäuser, Schmuggler. Vor zwei Monaten hatte sie zuletzt mit diesem unsympathischen schleimigen Kerl geredet. Ein Mann von Welt, wie er selber wohl dachte. Das war aber nicht das erste Mal gewesen, dass sie mit ihm zu tun gehabt hatte. Zuvor schon war sein Name häufig in verschiedensten Ermittlungen aufgetaucht. Leandra war sich sicher, der hatte mehr als nur ein wenig Dreck am Stecken. Eigentlich wusste man, wenn in Tharemis etwas geschmuggelt wurde, oder überhaupt etwas Zwielichtiges, geschah, dann steckte Steinhäuser da mit drin.

Leandras Aufmerksamkeit wandte sich wieder Maiga zu, die hatte inzwischen ein Podest erreicht. Mann, hier waren sogar weniger Regale. Auf dem Podest war keine Staubschicht, anders als auf den umherstehenden Regalen, und das Podest war leer.

»Hier also stand der Krug? Wie sah er denn aus?«

»Die Vase! Es war eine Hydria – das ist ein Wasserkrug, aber aus der neueren Zeit, also bauchiger und kurzhalsiger. Sie war mit den Symbolen der Schwestern verziert und die drei Henkel waren mit Kristallen besetzt. Zwei Kristalle bei den Horizontalhenkeln zum Heben, und einer, ein größerer, hinten bei dem Vertikalhenkel der zum Schöpfen und Ausgießen genutzt wurde. Ein wirklich sehr schönes Stück. Mein Vater sagte mir, dass schon viele Priester ihn getragen haben, bevor er in unseren Besitz kam.«

Entgeistert schaut Leandra das Mädchen an. So viele Informationen zu einer Vase?

»Äh, ja«, stammelte sie. »Yorrich, schreib das doch bitte auf, und lass dir den Krug ganz genau beschreiben, ich will mich etwas umsehen.«

Yorrich nickte und zückte Kohlestift und Pergament. Leandra schaute sich weiter um. Das Fenster war nur wenige Schritte entfernt, doch fest verschlossen. Auch ein Oberlicht war in den Teil des Ladens eingelassen, sodass die Vase genau im richtigen Licht präsentiert werden konnte. Kein Staub zierte den Kreis um die Fläche, auf der die Vase gestanden hatte. Seltsam, sonst lag überall Staub. Der Laden war richtig verlottert.

»Was geht hier vor, Maiga?«, donnerte plötzlich eine Stimme

hinter Leandra. Falkmar Steinhäuser war wieder eingetroffen, früher als gedacht, wie es Leandra erschien.

»Vati! Die Hydria ist geklaut worden, letzte Nacht! Ich habe sie gestern noch bewundert, und heute Morgen war sie fort, als ich den Laden öffnen wollte!«

Falkmar stockte, er dachte kurz nach, betrachtete nur den Bruchteil einer Sekunde das leere Podest und die grünen Kopftücher der Gäste. Doch lang genug, dass Leandra es bemerkte

»Was spinnst du dir da zusammen, Kind? Ich habe dir doch gesagt, dass ich die Vase an die Familie … Sternberg verkauft habe. Der Alchemist hat sie gestern Abend wohl abgeholt.«

»Aber Vater«, entfuhr es dem Mädchen. »Ich war nicht im Laden – und du warst gar nicht in der Stadt!«

»Ich habe deiner Mutter Bescheid gegeben, den Laden aufzuschließen.«

»Davon hattest du mir nichts gesagt!«

»Es tut mir leid, meine Herren … ich meine natürlich meine Dame und mein Herr. Wolf Maisenkorn, Ihr seid wohl umsonst so früh geweckt worden. Ich möchte Euch nun nicht länger aufhalten. Vermutlich habt Ihr etwas Wichtigeres zu tun. Meine Tochter ist sehr hübsch, aber leider nicht mit Intelligenz gesegnet.«

Leandra schaute von Steinhäuser zu Maiga und nickte dann.

»In Ordnung, Herr Steinhäuser. Ich wünsche Euch noch einen schönen Tag. Komm Yorrich, wir gehen.«

Kaum, dass sich die Ladentür hinter den Falken schloss, konnte sich Yorrich nicht mehr zurückhalten: »Du glaubst diesem Kerl doch nicht etwa, Wolf? Er hat gelogen, die Geschichte hat er sich ganz sicher nur ausgedacht!«

»Beruhig dich Yorrich, natürlich glaube ich ihm nicht. Ganz so dumm wie er tut ist seine Tochter nicht. Außerdem weiß ich, dass der Alchemist Sternberg gar nicht in der Stadt ist, sondern in Schieferbruch. Ich will dennoch, dass du zum Anwesen der Sternbergs gehst – so viel eitles Getue kann ich heute Morgen einfach nicht ab – und befrag sie. Ich werde mich hier mal etwas umhören. Wir treffen uns dann zum Abendessen im *Törichten Narren*. Das ist hier ganz in der Nähe. Verstanden?«

Yorrich nickte und machte auf dem Absatz kehrt. Verdammt, es war einfach noch viel zu früh am Morgen für solch komplizierte Dinge.

***

Auf der Straße war der Falke allen bekannt, man kannte ihn, man mochte den großen breiten Kerl, und vor allem, man hatte Respekt vor ihm. Das war Yorrich jedoch in diesem Moment nicht bewusst. Seine Gedanken kreisten vor allem um sie ... Er wusste nicht, wie sie es immer schaffte. Abends soff sie wie ein Loch, er musste sie regelmäßig in den Tavernen von Tharemis suchen gehen. Es war mit den Jahren immer schlimmer geworden. Leandra hatte das Gefühl, unwichtig geworden zu sein für den Rat, sie sah nicht, wie sehr sie gebraucht wurde von der Stadt, von den Bewohnern Condras.

Teil 2
Wenn der Schein trügt

Das Anwesen der Familie Sternberg war nicht weit von der Akademie entfernt. Kaum, dass Yorrich davor ankam, machte er schon wieder auf den Absatz kehrt. Besser nicht direkt ins heilige Anwesen dieser Familie, dort würde er Frau Sternberg treffen, und die war stadtbekannt. Wenn Yorrich über diese Frau nachdachte, hatte selbst er manches Mal Lust zu fluchen, doch er tat es nicht. Familie Sternberg hatte expandiert, aber den großen Alchimistenladen in der Stadt, den betrieb der Vater Bernhard Sternberg persönlich. Yorrich betrat den Laden und sofort begrüßte man ihn mit Namen. Er war bekannt und er wollte, dass man in ihm nur so viel Respekt entgegenbrachte, wie er ihn den Bewohnern Condras entgegenbrachte, denn sie waren alle gleich viel wert. Hier in dem Laden schien man dieser Linie zu folgen, in vielen anderen Gebieten Condras leider nicht.

***

Etwas unschlüssig schaute Leandra ihrem Stellvertreter hinterher. Guter Junge, aber leider viel zu aktiv und bemüht für ihre Verhältnisse. Na gut, sollte er doch. Sie zuckte die Achseln und rieb sich mit den Fingern die Schläfe. Was war jetzt noch gleich zu tun? Ach ja, Zeugenaussagen, Tatort-Untersuchungen, aber ohne zum Tatort wirklich zu gehen.

»Verdammte Mäuseseuche …«, murrte Leandra und blickte sich um. Wo war sie noch gleich? Gut, mitten in Tharemis. Zwei Straßen weiter, da lag diese Taverne, da wo immer Falken verschiedener Trupps waren, oder vielmehr: Dort waren die Biber. Allesamt ein Haufen von Kauderwelsch redenden, grummelnden Falken. Na toll … warum war sie Falke geworden? Ach ja, sie hatte damals während der Besatzung beschlossen, dass den Nekanern gehörig in den Arsch getreten werden musste. Und jetzt, ja, jetzt war nichts mehr zu tun, und der Rat … ach verdammt noch mal, der blöde Rat.

Leandra beschloss, zuerst die Gegend um den Krämerladen genauer anzusehen. Während sie in die Gasse trat, die kaum merklich neben dem Hauseingang verborgen lag, blickte sie hoch zu den Dächern. Man konnte gut an das Haus ran – wenn man sportlich war. Und dann könnte man an das Oberlicht kommen, was sie von innen hatte beobachten können.

»Hey! Pass op, bundüttle van een ding …«

Überrascht schaute Leandra auf den Boden. Sie war auf jemanden getreten. Ein Blick auf das am Boden liegende Wesen offenbarte ihr nicht nur, dass es ein Mann war, sondern auch, dass da ein Kopftuch zu sehen war.

»'tschuldigung«, murrte sie, »ist aber auch nicht unbedingt der Ort um seinen Rausch auszuschlafen, meinst du nicht auch? Wer bist du denn?«

Ein Mann von ungefähr vierzig Jahren rappelte sich mühselig auf. Sein Atem stank noch schlimmer als erwartet, das Kopftuch war schief, aber Leandra erkannt den Kerl, und er erkannte sie …

»Wotz … Wotz Schreiner, richtig? Gestern zu viel gesoffen?«

»Joa, Wolf. Dat war so, dat da widda so'n paar von den anderen zu Besuch waren. Ausnahmsweise net op jöck. Da ham wir wohl bisserl wat übern Durst getrunken. Komm doch met, mer han vor dat heuer weer te doen.«

Leandra reagierte nicht sofort, sie brauchte einen gewissen Alkoholpegel, um mit Bibern kommunizieren zu können, und dieser hier hatte seinen Dialekt von allen andern Bibern gelernt. Die sprachen allesamt Kauderwelsch und wer es nicht tat, lernte es spätestens im ersten halben Jahr.

»Ja, nee … bin im Einsatz, Wotz. Hier beim Krämer Steinhäuser, da ist was geklaut worden … Hast du was gesehen?«

Wotz schaute auf den Eingang zu dem Krämerladen und seine Gesichtsfarbe wechselte von Aschfahl auf Wutrot … eine schöne Farbe, Leandra mochte wutrote Wangen …

»Jesehn? Nee, isch hab nix direkt mitbekommen, Wolf. Abba, boa sag ich dir, abba das war hart. Da war ich aufm Weg mir 'n Plätzchen zu suchen wo ich mer bisserl hin haun kann, da rempelt misch da so ne Saubüttel an. Net mal tschuldigen konnt der sich. Nur rumjeblölt. Keen Respekt meer vorm Alter oder vorm Kopftuch sach ich dir! Dat wär andern nischt passiert, Wolf. Der hat nix jesacht. Ist aus der Gasse hier raus, mit so nem großen Ding in der Hand, voll und voll mit Tüschern beschubbelt, weeste. Isch bin dann in die Gasse hier um nachzukjiken wat hier war. Und dann, dann wees isch nix mehr, Wolf … isch bin wohl injeschlummert während ich dat hier genauer onderzoekt hab …«

Leandra schwieg, nicht weil sie über das Gesagte nachdenken musste, sondern erneut, um es zu ordnen und zu verstehen. Ein Kerl, herumgealbert, mit großem Objekt in Tüchern also.

»Jut, äh, gut, Wotz. Dann troll dich mal und nimm ein Bad. Und bitte, lass deine Klamotten waschen … vielleicht trink ich dann heut Abend mal was mit dir. Du hast mir echt geholfen.«

Sie hatte Recht gehabt, es *war* etwas geklaut worden. Leandra blickte sich um, eine Regenrinne am Haus … perfekt für einen Kletterer. Leandra war früher einmal sehr sportlich gewesen, geradezu fanatisch. Früher, als sie ihrem Vater noch zeigen wollte, dass sie genau so gut wie ein Junge war, denn ihre Mutter starb bei der Geburt. Dann kamen die Nekaner … Leandra schüttelte den Kopf, das gehörte wirklich nicht hierher … aber sie grinste, sie hatte Nekaner gehängt, an jeden Baum einen. Und dafür hatte sie zuvor auf die Bäume klettern müssen.

Mit wenigen fließenden Bewegungen, die man ihr vielleicht gar nicht zutrauen würde, hangelte sich Leandra an der Regenrinne entlang nach oben auf das Dach. Mit einem viel zu lange ungeübtem Handgriff kletterte sie von der Regenrinne auf den Dachsims. Dabei schnitt sie sich die Hand an etwas auf. ›Condrianische Waldkaterscheisse …‹, grummelte Leandra in ihren nicht vorhandenen Bart und führte die blutende Hand zum Mund.

Wie sie dort oben so stand, atmete sie tief ein und aus und blickte über die Dächer von Tharemis hinweg. Es gab nicht nur Flachdächer in der Stadt, aber sie bildeten doch das Hauptaugenmerk. Selbst die Akademie hatte abgeflachte Dächer, wo diese seltsamen Fingerfuchtler ihr Zuhause gefunden hatten.

Leandra selbst kam aus Tharemis, sie hatte hier gewohnt, bis ihr Vater auf die Straße geworfen wurde und in Alkohol ertrank. Er war nicht durch den Alkohol gestorben, sondern wirklich in einem Bottich voll Alkohol ertrunken. Leandra schob dies den Nekanern in die Schuhe. Sie selbst war denen aus Dunkelbach begegnet … sie hatte sich den Falken angeschlossen, den

Sturmfalken, sie war bei Schieferbruch dabei gewesen, sie war beim Sturm auf Tharemis dabei gewesen, sie hatte dort Furatha … bei der Wankelmütigen, woran hatte sie sich eigentlich geschnitten? Und warum war sie hier oben und sinnierte über ihre Vergangenheit?

Leandra sah sich auf dem Dach um. Konzentration, ermahnte sie sich. Nur ein paar Schritt von ihrem Aufstieg entfernt war diese Dachluke, und daneben lag etwas. Leandra trat ein paar Schritte darauf zu und hockte sich hin, eine Seilfaser, frisch abgerissen. Sie grinste, die Augen eines Falken sahen viel … scharfe Falkenaugen waren es auch die, die ihren Blick wieder auf den Rand des Daches lenkten, dort waren Glasscherben! Nur wenige, aber doch erkennbar. Überrascht schaute Leandra auf und ließ die Hand sinken. Glasscherben, aber das Glas der Dachluke war intakt … Gedankenverloren spielte sie mit der Seilfaser, Hanfseil, gutes Seil, teures Seil, sehr stabil. Erneut blieb ihr Blick an etwas hängen und die Gedanken eilten den Augen hinterher. Noch während sie sich wieder auf die Knie niederließ, kamen die Gedanken langsam bei dem an, was ihre Augen entdeckt hatten und ihre Finger schon dabei waren zu erspüren, was ihre Wolfs-Nase bemerkt hatte. Der Fensterkitt war heller, er roch anders und fühlte sich weich an. Leandra beugte sich noch tiefer, die Scheibe war sauber … keine Wasserflecken, dabei hatte es die letzten Wochen häufiger geregnet. Die Scheibe war neu! Dieser Gauner hatte tatsächlich die Scheibe ausgehebelt und eine neue eingesetzt. Er musste gewusst haben, wie viel Zeit er hatte. Er hatte sich alle Zeit der Welt gelassen.

Leandra stand wieder auf. Saubiest von einem Gauner. Aber dann konnte er nicht über die Regenrinne gekommen sein. Jedenfalls nicht auf dem Hinweg. Die neue Scheibe hätte zerbrechen können, war er dieses Wagnis eingegangen? Langsam schritt Leandra das Dach ab, von einer Ecke zur nächsten, immer entlang der Kante. Südlich von hier lag der Marktplatz, der Haupttempel. Leandra ging das Haus entlang, an der Ostseite war nichts zu erkennen, westlich lag die Gasse, blieb nur die Nordseite des Dachs.

Leandra blieb stehen und schaute am Dach herunter, wirklich interessant. Eine schmale Dachlatte führte von hier zum nächsten

Dach. Hoch genug, um von dort auf das Dach zu kommen, doch so niedrig angebracht, dass man es nicht direkt entdecken konnte. Nur ein geübter Akrobat hatte wohl keine Angst darüber zu klettern. Vorsichtig und mit einem gehörigen Respekt hangelte sich Leandra zum anderen Dach herüber. Eine rutschige Partie. Sie brauchte unbedingt etwas mehr Adrenalin, sie kannte sich, wenn sie im Einsatz war, dann ging das alles einfach besser. Sie dachte jetzt noch zu viel darüber nach, was passieren konnte.

Das andere Dach war direkt mit mehreren weiteren Dächern verbunden. Leandra sah sich um. Ein Sturm stand bevor, das sah man. Und dort, dort war eine Leiter an eine Hauswand gelehnt! Erneut erkannten ihre Augen etwas, bevor ihr Geist registrierte, was es war. »Furatha, du Weib, ich danke dir«, murmelte Leandra. Dort lag ein Stapel Karten, ein blauer Rand mit Federn. Blanke Spielkarten, wie sie erkannte. Leandra grinste, da hatte der Einbrecher wohl ganz eindeutig etwas verloren. Und die blauen Federn, das konnte eigentlich nur eines bedeuten: die blaue Gans. Einer der bekanntesten Gauner der ganzen Stadt! Jetzt hatte sie das Adrenalin, und schnellen Schrittes, ohne weiter Gedanken zu verschwenden, ging sie zurück, dorthin, wo sie hergekommen war und kletterte erneut an der Regenrinne hinab in die Gasse.

Unten angekommen, verließ sie langsam wieder die Gasse und stieß prompt gegen die nächste Person … das war verdammt nochmal nicht ihr Tag. Die kleinere Person taumelte zurück und setzte sich auf den Hosenboden, wo sie direkt zu schluchzen begann: Maiga …

»Hey, ruhig, Maiga, ich bin‹s nur«, sagte sie. »Alles in Ordnung. Darf ich dich kurz ein Stück begleiten?«

Das Mädchen hörte auf zu schluchzen, wie auf Kommando. Jetzt erkannte Leandra was Sache war, sie weinte, wenn sie sich davon was versprach. Verdammter, durch den Wolf gedrehter Kuhdarm … Frauen – und gerade Mädchen waren so durchschaubar. Der Kleinen hatte es gefallen, wie Yorrich sich um sie bemüht hatte. Verdammte Mäuseseuche.

»Natürlich Frau Wolf! Es tut mir leid, was da drin bei meinem Vater geschehen ist. Ich … ich will meinen Papa ja nicht verpetzen, aber die Frau Mama war diese Nacht nicht daheim, sie kann nichts verkauft haben …«

Schuldig blickte das Mädchen sich um, fast schaute sie aus wie ein geprügelter Hund. Sie flüsterte als sie fortfuhr, sodass Leandra alle Kopfschmerzen verdrängen musste, um sie zu verstehen.

»Mama hat einen Freund, der ist nett, auch zu mir. Und na ja, ich weiß, dass Papa diesen Alchimisten auch nichts verkaufen will, er mag diese reichen Schnösel nicht. Ich würde ja auch gerne in dem Haus wohnen. Aber ach … na ja, mein Papa hat halt kein Geld für so etwas. Das war so ein Typ, der hat das geklaut, der kam die Nacht rein. Ich hatte mich mit einem Freund – also eigentlich kein richtiger Freund, so ein Junge aus der Nachbarschaft halt – wir haben uns im Laden getroffen. Und plötzlich, als wir ein Geräusch hörten, haben wir uns versteckt. Dann war die doofe Vase nachher weg. Papas Ein und Alles.«

Warum hörte dieses Mädchen nicht auf zu quasseln? Machte sie ja gar keinen Punkt und Komma mehr? Leandra schüttelte den Kopf. So viele Informationen in so kurzer Zeit und mit so viel Text

»Na ja, und das ist nicht mal alles«, fuhr Maiga ungebremst fort. »Papa hat am Vortag so einen komischen Zettel bekommen. Mit dem Zettel stimmte was nicht. Ganz und gar nicht … Papa hat ihn total verärgert angestarrt, das tut er sonst nur mit mir aber ach, ich hab hoffentlich nicht zu viel erzählt. Wenn Papa das erfährt bekomme ich Ärger … du … äh Ihr verpetzt mich aber doch nicht, oder?

Leandra schüttelte den Kopf

»Nein, natürlich nicht. Danke dir Maiga. Ich muss dann jetzt auch weiter.«

Schnell weg hier, dachte Leandra, dieses Kind war ja schlimmer als jeder Biber … Möhrenrotz … Na ja, immerhin wusste sie jetzt mehr. Das Kind hatte nichts gesehen, Angst bekommen und sich versteckt. Nun gut, was als nächstes? Zurück zum Laden … Fußarbeit heißen solche Ermittlungsarbeiten im Volksmund – und das entsprach der Wahrheit. Einmal nach hier und einmal nach dort laufen. Erst Falkmar, dann Yorrich.

***

Es dauerte länger als gedacht, um zu dem Krämerladen zurückzukehren. Inzwischen war halb Tharemis auf den Beinen und so war sie damit beschäftigt, den Leuten aus dem Weg zu gehen, die sie kannte. Biber, Dachse, Falken und sogar vereinzelte Möwen. Natürlich schaffte sie es nicht, allen aus dem Weg zu gehen und musste viele Leute angrunzen, um sie wieder loszuwerden. Da waren auch die berühmten Falken aus Silbertor und Tharemis zu Besuch, wie sie feststellte, das hatte Wotz also gemeint. Mit denen würde sie nichts trinken gehen wollen.

Als sie den Laden wieder betrat, hörte sie aufgeregte Stimmen tief im Inneren. Sie spitzte die Ohren und es fielen Worte wie »Du auch?«, doch leider konnte sie nichts Genaues heraushören, bis schließlich ein Kerl an ihr vorbeigesaust kam, den sie als ›den Weinhändler von drei Ecken weiter‹ identifizieren konnte, der den Wein panschte. Deshalb mochte sie ihn nicht.

Kaum, dass sie ihm nachschaute und er den Laden verlassen hatte, stand sie vor Steinhäuser, der vor Wut rot im Gesicht war. Welch beruhigende Farbe dachte sie noch, als sie ihn ansah. Er blieb wie festgefroren vor ihr stehen und blickte sie mit offenem Mund an. Langsam wich das beruhigende Rot einem Kreideweiß und dann einem Kotzgelb.

»Und jetzt will ich die Wahrheit.« Leandra lächelte schief. »Die komplette Wahrheit, Steinhäuser. Und wenn du mir nicht sagst, was ich wissen muss … nun, wie du siehst, ist Yorrich nicht dabei um auf dich aufzupassen und ich weiß verdammt gut, wo deine Schwachstellen sind. Ich glaube, deine eine Achillesverse hast du dank dem Dolch, den ich dir damals in den Rücken geworfen habe, als du auf dem Markt ein krummes Ding gedreht hast und dann fliehen wolltest …«

Erst Kotzgelb, jetzt Giftgrün. Der Mann kannte viele Farben. Wirklich viele, schöne Farben.

»Nun … ähm … Wolf   Also, meine Liebe Leandra. Ich … ach verflucht noch eins! Ich bin's ja selber Schuld, dass mir der Kitsch geklaut wurde. Diese verblödete Vase, ein Geschenk meiner Frau …«

Wieder eine Lüge, er zog dabei schon immer die Nase kraus was für ein schlechter Lügner. Leandra machte sich im Kopf eine Notiz.

»Ich hab eine Karte bekommen. Eine Warnung. Hat man von so etwas schon gehört? Da schickt mir jemand einen Zettel, auf dem steht: ›Ich werde die Hydria in drei Tagen abends stehlen! Mit freundlichen Grüßen‹, und dann so ein komischer Würfel mit einem Punkt zu viel drauf … also sieben statt sechs Augen. Richtig teurer Zettel, mit blau-goldenem Rand. Kann doch nicht angehen, hab ich mir gedacht, verspotten kann ich mich selber.«

Leandra zog die Augenbraue hoch. Sie wusste wer das war, so etwas machte nur einer. Sie stöhnte innerlich auf. Auch das noch!

»Darf ich die Karte haben?«

Ein Blick auf die Karte, es war eindeutig. Verflucht. Goldblauer Schnörkelrand mit Federn. Und verdammt nochmal dieser Würfel.

»Der Kerl, der hier rausging?«

»Merez? Merez Brauer?«

»Genau der. Er hat auch einen Zettel bekommen, oder?«

Schweigen … betretenes Schweigen. Also ja. Dann antwortete der Kerl: »Ja, hat er, der Überfall soll morgen Abend stattfinden.«

Ein Nicken, dann drehte sich Leandra um. Sie hatte die Schnauze gestrichen voll von diesem Zeug. Ohne ein weiteres Wort verließ sie den Laden. Sie konnte nicht direkt zu diesem Brauer. Erst zu Yorrich.

***

Sie musste nicht lange warten, bis Yorrich in der Taverne auftauchte. Sie hatte nicht einmal Zeit das Bier ganz auszutrinken, das er nicht sehen sollte. Yorrich blickte vorwurfsvoll. Ach verdammt. Sie schob das Bier beiseite und sah ihn fragend an.

»Wie vermutet, bei den Sternbergs hat keiner das Ding kaufen wollen. Frau Sternberg hat mich ausgelacht … schreckliche Person. Außerdem soll ich schöne Grüße von Ralion Holz ausrichten, er war wohl gerade mit der Magd der Sternbergs im Weinkeller.«

Holz? Die Möwe?! Leandra musste grinsen, den kannte sie nun wirklich ganz gut. Egal. Jetzt alles besprechen.

»Also, ich weiß was passiert ist. Der Krämer hat einen Brief von der Blauen Gans bekommen. Eine Warnung, dass der Kerl den Krug stehlen will. Ja, genau der, der uns schon länger Ärger macht. Ich habe inzwischen acht von diesen Karten in meinem Büro liegen. Acht! Pfff ... ob er wohl von der Akademie stammt?« Yorrich verstand den Scherz nicht ... also einfach weiterreden.

»Steinhäuser hat das nicht ernst genommen, törichter Ameisenscheißhaufen von einem Mann. Er ist auf Geschäftsreise gegangen, oder was er Geschäftsreise nennt. Nun ja, in der Nacht hat Maiga sich im Laden mit einem Nachbarsjungen vergnügt und die liebe Frau Steinhäuser mit was weiß ich wem ... sie hat wohl schon länger einen neuen Freund. Nun ja, die Gans überraschte das Liebespärchen im Laden. Die haben sich verkrochen wie Splitter unterm Nagelbett, und sich versteckt. Ich könnte wetten, dass die Gans sich schlapp gelacht hat über die zwei.«

Yorrich schrieb mit und blickte zwischendurch entgeistert auf. Gut, dass er mitschrieb, dann würde er auch den Bericht schreiben können, aber hoffentlich würde er die Schimpfwörter auslassen.

»Die Gans muss über die Dächer eingestiegen sein, denn Wotz Schmied, der Biber, ist gegen ihn geprallt auf der Suche nach einem Schlafplatz nach seinem Saufgelage. Kannst du dir das vorstellen? Wotz ist der blauen Gans begegnet, aber so hacke dicht, dass er nur noch weiß, dass es ein Kerl war. Ich mein: Wenn mir das passiert wäre, hätte ich das Saufen echt dran gegeben. Du nicht auch, Yorrich? Ach ich vergaß, du verträgst ja eh nichts ...«

Ein langer Schluck Bier. Uh, sie liebte diesen Moment. Yorrich biss sich auf die Unterlippe, gespannt wie ein guter condrianischer Bogen am Sturmtag. Ja, er wollte nicht, dass sie jetzt was trank, aber sie wollte ihn auf die Folter spannen. Der schönste Moment des Tages. Seine Augen funkelten den Bierkrug an, als würden sie gleich wie ein Akademistenheini Blitze schleudern. Hach ... aber nicht zu lange auskosten. Das wusste Leandra, denn dann war Yorrich zu nichts mehr zu gebrauchen ...

»Aber nun kommt das Beste«, fuhr sie fort. »Die Gans hat noch wem geschrieben: Merez Brauer, dem Weinpanscher drei Straßen weiter. Und der hat sich bei Steinhäuser ausgeheult. Er weiß nicht, dass ich es weiß. Morgen Abend ist es so weit. Wir müssen jetzt nur zum Brauer und mit ihm abklären, oder ihn vielmehr vor die vollendete Tatsache stellen, dass wir der Gans eine Falle stellen werden.

Yorrichs Augen waren riesig. Die Geräuschkulisse im Hintergrund blendete Leandra aus, das war der Moment des Erfolgs, der Moment, den sie genoss. Sie lupfte das Kopftuch und wuschelte sich durch die Haare, um es dann wieder feierlich aufzusetzen. Es war ihr Moment. Ihr Blick ging durch die Taverne, Würfelspieler, Saufgelage, feiernde Falken – aus Silbertor, unverkennbar an der Art, doch jetzt gerade in diesem Moment war sie nicht neidisch auf die anderen Wölfe und ihre Truppen, denn niemand hatte jemanden wie Yorrich, der sie nur begeistert anstarrte, bis er wieder Worte fand.

»Und das hast du alles so schnell rausbekommen?«, fragte er ungläubig. »Ich hoffe, du hast die nicht alle verprügeln müssen, um die Infos zu bekommen. Das wird schon wieder Papierarbeit für mich!«

»Nein, Yorrich. Wir zwei gehen morgen früh zu diesem Macker von Suffelhausen und werden herausfinden, was für 'nen Bottich die Gans stehlen will. Und dann werden wir ihm mit dem ganzen Trupp eine Falle stellen und die sein, die die Gans überführen. Ist das nicht was? Und weil ich die Arbeit heute hatte, schreibst du den Bericht dann – wie immer!«

Zufrieden lehnte sie sich zurück. Während Yorrich aufsprang, um dem Trupp Bescheid zu geben, bestellte sie sich ein neues Bier – hach, was waren Keppler und Valentin schon gegen sie? Sie würde die Gans fangen, und dann würden die Kerle sie beneiden und zu ihr aufschauen. Dann hätte sie den elitären Trupp, den beliebten Trupp, zu dem jedes Küken wollen würde. Sie trank noch ein Bier, bevor sie endlich mal früh in Richtung Bett schlenderte.

Als sie die Taverne verlassen hatte, fiel dem Wirt auf, dass da noch was auf dem Tisch lag … ein Würfel mit sieben Punkten oben auf. Dabei hatten die zwei Falken doch gar nicht gespielt?

***

Yorrich schüttelte den Kopf. Er war ihr Küken gewesen, er hatte immer zu ihr hochgeschaut. Sie war seine Ausbilderin gewesen und da war er verdammt noch einmal stolz drauf. Mächtig stolz

122

sogar. Doch er kannte auch ihre Schwächen. Yorrich eilte durch die Straßen zur Kaserne im Zentrum von Tharemis, dort war ihr Trupp immer stationiert. Ohne dass sein Wolf es wusste, waren sie von ihm schon längst in Einsatzbereitschaft versetzt worden, das hatte er getan, bevor er Leandra gefunden hatte. Er wusste, wenn sie einmal wach war, dann war sie schnell, man musste immer vorbereitet sein, vor allem bei einem Wolf wie Leandra Maisenkorn. Er war stolz, ihr Küken gewesen zu sein, aber gleichzeitig war er auch stolz, dass sie ihn dazu auserkoren hatte, seine Vertretung zu sein.

Teil 3
Alter schützt vor Torheit nicht

Yorrich brauchte nicht lange, bis er in der Kaserne ankam. Er brauchte nicht zu brüllen, er sagte kurz etwas und alle standen wenige Minuten später einsatzbereit vor ihm. Er wusste, es war seine Aufgabe, den Trupp in Schach zu halten. Die anderen spurten, wenn der Wolf was sagte, natürlich. Aber die anderen taten es auch mehr, weil sie aus dem Wolf nicht schlau wurden. Immer hatte sie Recht, aber sie tat alles mit einer von Furatha gegebenen Griesgrämigkeit. Und nach Feierabend war der Trupp ihr egal und sie verzog sich in möglichst andere Kneipen, weit weg vom Rest. Nicht, weil sie die Leute nicht mochte, das wusste Yorrich. Sie hatte jeden einzelnen, ob Küken oder Falken, persönlich ausgewählt und oft beobachtete sie die Falken tagelang, bis sie sich entschied, den Rat um den einen oder anderen zu bitten, oder ein Bittgesuch zu akzeptieren. Aber sie wollte nicht, dass man sie privat kannte, wohl aus Respektsgründen. Yorrich akzeptierte das, er hatte große Achtung vor Wolf Maisenkorn.

***

Am nächsten Morgen dann war Leandra mehr als pünktlich auf den Beinen. Sie genehmigte sich ein Bad und ein »vernünftiges« Frühstück in der Kaserne von Tharemis. Dann nahm sie ein Messer und fuhr sich durch die Haare. Ja, heute war ein guter Tag, ein verdammt guter Tag. Als sie an ihrem Büro ankam, stand die ganze Truppe da. Verdammt Yorrich, dachte sie, alle so unglaublich eifrig und bemüht. Zwanzig Mann umfasste ihr Trupp, sehr klein, aber fein. Drei hatten Urlaub, also siebzehn Mann. Und Yorrich hatte alle schon brav aufgeklärt. Das sah man ihren Augen an … sie waren alle ganz heiß darauf, den Dieb zu schnappen.

Leandra überlegte kurz, nun, alle konnte sie nicht bei der Befragung vom dem »Baron von Suffelhausen« gebrauchen – sie mochte den Spotnamen, den sie am Vorabend frisch geprägt hatte.

»Also, Kinder, wir machen das wie folgt.« Sie blickte in die Runde. »Ihr fünf werdet das nähere Umfeld des Ladens unter die Lupe nehmen. Ihr vier schwingt euch auf die Dächer und behaltet den Überblick, ich will die genaue Lage der umliegenden Häuser inklusive aller Wäscheleinen, verstanden? Der Rest von euch schaut sich Kneipen und Läden in der Umgebung an und bezieht dort Stellung. Und ich sag euch, die Schwestern werden euch niemals so viel Ärger bereiten können wie ich, wenn ihr nur einen Tropfen Alkohol trinkt. Wir treffen uns gegen Mittag wieder hier, Yorrich und ich sprechen mit dem Baron von Suffelhausen. Danach bezieht ihr wieder Stellung und wehe eine Eule sieht auch nur einen auffälligen Kopftuchzipfel. Die genaue Aufteilung von euch besprechen wir, sobald ich die Karte habe mit allen wichtigen Punkten …«

Ernste Blicke, begeistertes Nicken. Verdammt, Einteilung, nee, das mochte Leandra eigentlich nicht.

»Also, ich mein, Yorrich kümmert sich um die Einteilung. Er wird euch Bescheid geben. Auf, auf, wollen wir dem Kerl mal zeigen, wie man jemandem gepflegt hydracorisch in den Arsch treten kann, verstanden?«

»Aye Wolf!«

Hach wie schön konnten einheitliche Antworten bloß sein …

***

Leider verging die gute Laune bald wieder. Zum einen war es ein sau-condrianisches Wetter und regnete in Strömen, was eindeutig zeigte, dass Hydracor zwar mit ihnen war, aber es ihnen dummerweise nicht leicht machen wollte. Zum anderen war der Weg zu dem Laden weit, und Leandra hasste Fußarbeit, wenn es sie kribbelte, den Bogen zu spannen. Und sie mochte den Brauer nicht. Das war aber nebensächlich, denn dem wollte sie mal gehörig den Marsch blasen.

Dieses Mal kam Yorrich nicht dazu, Leandra die Tür aufzuhalten, denn schwungvoll stürmte sie selber regelrecht den Laden. Kaum drin lehnte sie sich an die Theke und blickte auf einen kleinen kahlköpfigen Kerl mit spitzer Nase herab, der die Falken böse anfunkelte. Leandra lächelte charmant … auf eine andere Art charmant als andere Frauen … aber eines ihrer besten Lächeln.

»Oh, Herr Brauer, wie schön, dass wir uns wiedersehen. Ihr kennt mich noch, Wolf Leandra Maisenkorn, für euch Wolf Maisenkorn – stets zu Euren Diensten.«

»Was wollt ihr, Wolf Maisenkorn?«

Der Mann spuckte den Namen förmlich aus, angewidert. Sein Blick fiel auf die dreckigen Abdrücke auf dem Boden, den die Stiefel der Falken gemacht hatten. Das gefiel Leandra, aber leider wurde er nicht rot, sondern weiß im Gesicht, das gefiel ihr nicht. Sie zog die Karte der Gans.

»Ich weiß, dass du so etwas hier bekommen hast und ich will wissen, was man dir stehlen will, und ich will den Dieb überführen, und daher sagst du mir jetzt alles, was ich wissen muss, oder wir zwei werden mächtig Ärger haben.«

Laut zog Yorrich die Luft ein. Es war wieder soweit, er wurde nervös. Der kleine Mann hinter dem Tresen jedoch schaute nur noch böser drein.

»Ich muss und werde niemandem etwas sagen, der den Boden meines Ladens mit solcher Verachtung straft und mir den ganzen Dreck hier hereinkehrt«, schnaubte er. »Und ich weiß eh gar nicht wovon Ihr redet. Ich weiß nicht einmal, was das da für eine Ankündigung ist.«

Ha, dachte Leandra, er hatte Ankündigung gesagt. Aber sie spielte ihr Spiel weiter, sie kannte es. Yorrich hatte jetzt seinen Auftritt, also ging sie einen Schritt zurück und der unscheinbare Mann entfaltete sich neben ihr zu seiner vollen Größe. Normalerweise hielt man ihn für knappe eins achtzig, aber jetzt sah man seine vollen eins dreiundneunzig … ein Riese. Das freundliche Gesicht wurde ernst und dann sprach er.

»Merez Brauer, wir fordern Euch nach dem Recht und dem Gesetz des Freien Landes Condra dazu auf, die von uns angeforderten Informationen augenblicklich auszuhändigen. Ansonsten sehen wir uns dazu gezwungen, Euren Laden aufgrund von Ratten im Wein schließen zu müssen und Euch – weil Ihr als Oberratte davon gewusst haben müsst – in Gewahrsam zu nehmen. Außerdem blockiert Ihr Ermittlungsarbeiten. Wichtige Ermittlungsarbeiten. Und glaubt mir, Ihr wollt nicht, dass mein Wolf sauer wird.«

Der kleine Glatzkopf wurde weiß vor Angst. Leandra war stolz auf Yorrich, er hatte viel gelernt und vor allem hatte er endlich gelernt, wie man Leute beleidigte. Nun gut, das mit der Ratte war ausbaufähig, aber es war gut. Sie grinste, als der kleine Mann eine Karte unter dem Tresen hervorholte. Blau-goldener Rand mit blauen Federn. In einer schön sauberen Handschrift stand darauf: »Ich werde morgen Abend den silbernen Kerzenleuchter aus dem Weinkeller stehlen. Es tut mir aufrichtig leid.« Unterzeichnet mit dem Würfel.

»Wir werden heute die Leitung eures Ladens übernehmen«, erklärte sie. »Ihr werdet wie gewöhnlich den Laden verlassen, Herr Brauer, und nach Hause gehen. Wir hingegen werden hierbleiben und den Dieb dingfest machen. Ihr aber werdet Stillschweigen bewahren und niemandem auch nur einen Ton sagen, verstanden?«

Der Mann nickte verärgert und gleichzeitig verängstigt. Leandra blickte aus dem Fenster, es dauerte noch etwas, bis sie sich mit ihrer Mannschaft sich versammelte. Außerdem musste das heimlich geschehen. Verdammt, sie hatte vergessen, den Laden beobachten zu lassen. Aber aus dem Augenwinkel erkannte sie, dass Yorrich sich darum gekümmert hatte. Draußen saß halb unauffällig eines der Küken ohne Kopftuch …

Dann konnte es ja losgehen …

***

Die Dämmerung neigte dem Ende entgegen. Der Tag selber war nur schleichend und äußerst langsam vergangen. Leandra hasste es zu warten, wenn es etwas zu tun gab. Ansonsten vertrieb sie sich die Zeit mit Würfelspielen und ähnlichem, heute aber musste sie zeigen, dass sie den Respekt verdient hatte, den man ihr entgegenbrachte. Also riss sie sich am Riemen, ging nicht auf und ab, und lauschte jeder Ausführung der Küken und Falken über das Gelände aufs Genaueste. Sie beobachtete, wie Yorrich die andere positionierte.

Er selber würde mit Leandra im Gebäude warten. Sie wollte direkt im Weinkeller sitzen, wenn die Gans käme. Leandra grinste kurz, nur um es direkt wieder zu unterdrücken. Wenn sie jetzt zu siegessicher sein würde, dann konnte es nur in die Hose gehen. Aber es war das allererste Mal, dass sie vor diesem

Kerl wussten, dass er kommen würde. Und das würde sie sich nicht entgehen lassen. Schon seit einigen Monaten tanzte er allen Falken in ganz Tharemis auf der Nase herum, jetzt war die Zeit der Falken gekommen.

***

Wenig später zogen alle bis auf Leandra die Kopftücher aus. Leandra kleidete sich in zivil, um unerkannt in den Laden zu kommen. Der kleine Mann schaute grimmig drein. Sie zog sich im Weinkeller wieder ihr Gambeson an. Gemütlich setzte sie sich in eine Ecke, ruhig und still, unter die Treppe, in Reichweite des Kerzenleuchters, aber weit genug weg, um nicht erkannt zu werden. Sie hörte, wie der Regen auf das Dach trommelte. Das würde es ihrem Trupp nicht so einfach machen, aber gleichzeitig würde die Gans damit auch so ihre Probleme haben.

Nasse Dächer, tiefe Pfützen. Leandra grinste allein im Dunkeln …

Sie wurde ganz ruhig und saß nur noch still da, wie in einer Meditation. Damals, am Sturmtag, kurz vor dem Zeichen zum Angriff, hatte sie sich genauso ruhig gefühlt. Den Bogen im Anschlag, mit ihren Kameraden … das Gefühl der Sicherheit war gleich, damals und heute. Einfach perfekt. Dann hörte sie die Schritte. Leise, sehr leise. Sie hielt den Atem an, als der Schein eines kleinen Lichtes auf die Treppenstufen fiel. Ruhigen Schrittes kam jemand die Treppe hinunter. Als die Person unten war, stand Leandra leise auf. Die Augen der Gans fixierten zunächst den Kerzenleuchter und dann auch sie.

»Wolf, ich freue mich, euch hier zu sehen!«

Eine Verbeugung, der Kerl machte tatsächlich eine Verbeugung vor ihr. Verhöhnte er sie etwa? Die Kapuze tief im Gesicht, erkannte sie nur Umrisse seiner Figur. Groß, aber nicht so groß wie Yorrich, athletisch gebaut, und sie erkannte prompt sechs Dolche an seinem Körper sowie eine kleine Handarmbrust und ein Kurzschwert. Leandra legte eine Hand auf ihre gespannte Armbrust.

»Die blaue Gans … ich freue mich, dich endlich dingfest machen zu können! Leg deine Waffen nieder und ergib dich!«

»Auch wenn ich gerne von jemandem wie Euch dingfest gemacht werden wollen würde, werte Leandra, so muss ich Euch leider enttäuschen, ich hatte nicht vor, dass das geschieht, Engelchen.«

Zwei weiße Zahnreihen funkelten kurz im Dunkeln, dann nahmen die Ereignisse überhand. Ein Dolch blitzte in der Hand der Gans auf und während Leandra mit der Armbrust schoss, flog auch der Dolch. Sie traf ihn an der Schulter, er fesselte ihre Hand an ein Weinfass. Noch während sie sich losreißen wollte, flog ein zweiter Dolch und hämmerte eines ihrer Hosenbeine an ein anderes Weinfass. Er wollte sie nicht verletzten … verdammt, törichter Krötenschleim.

»Yorrich! Die Tür!«, rief sie, doch keine Reaktion kam. Verdammter Kaninchenschiss. Die Gans schwang sich elegant zum Kerzenleuchter und schnappte ihn sich. Doch mehr Zeit brauchte Leandra nicht, um sich loszureißen. Der Wein sprudelte aus den Fässern und ergoss sich über den Boden. Die Gans verlor kurzfristig das Gleichgewicht, als sie sich wieder in Richtung Treppe begab. Auch Leandra fiel es schwer, auf den Beinen stehen zu bleiben, doch sie erholte sich einen Ticken schneller und griff nach ihrem Schwert, während sie mit der anderen Hand die Kapuze des Mannes packte, doch er rannte einfach weiter.

Sie eilten dicht auf dicht die Treppe hinauf. Lachte er dabei etwa? Leandra traute ihren Ohren nicht und Wut stieg in ihr auf. Oben auf dem Treppenabsatz erkannte sie Yorrich, der gerade wieder das Bewusstsein erlangt hatte. In der Mitte des Ladens hing ein Seil, an welchem sich nun die Gans nach oben hangelte.

»Schnell Yorrich«, brüllte Leandra, »zur Leiter, ich nehm den anderen Weg!«

Noch bevor die Gans oben war, hatte sie selber schon das Seil halb erklommen. Er würde keine Zeit haben, es zu durchtrennen, dafür war es zu dick. Sie sah, wie er überrascht zu ihr schaute und dann einfach in eine Richtung über die Dächer Reißaus nahm. ›Nicht mit mir mein Lieber‹, dachte sie sich, ›jetzt werden meine Truppen dich fangen‹. Sie hangelte sich auf das Dach und Regen prasselte ihr ins Gesicht. Das waren definitiv keine guten Voraussetzungen für eine Verfolgungsjagd über die Dächer von Tharemis. Aber was sollte es, sie war bestimmt nicht Falke geworden, weil sie Anstrengungen aus dem Weg ging, und sie war Wolf geworden, weil sie mit Problemen zurechtkam.

Aus dem Augenwinkel erkannte Leandra Yorrich, der auf dem Dach ankam, doch ihr Blick fixierte den Dieb, den es zu fassen galt. Ein Pfeil sauste durch die Nacht und verfehlte die Gans, die einfach – als sei es das Normalste der Welt – auf das nächste Dach sprang. Leandra wusste, es war ein Falkenpfeil. Sie betete still zu den Schwestern und hetzte dem Dieb nach, während Yorrich einen anderen Weg nahm.

Teil 4
Schritte aus dem Schatten

Der Regen glich Sturzbächen, was die Sicht und vor allem den Nutzen der Bogenschützen vollständig zunichte machte. Leandra fluchte innerlich, wie sie noch nie in ihrem Leben geflucht hatte. Schon nach wenigen Sekunden erschien es ihr, als sei sie nass bis auf die Knochen. Die Gefahr abzurutschen und ins Ungewisse zu stürzen war mehr als deutlich vor ihrem inneren Auge. Leandra schüttelte den Gedanken ab, die Gans, diese vermaledeite blaue Gans war das oberste Ziel.

Die Gans floh über einen dünnen Balken, der von einem Dach auf ein anderes hinunter ging. Leandra erkannte, dass auch er Probleme dabei hatte. Sie stellte ihre Zweifel ab, wie eine Tür machte sie diesen Gedächtnisspalt zu und hetzte hinterher. Die Armbrust hatte sie im Keller liegengelassen, die würde ihr hier auch nichts nutzen. Nicht bei dem Regen ... und nun fing der Wind auch noch an. Warum waren die Schwestern mit dem Dieb? Oder waren sie vielleicht doch mit ihr?! Sie war sich unsicher, ob das Wetter von Vorteil oder Nachteil für sie war.

Als sie an dem schmalen Balken ankam, hatte die Gans gerade das andere Ende erreicht. Verdammt, also keine Chance, das Brett einfach wegzutreten oder zumindest damit zu drohen. Leandra schrie gegen den Regen an: »Bleib stehen, du Nebelkrähe von einem Möchtegerndieb! Du hast keine Chance zu entkommen, meine ganze Einheit ist hinter dir her.«

Er drehte sich um und grinste sie an, er grinste tatsächlich, die makellosen weißen Zahnreihen blitzen in der Dunkelheit auf.

»Oh, liebste Wölfin, Eure Jungen sind zu jung um mich zu fangen, nur eine heiße Wölfin wie Ihr wäre dazu in der Lage. Meint Ihr nicht, ich hätte die meisten der strebsamen Jungen von euch schon längst entdeckt, bevor ich zu dem Stelldichein zu Euch schlich?«

Mit einer Handbewegung wies er in eine Richtung und Leandra – verflucht sollte sie sein – blickte in eben diese. Dort hinten an einem Dach konnte sie schwach den Umriss von etwas erkennen, was definitiv nicht da sein sollte: Es handelte sich um mehrere zusammengebundene Falken. Leandra schüttelte ungläubig den Kopf und wäre vermutlich in dieser Trance geblieben, hätte sie nicht ein Geräusch dazu bewogen, den Kopf wieder herumzureißen. Die Gans hatte das Brett selber weggetreten. Er machte eine höfliche Verbeugung und hetzte weiter über die Dächer.

Leandra blickte sich um. Sie sah weiter hinten Yorrich sich von einer anderen Richtung nähern, doch auch die Gans sah den Falken und tänzelte geschickt einfach auf ein anderes Dach – aber er hielt sich dabei die Schulter! Der Armbrustbolzen! Er musste noch in der Schulter der Gans stecken, sie hatte ihn schließlich getroffen. Leandra grinste und fasste neuen Mut. Sie schaute in den Abgrund, schätzte die Weite ab, lief ein paar Schritte zurück und schickte ein Stoßgebet zu Hydracor hinauf, dann nahm sie Anlauf und – sprang.

Zu kurz ... zu kurz ... dachte sie ... knapp zu kurz. Ein Fuß landete auf dem Dach des Nachbarhauses, der andere daneben. Wild ruderte sie mit den Armen. Stieß einen kurzen Fluch aus, was die Gans dazu bewegte, sich umzudrehen. Er zögerte, er rannte nicht weiter ... Leandras Hirn arbeitete auf Hochtouren, sie dachte es wäre ihr letzter Moment und so nahm sie jedes Detail auf diesem verregneten Dach mehr als ganz genau wahr. Im Geiste verglich sie das Dach, auf dem sie sich befand mit den Karten, die sie mit ihrem Trupp studiert hatte. Wie hoch war das Dach, wie tief würde sie fallen, und würde sie das überleben? Ihre Arme ruderten wie wild.

Kurz bevor sie zu fallen drohte, blies der rettende Windhauch in ihren Rücken. ›Dank sei Hydracor‹, dachte sie nur, als sie auf die Knie sank. Schnell aber registrierte sie, dass sie nicht hocken bleiben durfte. Sie sprang auf und gehetzt sah sie sich um. Wohin war der Mistkerl verschwunden?! Aber er war nicht verschwunden, er war sogar ein paar Schritte zurückgekehrt. Hatte er sie hinabstoßen wollen? Wollte er ihr den Rest geben? Als er sah, wie sie auf die Füße sprang und losrannte, fing er sich sicher aus seiner Traumwelt wieder und machte auf dem Absatz kehrt. Sie rannten beide ungeachtet des Wetters, ungeachtet der schlechten Umgebung für ein Wettrennen. Sie rannten als würde Pyrdracor persönlich hinter ihnen her sein.

***

Sie war nass bis auf die Knochen und in heißem Schweiß gebadet. Mehrfach hatten sich ihre Wege mit denen von Yorrich gekreuzt, der aus einer anderen Richtung hinter der Gans herhetzte. Leandra wurde langsam bewusst, dass die Gans nur aus einem Grund nicht entkam, die Hinderung durch den Bolzen in der Schulter, sein rechter Arm war praktisch nutzlos. Noch nie hatte sie eine solche Verfolgungsjagd erlebt.

Sie waren von den Dächern gesprungen und in die kleinen Gassen gewechselt. Mehrere Betrunkene musste sie auf Seite stoßen, der eine knallte gegen eine Wand und sackte in sich zusammen, verflucht! Noch während sie wild Verwünschungen ausstoßend auf den Kerl auf den Boden blickte, um sich zu vergewissern, dass er noch lebte, kletterte die Gans – ebenfalls wild fluchend – an einer Leiter wieder empor zum nächsten Dach. Leandra seufzte, das konnte nicht mehr lange so weitergehen, das würde in die Hose gehen, dessen war sie sich sicher. Sie betrachtete die Beule am Kopf des Besoffenen – ach du Schande, der Kerl trug die eklige Lyra – nur aus Bronze … gut, nur ein Akademie-Schüler. Ach scheiß der Hund drauf, dieser Sohn einer Ratte würde sich eh nicht mehr an sie erinnern, wenn er wieder zu sich kam und ansonsten musste sie halt zu den Fingerfuchtlern, das würde sie auch überleben, aber sie würde es sich nicht verzeihen hier aufzugeben.

Leandra beschleunigte wieder und kletterte die Leiter empor. Oben angekommen blickte sie sich um. Dort war Yorrich, nur wenige Meter von der Gans entfernt, die ihm den Rücken zugewandt hatte und zu ihr hinüberblickte, als würde er auf sie warten. Ha! Wenn sie jetzt dafür sorgen könnte, dass er Yorrich nicht bemerkte.

»Na, mein hübsches Brechmittel, wartest du etwa auf mich?«

»Holde Frau Wölfin, wie könnt Ihr mich nur so beleidigen, wo ich mein Bestes gebe, nur einen guten Eindruck bei Euch zu hinterlassen!«

»Bei mir einen guten Eindruck hinterlassen? Ha! Was bringt es Euch? Und warum will ein Tunichtgut von einer Kanalratte einen guten Eindruck bei mir hinterlassen!?«

Der Kerl mochte es, sich auf der Flucht zu unterhalten, er mochte es, dass sie ihn herausforderte, er mochte den verbalen Schlagabtausch, das war seine Achillesverse. Leandra riss sich am Riemen, bloß nicht laut auflachen, bloß nicht aussehen, als hätte sie gewonnen. Sie traute sich kaum, einen Blick auf Yorrich zu werfen. Das würde auffallen. Also verlagerte sie ihr Gewicht und tat so, als sei sie außer Atem. Doch das stimmte nicht. Auf der ganzen Hetzjagd war ihr Atem nicht so ruhig gewesen wie in diesem einen Moment.

Die Gans ging darauf ein, er hockte sich leicht hin, um sie besser im Auge behalten zu können und gleichzeitig, um besseren Stand zu erlangen. Er verharrte leicht über ihr, Yorrich war noch zwei Schritte entfernt, sie musste diesen Kerl nur lang genug beschäftigen.

»Oh meine liebe Leandra ... welch schöner Name übrigens. Ich denke ...«

Dann sprang er – verdammt wohin sprang der Kerl?! Leandra keuchte und rannte los. Er hatte Yorrich bemerkt – verdammt! Yorrich schaute entgeistert, wie die Gans auf einem Karren mit nassem Stroh landete, einige Meter unter ihnen, um sich wieder umzudrehen und etwas Unverständliches zu Leandra hinauf zu rufen.

»Schleimige Nasenkröte, verfluchte. Zwergischer Hundehaufen. Nicht einmal in der Lage zu knicksen wirst du sein, wenn ich mit dir fertig bin!«, schimpfte Leandra, und ohne Yorrich eines weiteren Blickes zu würdigen sprang sie hinterher. Die Hetzjagd ging weiter.

***

Nur wenige Ecken weiter erklomm die Gans erneut eine Hauswand mit Hilfe des Regenrohrs. Nie wieder würde Leandra den Sport in der Kaserne verpassen, schwor sie sich, als sie selber die Rohre hochkletterte, um dem Kerl zu folgen. Oben angekommen sah sie, dass er einen Fehler gemacht hatte. Einen fatalen Fehler. Sie lachte auf.

Das Haus war sozusagen eine Sackgasse. Ein Spitzdach, nur ein schmaler Grad, ein Balken zwischen den Dachgiebeln führte zu den nächsten Häusern, die er hätte nutzen können, und von dort kam Yorrich. Er fluchte. Die Gans fluchte. Darauf hatte Leandra nur gewartet. Sie sprang auf ihn zu und er drehte sich zu ihr um. Als wäre die Zeit verlangsamt, drehte er sich zu ihr um, während sie zu ihm sprang. Der perfekte Moment – und Leandra holte aus und schlug mit voller Kraft zu.

Als sie gegen ihn stieß, riss die Wucht des Aufpralls beide zu Boden und die Zeit ging wieder in gewohnten Bahnen. Leandra fluchte, während sie auf ihm zum Liegen kam und zum erneuten Schlag ausholte. Doch die Gans hatte sich wieder gefangen und lächelte sie an. Leandra stockte, der Kerl lächelte! Ihre Faust stoppte, warum grinste der Kerl?

»Ich kann dich nur loben, du schlägst zu wie Keppler. Du stehst denen in nichts nach!«, sagte er zu ihr. Da gewann ihre Faust wieder die bekannte Wut zurück und sie zog durch. Doch er rollte den Kopf weg. Und sie traf nur die Dachschindeln. Der Schmerz des Aufpralls stachelte Leandra noch mehr an. Er jedoch nutzte den Moment, als sie erneut ausholen wollte und rollte mit ihr auf dem schmalen Giebel, bis er oben lag. Doch anstatt ihr jetzt eine reinzulangen, sprang er auf.

Leandra versuchte seine Füße wegzutreten, die Gans wich gekonnt mit einem Sprung aus. Daraufhin stand auch Leandra auf und versuchte, erneut den Gegner mit Schlägen zu bedecken. Doch die Gans wich lediglich aus.

»Stell dich, verfluchter Sohn einer Hundehure!«

»Wolf hin – Wolf her, ich schlage keine Frauen.«

Das war eindeutig zu viel. Leandra biss sich die Lippe selber blutig vor Wut und mehrere Faustschläge trafen ihr Ziel. Magen, Niere und Kinn. Als sie zum nächsten Schlag ausholen wollte, trat er ihr gegen das Knie, es knackte, sie stürze auf den Dachgiebel.

»Ich hab nichts von treten gesagt«, lachte er. »Ich mag es halt, wenn Frauen vor meinen Füßen zu Boden gehen!«

Er sprang auf. Und drehte sich um. Leandras Augen füllten sich mit Tränen vor Schmerz. Doch sie rappelte sich wieder auf. Ihr Knie aber knickte ein, wollte sie nicht direkt wieder tragen. Beim zweiten Versuch klappte es. Sie konnte sehen, wie die Gans auf Yorrich zulief, der ihm den Weg versperrte. Sie biss die

Zähne zusammen und unterdrückte die Schmerzensschreie, als sie hinterherlief.

Yorrich war ein guter Kämpfer, ein guter Falke, aber die Gans stand ihm in nichts nach. Yorrich versuchte die Gans zu packen und zu Boden zu ringen, doch erneut griff der Gegner nicht an. Vorsichtig balancierte Leandra über die Planke zum nächsten Dach. Mit dem Knie konnte sie nicht mehr so gut laufen. Dann plötzlich sah sie, was die Gans tat. Sie beobachtete jeden Schlag genau, um abschätzen zu können, woher der nächste kam. Yorrich würde ihm in die Falle laufen. Leandra schrie eine Warnung … und dieser Idiot von Falke drehte sich zu ihr um. Das war der richtige Moment für die Gans und sie schlug zu. Yorrich taumelte – er war zu nah am Rand des Daches. Er taumelte, verlor das Gleichgewicht und fiel …

Leandra traute ihren Augen kaum, als sie sah, was dann geschah. Blitzschnell packte die Gans etwas aus seiner Umhängetasche und sprang zu Yorrich, der hinabstürzte. Er stach nach dem Falken. Leandra knurrte wie ein ausgehungerter Wolf und hetzte humpelnd zu dem Geschehen. Sie kam nicht rechtzeitig dorthin, das würde sie niemals schaffen. Die Gans sprang wieder auf und lief weiter in Richtung Freiheit. Leandra kam am Rand des Daches an und kniete sich nieder. Angsterfüllt blickte sie über den Rand und dort … hing Yorrich. An einem in das Dach geschlagenen Kerzenleuchter! Überrascht blickte sie auf. Die Gans stand nur wenige Meter von ihr entfernt auf dem nächsten Dach.

»Ich bedanke mich für den wunderschönen Abend. Ein schöneres Rendezvous hatte ich schon lange nicht mehr. Ich werde überall rumerzählen, dass ihr, Wolf Leandra Maisenkorn, der Wolf wart, der die blaue Gans beinahe geschnappt hätte – und nur, weil ihr euren Mann nicht habt sterben lassen wollen, konnte ich entkommen, elegant und gutaussehend wie immer …«

Er lachte – sie knirschte mit den Zähnen und sah ihm nach, als er die Dächer weiter entlanglief. Sie war in Gedanken, als von unten ein Stöhnen kam – Yorrich! Verdammt. Sie packte seine Hand und hievte den Falken auf das Dach. Dann zogen sie mit vereinten Kräften den vermaledeiten Leuchter aus der Wand Dann erst machten sie sich geschlagen auf den Rückweg und sammelten unterwegs mehrere gefesselte Falken ein. Das war ein rabenschwarzer Tag.

***

Das würde sie ihm niemals verzeihen. Sie hatte diesen Gauner ziehen lassen müssen, weil er unfähig war. Yorrich fühlte sich schlecht, ihm war schlecht, und sein Kopf dröhnte. Seine Nase blutete, er befühlte sie vorsichtig und zuckte vor Schmerzen zurück. Gebrochen, schon wieder. Das war das fünfte Mal. Leandra knickte ein, sie sah ihn an, und schaute gleichzeitig an ihm vorbei. Ihr Blick war nicht böse. Yorrich war erstaunt, ob er vielleicht doch mehr auf den Kopf bekommen hatte? Er hatte fast das Gefühl, als hätte Leandra Spaß gehabt. Grinste sie? Doch dann war das Grinsen verschwunden und ihr Blick war ernst. Mühsam rappelten sich beide auf. Sie nickte nur und murmelte irgendwas von wegen: »Wir waren die Ersten, die die Gans je gesehen haben, das ist was Wert, Junge!« Als sie Yorrich dann freundschaftlich auf die Schulter klopfen wollte, verlor er vor Schmerz das Bewusstsein.

Teil 5
Ein Denkmal für die Ewigkeit

Als Yorrich wieder zu Bewusstsein kam, saß Leandra neben ihm, eine Flasche mit Alkohol in der Hand, den Blick in die Ferne schweifend und sie grinste. Sie saß dort im Regen und grinste. Als sie jedoch bemerkte, dass er wach war, wurde ihr Blick ernst *Wir müssen den Rest des Trupps suchen, du Nasenflunder von einem Falken.* Yorrich nickte. Gemeinsam traten sie den Rückweg an. Leandra schien entspannt zu sein. Sie war nicht sauer.

***

Leandra beschloss, diese Nacht nicht zum *Krämer* oder *Weintroll* zurückzukehren. Sie ging in die Kaserne. Mit ihr ihre Falken. Yorrich hatte eine gebrochene Nase und ein gebrochenes Schlüsselbein. Sie hatte ein schmerzendes Knie. Die anderen waren glimpflicher davongekommen. Man hatte sie mit Gift betäubt und dann gefesselt auf den Dächern liegen lassen.

Verdammt, das konnte sie dem Rat so niemals verkaufen. Na ja, wenigstens hatten sie den dämlichen Kerzenleuchter wieder. Wenn auch leicht verbogen und verbeult. Sie betrachtete das Ding in ihrer Hand. Doch das war jetzt egal. Erst einmal schlafen, sich verarzten lassen … dann das Ding zurück bringen, Bericht schreiben und sich dann vorm Rat verantworten – Scheißtag!

***

Am nächsten Morgen war Leandra halbwegs früh auf den Beinen. Zusammen mit Yorrich, der einen Verband um seine Schulter trug, humpelte sie zum Weinhändler Brauer. Er nahm – mit großem Gemaule – seinen verbeulten und verbogenen Kerzenleuchter wieder entgegen. Außerdem machte er die Falken für die Unordnung in seinem Laden verantwortlich. Leandra erinnerte sich mit geschlossenem Mund an die Sache im Keller.

Sie humpelte die Treppe hinunter und sammelte in dem Schlamm, den der Wein und der Dreck, sowie der Regen aus dem Oberlicht des Ladens, erschaffen hatten, die Dolche der Gans ein und schnappte sich ihre Armbrust. Die Dolche … sie hatten das Zeichen der Gans am Griff … verdammtes Vieh. Man sollte alle Gänse schlachten. Die Klingen der Dolche glänzten blau. Leandra humpelte die Treppe wieder hoch. Dort sah sie sich kurz um. Durch das offene Oberlicht hatte es lustig hineingeregnet, die geborstenen Fässer voll Wein taten ihr übriges für die Unruhe im Laden. Leandra sagte keinen Ton. Yorrich regelte das, auch wenn er sich dank der gebrochenen Nase seltsam anhörte.

Ihr Kopf brummte und ihr Auge war geschwollen. Schließlich verließen sie den Laden und stießen mit – natürlich – Maiga Steinhäuser zusammen.

»Wolf Maisenkorn und Falke Yorrich!«, rief sie. »Oh, ich war gerade auf dem Weg zu Euch, doch was … oh mein Gott, Ihr seht schrecklich aus. Also nicht schlecht, aber die Verletzungen! Um Himmels willen … das tut mir so leid …«

»Ist gut, Maiga, was wolltest du von uns?«

Leandra hörte sich freundlicher an als beabsichtigt war – verdammt, nicht einmal das konnte sie richtig.

»Oh ja … äh … also die Hydria, sie ist wieder da! Heute Morgen, als ich in den Laden meines Vaters kam, da stand sie an Ort und Stelle mit einer Schleife drum und dieser Karte hier.«

Leandra nahm die Karte, ein blau goldener Rand mit Federn. Auch das noch. »Bedanken sie sich bei Wolf Leandra Maisenkorn, dank ihr habt ihr dieses Ding wieder. Mit freundlichen Grüßen, die blaue Gans – die beinahe von Wolf Maisenkorn geschnappt worden wäre in einer stürmisch-romantischen Nacht auf den Dächern von Tharemis!.«

Ohne ein weiteres Wort kehrte Leandra um, das war zu viel für sie. Sie ließ Maiga und Yorrich stehen.

***

Ohne einen Ton ging sie in die Kaserne, sie bemerkte die Blicke, die man ihr zuwarf, nicht. Sie ging in ihr Büro und erst nachdem die Tür geschlossen war, schrie sie und hämmerte ihre Fäuste auf den Tisch. Ihre Fingerknöchel platzen auf und Blut befleckte das Pergament, das dort lag. Leandra beruhigte sich wieder. Sie blickte sich um und kniete sich vor das Fenster. Dort hebelte sie mit einem Messer die Diele im Boden auf und entnahm ihr eine fast volle Flasche Vierkant. Daraus hatte sie zuletzt nach dem Sturm getrunken. Dann noch einmal als sie zum Wolf gemacht wurde. An diesem Tag tötete sie zwar keine Gans, aber sie tötete den Inhalt der Flasche.

***

Es waren einige Tage vergangen und Leandra hatte Yorrich einen Bericht schreiben lassen. In dem Bericht war sie wohl gut weggekommen, denn der Rat machte ihr keinen großen Vorwurf nur der zerstörte Weinladen wurde ihr angerechnet. Ansonsten waren ja alle Gegenstände wieder aufgetaucht und man hatte eine Beschreibung der Blauen Gans abgeben können.

Leandra schlug die Augen auf, sie lag in einem Bett, letzte Nacht hatte sie einen Kerl mit heim genommen … sie hatte eindeutig zu viel getrunken. Mit Kepplers Falken … dann mit anderen Falken … dann mit … ach, sie wusste nicht mehr mit wem. Sie blickte sich um, das Zimmer war leer. Sie stand auf und suchte ihre Sachen zusammen … Gambeson, Schwert, Kopftuch … wo war ihr Kopftuch?! Sie fand es nicht, stattdessen lag auf dem Tisch in der Gaststube eine Karte … eine kleine Karte mit blau-goldenem Rand und einigen Federn verziert. Leandra zitterte, als sie sie aufnahm und las:

»Ich wollte euch wiedersehen, aber ihr wart beschäftigt. Ein Andenken an die wunderschöne romantische Nacht über den stürmischen Dächern von Tharemis soll mir jedoch gebühren, denn dank euch behalte ich eine Narbe wieder. Ihr besitzt meine Dolche als Andenken, ich weiß doch, dass ihr einen im Stiefel tragt. Ich besitze nun etwas, was euch wichtig ist … euer Kopftuch. Ich weiß doch, dass ihr, meine hübsche Wölfin, es schon während des Sturmtags getragen habt. In ewiger Treue, eure blaue Gans!«

Leandra blickte auf die Karte. Ihr wurde schlecht. Sie fluchte. Sie nahm ihre Sachen und verließ die Taverne, sie würde nie wieder trinken! Oder zumindest nicht in den nächsten Stunden. Blau und gold dachte sie. Sie mochte die Farben.

***

Er liebte die Dächer von Tharemis. Nun saß er auf einem und schaute in die Nacht. Seine Kleidung war edel, dunkelblau, aber nicht zu auffällig. Er war viel gereist, und hatte viel gesehen. Kichernd zog er seine neueste Errungenschaft aus der Tasche, einen grünen Stoff-Fetzen. Wieder dieses schiefe Grinsen. Zwei weiße Zahnreihen blitzten in der Dunkelheit auf. Aus einer anderen Tasche nahm er ein paar Würfel, die Anzahl der Punkte darauf würde manchen Menschen seltsam vorkommen. Sein Beutel war zerrissen gewesen, jetzt aber hatte er einen neuen. Mit einer Schnur band er das grüne alte Stück Tuch um die Würfel, es war perfekt.

Das würde noch Ärger bedeuten. Er kam ohne Beute dorthin, und seine Auftraggeber waren nicht dafür bekannt, Nachsicht zu zeigen. Er würde aber dort vorstellig werden — ach, er war wohl ein aufrichtiger Gauner in einem unaufrichtigen Land.

***

Yorrich war wieder auf der Suche, man hatte einen Menschen getötet, eiskalt und brutal. Einfach so, am Tatort war ein runder gelber Kreis auf einer Karte hinterlassen worden. Warum hatten sich die Leute angewöhnt, Nachrichten zu hinterlassen, wenn sie ein Verbrechen begingen? Er verstand diese Menschen nicht. Er verstand nicht, welchen Sinn es haben sollte, Hinweise auf seine Identität an Tatorten zu hinterlassen. Yorrich liebte seinen Job. Er liebte es, in Tharemis selbst arbeiten zu können. Er war zwar zu den Falken gekommen um Schlachten zu schlagen, aber inzwischen war ihm die Arbeit in Tharemis selber wichtig, sie war wichtig für Condra, sie war wichtig für die Bevölkerung. Mit einem leichtem Ausdruck der Verwunderung erkannte Yorrich, dass man ihn grüßte auf der Straße, jeder kannte ihn, man ging ihm aus dem Weg, wie er so daher geeilt kam.

Es verwunderte ihn jedes Mal aufs Neue.

Aber nein, er musste sich konzentrieren. Er brauchte Leandra, Condra brauchte Wolf Maisenkorn. »Eine von drei Möglichkeiten …«, murmelte er vor sich hin. Es war immer so, wenn er sie suchte. Sie war immer genau dann unterwegs, wenn er sie suchte. Gestern war wieder einer dieser Tage gewesen, kaum war sie um die Ecke gebogen, war sie auch schon verschwunden. »Eine von drei Möglichkeiten …«

Na gut, solange sie nichts Neues gefunden hatte.

Er hoffte nur, dass sie nüchtern war.

Susanne Evans

Vergessen

Scheiß Wetter! Ich wickelte mich enger in meinen Umhang, aber der Wind pfiff durch die fadenscheinigen Stellen. Leise fluchte ich vor mich hin, was aber nichts am Wetter oder meinem Zittern änderte. Der Umhang war inzwischen fünf Jahre alt und ich hatte kein Geld für einen neuen. Eigentlich bestand er nur noch aus Löchern, wenn ich so genauer darüber nachdenke. Von den Blättern tropfte es in meinen Nacken, dieser Nieselregen, der sich hier fast täglich mit sturzbachartigen Regengüssen abwechselte, durchdrang mich bis auf die Knochen.

Trotzdem erst Herbst war, war es eiskalt, knapp über dem Gefrierpunkt, wenn ich schätzen müsste. Ich rieb meine Hände aneinander, die fingerlosen Wollhandschuhe, die ich trug, halfen auch nicht gegen die Kälte. Zupfend versuchte ich, sie weiter über die klammen Finger zu ziehen, steckte dann die Arme unter die Achselhöhlen.

Condra ist zu keiner Jahreszeit wirklich warm, aber der Spätherbst ist eine der unangenehmsten Jahreszeiten. Man meint, es müsste doch noch warm sein, man müsste doch noch rausgehen können, und die Leute müssen auch raus, den letzten Schnitt reinbringen, das Feld für das Frühjahr fertig machen, die Obstbäume zurückschneiden. Der Kohl und die Rüben müssen geerntet werden und das Vieh versorgt. Es war noch so viel zu tun bei der bitteren Kälte.

Wehmütig dachte ich an die vergangenen Wochen zurück. Auf dem Hof war meine Arbeitskraft gebraucht worden, da war ich nochmal wer. Der Bauer Roderik brauchte Hilfe beim Vieh und bei der Ernte. Ich durfte fast zwei Wochen bleiben. Meine Fähigkeiten waren willkommen, ich war kräftig und so konnte ich viel tragen und heben. Das Werkzeug reparieren und den Karren. Der hatte einen Achsbruch. Ich habe gejagt, Kleinvieh, Hasen und sogar ein Wildschwein. Wir haben das Fleisch gepökelt, damit die Familie etwas für den Winter hatte. Und ich konnte eine kurze Zeit glücklich sein, eine kurze Zeit das Gefühl haben, eine Aufgabe zu haben, dazuzugehören. Seine Frau Alja hat gut gekocht, heiße Suppe, es gab frisch gebackenes Brot und abends kletterte der kleine Sohn von ihnen auf meinen Schoß und ich hab ihm Geschichten erzählt und Fingerspiele gemacht, wie mein Vater damals mit mir. Den Kleinen hat das steife Bein nicht gestört. Ihn nicht …

Wütend drückte ich den Gedanken an den Wolf weg und schaute auf. Es konnte nicht mehr weit sein. Ich war sicherlich schon seit drei Stunden unterwegs seit ich den Hof verlassen hatte, der Goldkrug musste langsam in Sicht kommen. Ich griff zu der Geldkatze, ebenso abgewetzt wie alles an mir und befühlte zum wiederholten Male die paar Münzen, die der Bauer mir aus Mitleid noch mitgegeben hatte. Ich lachte spöttisch auf. Drei Kupfer für die gesamte Ernte und die sonstigen Arbeiten, ein Hungerlohn. Drei Kupfer sowie ein Schlafplatz und 'nen vollen Magen. Aber mehr hatte der Mann ja auch nicht zu vergeben. Er musste an seine Familie denken. Ich hatte Verständnis für ihn. Trotzdem: Drei Silber im Mond hatte ich. Als mein Leben noch mein Leben war …

Ich kniff die Augen zusammen und schaute den Weg hoch. Und endlich erblickte ich die Taverne. Ich beschleunigte meine Schritte – und verfluchte nicht zum ersten Mal dieses verdammte Bein.

Auf dem kleinen Hof der Taverne waren schon einige Gäste versammelt. Gut, der Tag war ja auch schon fast zu Ende.

Trotzdem wunderte ich mich, bei der Kälte. Gewohnheitsgemäß schaute ich mich um und prägte mir die Gesichter ein. Akademie, Falken, die Tempeltänzerin aus Tharemis, die so häufig hier war. Viele Fremde. Das Gesicht da, das hatte ich schon einmal gesehen. Blonde zerstrubbelte Haare, Bart, diese Stimme … ich musste drüber nachdenken. Früher oder später würde ich drauf kommen. Ich ging zur Theke und orderte meinen Fisken. Fisken … seltsamer Name für ein Getränk. Hat sich hier eingebürgert für Met mit Bier. Ein paar Falken aus Silbertor haben mir auch mal was dazu erzählt. Muss einer von ihnen gewesen sein, der den Namen schuld ist. Die genaue Geschichte dazu hab ich vergessen, hatte zu viel getrunken an dem Abend.

Ich schnappte mir meinen Becher, ließ 'n Kupfer liegen und ging wieder raus. Draußen setzte ich mich an einen der Tische mit dem Rücken zur Tavernenwand und beobachtete diesen Kerl. Irgendwie musste ich doch drauf kommen, wer das war. Dann sah ich den anderen, den schmalen dunkelhaarigen Kerl. Schnurrbart und Kinnbart, edle Kleidung. Dieses Wappen, ein gelber Baum auf blau. Das war der d'Argon aus Grenzbrueck. Der, der für den Tod von Kira verantwortlich ist. Klar. Und der andere war Fürst Tassilo aus Grenzbrueck. Jetzt hatte ich es wieder.

Ich ging mir meinen zweiten Fisken holen und setzte mich wieder, streckte die Beine aus, legte die Arme über die Banklehne, beobachtete unauffällig den Grenzbruecker und hing meinen Gedanken nach. Mensch, war das lange her. Er hatte an meiner Seite gekämpft, damals.

***

Die Nekaner hatten sich verschätzt. Wir waren zu stark geworden. Über Jahre hinweg hatten wir im Wald gehaust und den Idealen nachgehangen: Freiheit, alle Menschen sollten gleich sein, den Glauben haben, den sie wollten. Kein nekanischer König, keine verfluchten Pyrdracor-Priester und keine Beamten und Soldaten aus dem Kaiserreich mehr, die uns diktieren konnten, was wir zu tun hatten.

Damals, als junger Mann, bin ich zum Widerstand gekommen wie viele andere auch. Nachdem auch in meinem Dorf die

Steuereintreiber den Bauern den letzten Blutstropfen ausgepresst hatten, waren meine Eltern verzweifelt. Mein älterer Bruder sollte den Hof erben und ich eigentlich beim hiesigen Bäcker in die Lehre gehen. Der Bäcker verlangte dann aber zu viel Lehrgeld, das konnten meine Eltern nicht auftreiben. Ich hörte das Gespräch, vom Boden, wo wir schliefen. Wenn ich meine Ohren ganz fest an die Dielen drückte, konnte ich sie unten hören. Meine Mutter weinte, mein Vater versuchte sie zu beruhigen. Er war schon immer so besonnen gewesen und optimistisch. Aber ich wusste, dass Mutter Recht hatte. Auch mit meinen dreizehn Jahren hatte ich verstanden, dass das Lehrgeld unseren Verdienst aus dem Hof bei weitem überstieg. Zumindest wenn die anderen noch satt werden wollten. Daher fasste ich diesen verwegenen Plan.

Ich hatte schon von den Rebellen gehört, unter vorgehaltener Hand flüsterte man von ihnen, den Helden Condras, die uns irgendwann befreien würden. Es gab nicht viel, was ich wusste, aber ich dachte, ich würde sie schon finden. Wenn ich nur wirklich wollte. Ich hatte mich gut vorbereitet für meine Reise in mein neues Leben. Über Tage hatte ich unauffällig etwas Brot und Hartwurst vom Essen aufbewahrt und unter meinem Strohsack verborgen, immer in Sorge, ob nicht die Mäuse es finden würden. Ein paar kurze Kerzenstumpen hatte ich gesammelt. An Feuerstahl und Zunder bin ich nicht gekommen. Aber ich wollte die Hoffnung nicht aufgeben, dass ich irgendwie durchkommen würde. Glücklicherweise war es Frühsommer, als ich dann endlich von zu Hause weg bin, in tiefer Nacht, als alle schliefen, hab ich mich rausgeschlichen. Meinen Eltern habe ich einen Brief geschrieben und sie um Verzeihung gebeten. Ich habe ihnen versprochen, dass alles gut wird. Dann bin ich einfach in den Wald gelaufen.

Viele Tage bin ich unterwegs gewesen, ehe sie mich fanden, nicht ich sie. Aber das war ja auch zu erwarten gewesen. Ich hab ihnen alles erzählt und sie nahmen mich auf. Zunächst habe ich als Helfer vom Koch angefangen, bald durfte ich dann dem Fallensteller helfen, die Tiere zu jagen. Und nach einiger Zeit haben sie dann entschieden, dass ich auch mehr lernen soll. Fünfzehn Sommer zählte ich inzwischen. Unter Wulf Wellenbrecher und Aviel aus

Waidenhof habe ich das Kämpfen gelernt, Kairik hat mir das Bogenschießen gezeigt. Und wie man sich im Wald versteckt, sodass die verfluchten Soldaten uns nicht sehen konnten. Bald gehörte ich dazu. Ich war Rebell, mit Leib und Seele. Manche Male haben wir die kleinen Patrouillen der Schwarzgelben aufgebracht, haben ihnen aufgelauert und sie dann aufgerieben. Die Vorhut unauffällig vom Weg gepflückt, sodass sie keinen Alarm geben konnten, und dann sind wir mit den Pfeilen auf den Haupttrupp gegangen. Danach kam dann die schmutzige Arbeit, wir haben keine Gefangenen genommen, nur ein toter Nekaner fraß nichts mehr und konnte uns nicht mehr gefährlich werden.

So sind wir auch an ein bisschen Geld gekommen. Und an Wappenröcke, mit denen wir wiederum neue Fallen stellen und Hinterhalte legen konnten. Wir konnten unsere Leute mit den Militärwaffen der Besatzer ausstatten. So wuchsen wir und wurden stärker, bald mussten wir verschiedene Stützpunkte in den Wäldern halten, mit Verbündeten in den Ortschaften, um nicht aufzufallen. Wir brauchten ein Netzwerk und Nachschubwege, und das alles wurde von unseren Anführern organisiert, für uns alle Idole. Aaron der Priester, Felian, Kira und Ilayda, unzertrennlich wie Pech und Schwefel und mit so viel Enthusiasmus und Idealismus ausgestattet, dass sie uns alle motivieren und bei der Stange halten konnten.

Da kamen dann auch die Grenzbruecker das erste Mal ins Spiel. Über Tileam, den Schmugglerhafen, versorgten sie uns mit ihren Waffen, mit Verpflegung und mit Geld. Ja, auch Geld konnten wir brauchen, denn einige von uns lebten ja nicht im Wald, sondern normal in den Dörfern. Und die mussten ja auch von etwas leben, wenn sie uns schon versorgten, den Transport der Versorgungsgüter organisierten und viel offener als wir ihre Köpfe hinhielten.

Na ja, aber all das hätte nicht funktionieren können, wenn wir nicht von außen die Hilfe gehabt hätten. Und ich war den Grenzbrueckern dankbar, zumindest damals noch. Einmal hab ich auch so einen Zug begleitet, wir sind durch die Wälder nach Tileam hoch. Da haben wir dann die Truppen vom Fürsten getroffen. Wir haben dann die ganzen Waren, die Säcke mit Getreide und gepökeltem Fleisch, das Schwarzbrot und die einzelnen Waffen auf kleine Trupps aufgeteilt. Wir waren nie mehr als fünf oder sechs Leute und haben auf den verschiedensten Schleichwegen diese Sachen im ganzen Land bei den einzelnen Gruppen verteilt. Wochen waren wir unterwegs im Wald, immer in Angst, durch eine Patrouille aufgegriffen zu werden, die Sinne hoch geschärft und meist in der Nacht weiterziehend. Aber unser Ziel, die Freiheit Condras, war alle Strapazen und Entbehrungen wert und auch die Freude, als wir endlich ankamen bei unserer Zieltruppe, hat uns für die anstrengende Reise entschädigt.

Nach einiger Zeit hatte ich meinen festen Trupp, vier Mann waren wir immer. Yorak, Nores, Alvas und ich. Alvas war der Schütze bei uns, wir anderen waren eher die Nahkämpfer. Ein guter Trupp und nach so langer Zeit zusammen gut eingespielt. Wir verbrachten Tag und Nacht miteinander, mal mit anderen gemeinsam, mal auf uns alleine gestellt für kleinere Anschläge. Wir lagerten beisammen, redeten und lernten uns kennen und schätzen, wurden Freunde in unserem gemeinsamen Ziel. Wir waren bereit, unser Leben für die Sache und für jeden von uns zu geben.

Und endlich war es so weit. Vom Flug des Drachen habe ich nur gerüchteweise gehört und ich weiß bis heute nicht, ob tatsächlich eine der Töchter des Ewigen selber gegen den verfluchten Feuerwurm eingegriffen hat, oder ob sie uns die Geschichte nur erzählt haben, um uns zu motivieren, uns Mut zu machen. Auf jeden Fall ist die Stimmung umgeschlagen in fast blanke Mordlust, in Blutdurst, und so setzten wir über den See und zerstörten Schieferbruch. Wir haben die Stadt geschliffen und alles und jeden getötet, den wir kriegen konnten. Ich weiß nicht, was damals mit uns losgewesen ist, es war der blanke Hass auf die Nekaner und die Pfeffersäcke aus der Händlerstadt, der uns so handeln ließ. Wir hinterließen Leid und unsägliche Gräuel, Ruinen, Hass und Tod. Nur diejenigen, die vorher geflüchtet waren, sind mit dem Leben davongekommen. Fast ohne Unterbrechung zogen wir weiter Richtung Tharemis.

Fast, wie ich sagte. Unser Weg führte uns nahe der Stadt an einem der Obelisken vorbei. Soweit ich das verstanden habe, waren diese Stelen dem Flammenden geweiht und daraus zogen die Roten Priester ihre Kraft. Darum haben wir den Obelisken entweiht. Das war ein ziemlich hochkarätiges Treffen da vor der Hauptstadt. Auf der einen Seite der Destrutep-Hohepriester Seradi Stahlklinge mit weiteren Priestern und mindestens fünf Bannern Soldaten, die den Obelisken bewachten. Auf unserer Seite Felian Alberson, der die Operation geleitet hat, und Fürst Tassilo aus Grenzbrueck. Außerdem eine ziemlich distanzierte und seltsame Gestalt, ein Magier aus der Grenzbruecker Akademie. Aschenkuhr oder so ähnlich. *Das* war nun wirklich beeindruckend. Der Fürst war schon ein ziemlich charismatischer Mensch und seine Leute folgten ihm genauso blind wie wir Felian. Aber dieser Priester war unüberwindlich. Nachdem wir den Obelisken entweiht hatten, hatten wir gehofft, dass seine Macht schwinden würde. Aber im Gegenteil, er war genauso mächtig wie eh und je. Sie griffen uns an, oben auf unserem Hügel, wo wir lagerten. Der Hohepriester selber führte seine Truppen an mit einem flammenden Schwert. Er streckte Grenzbruecker, engonische Verbündete und uns einen nach dem anderen nieder. Auch die neumodischen Kanonen der Grenzbruecker konnten daran nichts ändern. Wie ein flammender Teufel schritt er durch die Reihen und tötete sie alle. Und wir wären auch alle gestorben, wenn nicht der Ewige selber eingegriffen und eine seiner Dienerinnen gesandt hätte. Nur diese blaue, engelsgleiche Erscheinung hat den Priester überwinden und töten können und so wurden wir errettet.

Tharemis war eine härtere Nuss zu knacken als Schieferbruch. Die Händlerstadt war weder gut befestigt noch besonders stark bewacht. Außerdem ist der Überraschungseffekt dazugekommen. Die Nekaner von der Königsburg jedoch waren gewarnt. Alle Soldaten haben auf den Mauern und hinter den Toren gestanden, die Tore stark befestigt und verrammelt. Die ersten von uns sind im Bolzen- und Pfeilhagel gestorben.

Die Situation war neu für uns, bisher hatten wir uns verschanzt und die Nekaner auf den Wegen angegriffen. Unsere Stärke war seit jeher, dass wir aus dem Verborgenen agiert haben. Vor Tharemis aber haben wir auf dem Feld gestanden und die Nekaner waren im Inneren der Mauern verschanzt. Dann ist im Norden der Stadt etwas passiert, was die Nekaner vollkommen aus der Bahn geworfen hat. Wir im Südwesten haben nur ein großes Feuerwerk mitbekommen und dass plötzlich Leute von uns in der Stadt waren. Das war auch das Einzige, was dazu geführt hat, dass wir reinkommen konnten, denn die Soldaten hatten plötzlich zwei Fronten, an denen sie agieren mussten. Nach einem langen und blutigen Gefecht haben wir uns auf der anderen Seite der Mauer wiedergefunden und teilten uns auf. Zu viert in der üblichen Zusammensetzung sind wir dann in die Gassen der Stadt gehuscht.

Wenig später trafen wir dann auf unsere Gegner und wir verfluchten bald, dass wir unseren Schützen Alvas kurz vorher weggeschickt hatten, da er an anderer Stelle gebraucht wurde. Drei von uns gegen drei von denen. Hört sich ja fair an, aber die Stadtwachen waren gut gerüstet, Kürass und Schwerter mit Schilden gegen uns in Leder und Kettenteilen. In so 'ner kleinen Nebengasse, in der Nähe der Akademie. Wir sprangen von der Mauer und fielen ihnen damit in den Rücken. Da aber die ganze Stadt schon kämpfte, sind sie darauf gefasst gewesen und haben sich schnell neu formiert. Damit fing der Kampf schon an. Nach kurzem Gefecht hatten die Nekaner Nores zu Boden gebracht. Ausgerechnet Nores, der immer am besten gekämpft hatte. Es war nur eine kurze Unaufmerksamkeit und er ist auf dem Pflaster gestolpert. Das haben die Soldaten sofort ausgenutzt und das Schwert hat ihm die ganze Seite aufgerissen. Damit waren wir in der Defensive und uns blieb gar keine Zeit, um dort um Nores zu trauern oder auch nur irgendeinen Gedanken an ihn zuzulassen.

Aus purer Verzweiflung hab ich dann den Ausfall gewagt, bin mitten in die drei gerannt, und war umzingelt, ehe ich mir Gedanken über die Dummheit meiner Idee machen konnte.

Glücklicherweise hat Yorak schnell geschaltet und sprang einem der Soldaten in den Rücken. Mit dem Kurzschwert war der tödliche Kehlschnitt dann keine Kunst mehr. Damit waren es wieder zwei gegen zwei, aber ich war schon verletzt, einen Schwertstreich gegen den Schwertarm und einen in meinen ungeschützten Rücken. Leise stöhnend habe ich versucht, wieder neben meinen Kameraden zu kommen, aber nun sind die Nekaner wieder auf der Hut gewesen und so haben sie uns getrennt. Ich hab Yorak aus den Augen verloren und hatte dann einen der Dreckssoldaten gegen mich. Verzweifelt habe ich versucht, mich so gut es ging gegen den Mann zu verteidigen und ich konnte ihm sogar noch zwei empfindliche Treffer geben, ehe ich zu Boden gegangen bin und das Bewusstsein verloren habe.

Als ich wieder zu mir kam, hab ich in Yoraks besorgtes Gesicht geschaut. Ich lag noch immer in der Gasse, Yorak hat mich aber ein Stück in einen Hauseingang gezogen, damit wir nicht so schnell gesehen würden. Alles hat mir wehgetan und ich hätte gar nicht sagen können, wo es am schlimmsten war. Stöhnend hab ich versucht mich aufzurichten, aber Yorak hat mich zurückgedrückt und beruhigend auf mich eingeredet, während er aus seiner Tasche diverse Stoffstreifen gefummelt hat, die wir immer dabei hatten. Für den Notfall. Da mir schwarz vor Augen geworden ist und Schmerzwellen durch den Körper gejagt sind, habe ich dann alles mit mir machen lassen.

Danach hat Yorak mich angewiesen, ruhig liegen zu bleiben, hat mir das Schwert in die Hand gedrückt – »für den Notfall«, wie er gesagt hat – und ist durch die Gassen weggehuscht. Vom Rest des Kampfes um die Stadt hab ich nichts mehr mitbekommen, aber der Ewige hat seine Hand über mich gehalten, denn es hat mich auch kein Nekaner mehr beachtet, obschon die Gasse nachher von den Schwarzgelben nur so gewimmelt hat. Nach den Kämpfen haben mich dann die Kameraden gefunden und ins Feldlazarett gebracht, wo ich die nächsten Wochen teils im Fieber verbracht habe. Eigentlich ist alles gut verheilt, aber die Verletzung am Bein hatte sich entzündet, Wundfieber, faulendes Fleisch, es hat bestialisch gestunken. Und noch viel mehr geschmerzt. Die Entzündung ist bis auf den Knochen gegangen, haben sie gesagt. Darum hat es auch so lange gebraucht zum Heilen. Erst nach und nach konnte ich das Bein wieder belasten und trainieren, um wieder fit zu werden. Aber es sollte nie wieder ganz in Ordnung kommen. Doch wir Kameraden hielten zusammen, das war klar und so kam ich bei den Falken unter.

Yorak habe ich nicht wiedergesehen.

***

Ich hob den Becher an den Mund und leerte ihn in einem Zug. Der Fürst aus Grenzbrueck fing an mich zu langweilen, daher stand ich auf und ging wieder rein.

»Noch 'n Fisken«, grummelte ich den Wirt an. »Da«, gab er genauso gut gelaunt zurück und stellte den Becher vor mir ab, dass das Getränk über den Rand schwappte. Ich schaute mir den Kerl mal genauer an. Das war ein Falke, hatte ein Kopftuch an. War groß, unrasiert, mit dickem, grauem Wolloberteil an und 'nem Gürtel, an dem ein kleines Beil hing. Er beachtete mich schon gar nicht mehr, hatte anscheinend besseres zu tun als seine Kundschaft zu bedienen.

»Sach mal, Falke«, sprach ich ihn an und als er mich ebenfalls musterte, fuhr ich fort. »Meinst du, in nächster Zeit gibt es hier vielleicht was für mich zu tun?«

»Mathos kann immer Hilfe brauchen«, gab er zurück. »Kannst sicherlich das Lager aufräumen oder die Latrinen sauber machen. Holz spalten ist auch wichtig im Moment.« Vielsagend schaute er aus dem Fenster, wo der Regen noch immer niederging. Ich nickte zur Bestätigung.

»Alles klar. Soll ich mit Mathos noch selber sprechen, oder ist das damit vereinbart?«

»Ich glaube nicht, dass er was dagegen hat, wenn ich ihm 'ne helfende Hand besorge. Aber wenn du dich besser fühlst, dann frag ihn selber. Der wird aber erst morgen wieder hier sein.«

»Gut, dann steht das damit.«

So hatte ich also für die nächsten Tage wieder 'ne Bleibe. Schlafen auf dem Heuschober und Essen und Trinken sollte hier ja auch kein Problem sein. Ich nickte dem Wirt bestätigend zu, blieb an der Theke stehen und drehte mich rum, schaute an der Feuerstelle vorbei zu den Tischen. Inzwischen hatten sich viele hier hingesetzt, um zu reden oder zu spielen. Das Feuer flackerte und mir fiel auf, dass die Kälte noch immer nicht aus meinen Knochen gewichen war. Darum ging ich rüber und stellte den Becher ab, hielt meine Hände über die Flammen.

So blieb ich einige Zeit stehen, mit dem Rücken zur Außenwand, und schaute ins Feuer. Ab und an trank ich aus, holte mir was Neues und kehrte an den warmen Platz zurück. Langsam stieg mir das Zeug in den Kopf, und ich fragte mir ein Stück Brot und 'nen Kanten Käse, was mir der Wirt auch gab.

Ich ging dann mit dem Brot und meinem neuen Becher rüber zu einem der Tische, an denen eine kleine Gruppe Leute saß und würfelte. Sie machten auch bereitwillig Platz für mich und so setzte ich mich dazu. Ein Kerl vom Nebentisch drehte sich um und beäugte mich misstrauisch. Ich starrte zurück. Wenn ich eins gelernt habe, dann Starren. Das war ein komischer Kerl, klein, drahtig. Wirkte wie so ein Wiesel und war genauso nervös. Einer meiner Tischnachbarn bemerkte meinen Blick und drehte sich auch um.

»Was glotzt du denn so?«, herrschte er das Wiesel an und daraufhin zuckte der zusammen und drehte sich wieder weg. Mein Tischkamerad drehte sich wieder zurück und schaute mich an. »Seltsames Volk hier manchmal unterwegs. Die verstehen es nur, wenn man sehr deutlich wird.« Er zuckte mit den Schultern und schaute wieder auf die Würfel. Ich tat es ihm gleich. Gut. Die Zwei, die Vier und dreimal das halbe Dutzend. Das Spiel war mir geläufig und wurde auch überall gespielt. Ich griff nochmal zu meinem Geldbeutel und schätzte unauffällig ab, ob und wenn ja, wie lange ich mitspielen konnte. Na ja, drei oder vier Runden könnten es wohl werden. Wenn ich alles verlor. Wenn ich gewann, dann noch was länger. War das bitter verdiente Geld das bisschen Spaß wert? Die Frage stellte ich mir immer wieder, jedes Mal, wenn ich in einer Taverne war. Mal fiel das Ergebnis so aus, mal so. Heute entschied ich mich fürs Spiel und würde auch zur Not auf noch mehr Alkohol verzichten.

Mein Gegenüber, der eben das Wort geführt hatte, blickte mich an. »Hör mal, Frostbeule.« Mir war gar nicht aufgefallen, dass der mich schon vorher beobachtet hatte, denn sonst wüsste er nicht, dass mir so kalt war. »Willst du 'ne Runde mitspielen?« Ich schaute mir den Mann jetzt genauer an. Er hatte einen fast neckisch zu nennenden Ausdruck in den Augen, so als ob er nichts Ernst nehmen würde. Auch um den Mund herum spielte so ein Lächeln, fast schon Grinsen, was frech wirkte, gerade auch zusammen mit dem Dreitagebart. Seine Haare fielen seitlich ins Gesicht und über seine Augen. Ich nickte nur und legte mein

Kupfer auf den Tisch. Die anderen drei, die mitspielten, schienen sich über weiteren Zuwachs zu freuen. Sie schauten zu mir rüber und lächelten mir freundlich zu. Die Frau war etwas füllig, mit einem freundlichen Gesicht und langen, lockigen Haaren. Sie schien viel zu lachen. Einer der Männer, scheinbar ihr Gefährte – oder zumindest Begleiter – war fast ebenso breit wie hoch, sein Gesicht glänzte fettig, aber seine Augen schauten gutmütig. Und der andere war groß gewachsen, dunkelhaarig, unrasiert. Seine braunen Augen schauten aufmerksam. Die vier stellten sich auch vor, aber Namen interessieren mich nicht mehr besonders. Namen machen Menschen zu etwas Besonderem, sie bauen eine Beziehung auf und das will ich nicht mehr. So murmelte ich nur etwas, was meine Mitspieler mit etwas gutem Willen als »Asgar« erkennen konnten.

Ich bekam die Würfel zugeschoben und so ging es dann los.

Das Spiel ist einfach. Es geht darum, mit fünf Würfeln eine zwei, eine vier und dann so viele Augen wie möglich zu kriegen. Nach jedem Wurf muss mindestens ein Würfel rausgelegt werden. Würfel dürfen nicht wieder in den Becher getan werden, wenn sie einmal draußen waren. Und Sechsen schmäht man nicht. Das ist so.

Die erste Runde lief ganz gut, mit dem Dutzend und drei gewann ich und konnte somit drei Kupfer mehr mein Eigen nennen. Eigentlich hätte ich jetzt aufhören sollen, aber der Ewige weiß warum, ich spielte weiter. Zunächst lief es ganz gut, und so konnte ich tatsächlich nachher neun Kupfer vor mir stapeln. Dann aber hatte ich 'ne Pechsträhne. Innerhalb von vier Runden verlor ich fünf Kupfer. Das Fünfte beim Stechen. Der Dunkelhaarige und ich hatten beide ein Dutzend und fünf. Darum das Stechen. Wir legten beide unser Kupfer in die Mitte, jetzt lagen da sechs verlockende Münzen. Ich legte vor mit 'nem Dutzend und vier. Und dann haute dieser Hundsfott mir doch tatsächlich dreimal das Halbe rein! Ich fluchte, aber was nützt es. Jetzt musste ich weitermachen, musste das Geld zurückgewinnen. So ein Gedanke ging mir durch den Kopf als ich weiterspielte, immer weiter und weiter, eine Runde gewann ich, aber dann wieder nicht. Am Ende stand ich mit zwei Kupfer da und meine Stimmung sank tiefer und tiefer. Ich holte mir während des

Spiels noch drei Fisken, aber auch das munterte mich nicht auf. Finster starrte ich auf die Würfel. Mein Gegenüber schaute mich mit interessiertem, leicht spöttischem Gesichtsausdruck an. Das fehlte mir gerade noch. Fluchend wischte ich die Würfel zur Seite und stand auf. Ich nahm meinen Becher und ging nach draußen, um frische Luft zu schnappen.

Ich ging also nach draußen, den Becher in der Hand. Da war so ziemlicher Aufruhr, warum wusste ich nicht, beim Spiel hatte ich nichts mitbekommen. Aber da war so ein Trupp Zwerge, alle bärtig und in Plattenrüstung, na ja, dieses kleine Volk war schon immer seltsam. Und es gibt ja einige, die offensichtlich an 'ner Taverne gegen die Entspannung kämpfen wollen, anstatt sie willkommen zu heißen. Und die regten sich halt grade auf und beschwerten sich bei einem der anwesenden Falken über irgendwas. Interessiert betrachtete ich die Szene, als jemand neben mich trat. Ich blickte nur beiläufig zur Seite, und da stand doch dieser spöttische Typ neben mir, grinste mich nochmal an und lenkte dann aber seinen Blick auch auf die Zwerge vor uns. Einige Minuten verbrachten wir schweigend, bis er dann doch anfing zu reden. »Scheiß Stimmung hast du, Junge. Ist dir das Wetter in die Knochen gefahren oder was?«

Lass mich bloß in Ruhe, dachte ich, und leerte meinen Becher. Ich ging weg um mir was Neues zu holen. Dann wechselte ich den Platz, wollte nicht reden, nicht denken. Der Kerl schien sich aber auch zu einer anderen Gruppe gesellt zu haben, diskutierte angeregt mit ihnen. Teilweise begehrten die anderem am Tisch ziemlich auf, er jedoch grinste nur unter seinen zotteligen Haaren hervor. Worum es ging verstand ich jedoch nicht. Irgendwas von einer irgendeiner Vase war alles, was ich hörte.

Und doch spürte ich die ganze Zeit seinen Blick auf mir und seine Frage bohrte sich in meine Gedanken, in die Erinnerungen.

***

Ich hatte mich erholt, nach Monaten des Liegens hab ich dann meinen Körper trainiert und hab vor allem gelernt, mich zu bewegen, ohne mein steifes Bein zu überlasten oder zu arg darauf angewiesen zu sein. Es war 'ne harte Zeit, ich musste komplett umlernen und von vielem Abschied nehmen. Konnte nicht mehr klettern, nicht mehr kundschaften, keine schnellen Läufe mehr. Aber bei der neuen Stadtwache von Tharemis, die der Hohe Rat eingesetzt hatte, fand man auch so Verwendung für mich. Wie gesagt, Kameraden halten zusammen. Falken nannten sich die Soldaten jetzt, und die Anführer waren die Wölfe. Na ja, irgendwie muss man sich ja von den Nekanern mit ihren Hauptmännern, Bannern und Kohorten, Legionen und was noch alles unterscheiden.

So bin ich also zu den Falken in Tharemis gekommen. Stadtwache halt, mit den üblichen Aufträgen. Allerdings sind wir auch häufiger ins Umland raus, die Falken von Tharemis waren auch für die umliegenden Dörfer und Städte, so etwa zehn bis zwanzig Meilen drum herum, zuständig.

Drei Jahre hab ich da meinen Dienst getan, ich gehörte dazu, ein weiteres Mal, und war froh, bei den Falken eine Heimat zu haben. Der Verdienst war in Ordnung, von drei Silber im Mond zuzüglich Unterkunft und Verpflegung sollte jeder leben können. In Tharemis war auch schnell der Handel wieder aufgeblüht und die Tavernen waren voll, es gab also genug Möglichkeiten, das Geld wieder auszugeben. Ab und an schickte ich Geld nach Hause, ohne Absender. Meine Eltern hab ich seit meiner Zeit bei den Rebellen nicht wieder gesehen und ich wollte keine alten Wunden aufreißen, nur ein bisschen dafür tun, dass es ihnen gut ging.

Nach den drei Jahren kam ich in eine neue Einheit. Das war ein harter Haufen, mit einem ziemlichen Knochen als Wolf. Keppler hieß der. Und sein gesamter Trupp stand wie ein Mann hinter ihm. Bewundernswert … Nur ich war der Störfaktor. Ich hatte von Anfang an das Gefühl, dass Keppler nicht glücklich damit war, dass ich ihm zugeteilt worden bin. Ich merkte das an einigen subtilen Dingen. Die Blicke, wenn ich zu einem Gespräch hinzukam, bestimmte Gesten, die sie machten, als ich sie beobachtete. Ich merkte, wenn sie über mich sprachen und sie sprachen abfällig. Das tat weh. Verdammt weh. Ich war stolz auf das, was wir – und auch ich – in den Jahren des Widerstandes erreicht hatten, ich hab meinen Preis dafür gezahlt und nun kamen diese … Falken, teils so jung, dass sie mit Sicherheit erst nach der Befreiung zu der Armee gekommen sind, und machten sich über mich lustig, nahmen mich nicht ernst.

Und trotzdem tat ich meinen Dienst. Immer unglücklicher, immer verbissener, aber auch immer hundertprozentig. Bis zu jenem Tag.

Wir hatten einen Auftrag bekommen; wie Keppler sagte, höchste Priorität und vom Rat selbst. Wir sollten eine Kiste von Tharemis nach Schieferbruch bringen. Na ja, kein Problem eigentlich, dachte ich. Keppler teilte die Leute ein, Vorhut und Nachhut, wie immer. Erstaunlicherweise teilte er auch den Rest vom Trupp auf, alles Zweiergruppen, in die Flanken. Das waren wir seit den Befreiungskriegen nicht mehr gewohnt. Nun ja, er ist der Wolf, das musste er entscheiden. Wir waren daher nur fünf Leute an der Kiste selber.

Die ersten Etappen der Reise verliefen auch ereignislos, wir ritten in gemütlichem Tempo, in unsere Umhänge gehüllt, es war früher Frühling und der Wind pfiff und trug noch den Schneegeruch in sich. Morgens war Raureif auf den Gräsern und auf unseren Decken, in die wir uns am Feuer gehüllt hatten. Am dritten Tag dann, also kurz vor Schieferbruch, in dem kleinen Wäldchen davor, kam der Überfall. Keine Ahnung, wie sie an den Spähtrupps vorbeigekommen sind. Da Keppler selber bei den Außentrupps war, hatte er mir das Unterkommando über die fünf gegeben.

Als Daran »Sichtung, acht!« brüllte, hab ich alle entsprechend formiert, dass keiner an die Kiste rankommen konnte. Unsere zwei Schützen hatten die Bögen gespannt und den ersten Pfeil aufgelegt, ehe fünf Atemzüge vergangen waren, aber auch unsere Gegner hatten eine Armbrust dabei und der Bolzen traf Hölzer glatt in den Hals. Er sackte lautlos zu Boden und ich fluchte. Wir anderen hatten unsere Waffen gezogen und harrten der Ankunft.

Unsere Pfeile flogen durch den lichten Wald und hoben zwei unserer Angreifer aus dem Sattel. Auch die nächsten Pfeile flogen los, aber dadurch, dass die Reiter die Richtung gewechselt hatten und nicht mehr frontal angriffen, sondern einen Bogen ritten, war das Zielen um einiges erschwert. Ein Pfeil verschwand im Unterholz, der andere traf das Pferd, welches strauchelte und fiel. Der Reiter schaffte es nicht mehr, rechtzeitig abzuspringen und wurde unter seinem Tier vergraben.

Dann waren sie an uns ran, fünf gegen vier, und unsere Schützen ließen die Bögen fallen und zogen ebenfalls ihre Schwerter.

Ein Kampf zu Pferde ist nie einfach, aber für mich zumindest insofern vorteilhaft, dass ich durch das Bein nicht eingeschränkt war. Zuerst sah es so aus, dass wir die Position verteidigen konnten, und irgendwann musste doch auch die Nachhut kommen; der Lärm war so laut, das mussten die Flankengruppen und die Vorhut doch auch hören. Aber wahrscheinlich hab ich die Dauer des Kampfes überschätzt. Wenn man kämpft, gewinnt Zeit eine ganz andere Bedeutung, jede Sekunde scheint sich ins Unendliche zu ziehen. Wir waren in der Unterzahl und obschon wir uns gut schlugen, merkte ich schnell, dass wir unterlagen waren. Der sechste Angreifer hatte sich bald unter seinem Pferd hervorgekämpft und griff sofort mit an, sodass wir zu viert gegen sechs standen.

Während wir immer mehr bedrängt wurden, traf mich etwas hart an der Schläfe – es war nicht mein Gegner, gegen den ich gerade kämpfte – und alles wurde schwarz.

Wach wurde ich durch Keppler, der über mir hockte, mich am Gambeson gepackt hatte und durchschüttelte. Benommen versuchte ich die Augen zu öffnen, alles war verschwommen, Keppler brüllte mich an, was meinen Kopfschmerzen nicht zuträglich war.

Als er merkte, dass ich wach war, wurde er schnell ruhiger, schaute mich aber hasserfüllt an. Ich versuchte mich aufzurappeln, aber der Wolf drückte mich wieder runter. Kalt sagte er: »Das hast du ja gut hinbekommen. Falke nennst du dich, feige Memme sag ich dazu.« Hinter ihm erkannte ich einige aus unserem Trupp, die zustimmend nickten. Ich gab den Widerstand gegen seine Hand auf und ließ mich wieder zu Boden sinken, stöhnte kurz und drehte den Kopf.

»Brauchst gar nicht zu gucken. Alle tot. Keine Zeugen. Verdammter Kerl. Möge der Ewige den Tag verfluchen, an dem du mir zugeteilt wurdest.« Während er aufstand, rammte er mir seinen Ellbogen in die Magengrube, sodass es wieder schwarz um mich wurde.

Als die Benommenheit von mir wich, stellte ich fest, dass sie mich gefesselt hatten. Schlimmer war, dass Keppler mir auch mein Kopftuch weggenommen hatte. Ich versuchte, mit meinen Leuten zu sprechen, aber alle ignorierten mich. Ich konnte herausfinden, was passiert war; nachdem ich bewusstlos war, hatten die anderen keine Chance mehr. Als Keppler und die anderen zurückkamen, fanden sie meine Mitstreiter tot am Boden, die Kiste war weg. Spuren von fünf Pferden verschwanden in verschiedene Richtungen im Wald. Er hatte zwar direkt Verfolger hinterhergeschickt, aber bis zum Abend nicht herausfinden können, welche Richtung die Kiste genommen hatte.

Da ich überlebt hatte, konstruierten sie sich zurecht, dass ich entweder ein Verräter war oder zumindest so feige, dass ich mich ergeben hatte, als die anderen fielen, damit ich mit dem Leben davonkäme.

Keppler schickte zwei Leute weiter nach Schieferbruch, um dort Bericht zu erstatten. Mit mir wollte er sofort zurück nach Tharemis, um mich dem Rat zu übergeben.

Die Rückreise war eine Tortur. Nicht nur, dass keiner mit mir sprach, sie behandelten mich wie einen Schwerverbrecher. Gefesselt, während der Pausen an einen Baum, sonst an mein Pferd, das von diesem Kerl namens Förster geführt wurde, waren sie nicht besonders zimperlich mit mir, was Tritte oder auch Schläge anging. War die Zeit bei Kepplers Trupp vorher schon kein Zuckerschlecken gewesen, so lernte ich nun eine vollkommen neue Perspektive kennen, eine, die mir lieber verwehrt geblieben wäre.

Am zweiten Tag gab ich es auf, mit ihnen sprechen zu wollen und verfiel meinerseits in brütendes Schweigen.

In Tharemis brachten sie mich sofort in die Arrestzelle in der Kaserne. Ich blieb dort einige Tage, ohne dass ich was hörte oder ich die Möglichkeit bekam, mich vor irgendwem zu rechtfertigen.

Dann brachte mir Keppler persönlich ein Klemmbrett mit einem Blatt und einen Stift. »Hier. Kannst aufschreiben, was du zu sagen hast in der Sache. Morgen komm ich deine Aussage abholen.«

Also schrieb ich einen Bericht und betete zum Ewigen und Seinen Töchtern, dass sich die Angelegenheit bald aufklären würde. Ich ging fest davon aus, dass ich die Einheit wechseln würde. Traurig wäre ich nicht darum.

Am nächsten Tag holte Keppler wortlos mein Schreiben ab und als ich versuchte aus ihm herauszubekommen, wie lange ich jetzt noch hier bleiben müsste, antwortete er mir nur sehr wortkarg. So erfuhr ich nur, dass sein Bericht und mein Bericht vom Hohen Rat gelesen werden sollten, dann sollte die Entscheidung fallen, was mit mir passiert. Ich erbat mir einen Priester und am selben Abend traf Vater Nathan ein. Er war schon häufiger als Seelsorger für die Sturmfalken tätig gewesen und daher kannte ich ihn.

Ich sprach lange mit ihm, er betete mit mir und sprach mir Trost zu. Er sagte, Hydracor kenne die Wahrheit und Er würde über mich wachen.

Zwei Tage später, etwa zur Zeit des Morgenappells, holten mich zwei Falken aus der Arrestzelle ab.

Sie führten mich auf den Innenhof der Kaserne, wo mein Trupp stand. Keppler stand vor ihnen. Alle starrten mich voller Abneigung, teils in unverhohlenem Hass an.

Der Wolf hielt ein gesiegeltes Schreiben in der Hand. Er brach das Siegel und verlas die Entscheidung des Hohen Rates.

Meine Anspannung wich Unglauben und Fassungslosigkeit. Der Rat hielt mich für schuldig, grob fahrlässig den Transport nach Schieferbruch in Gefahr gebracht und damit den Auftrag zum Scheitern verurteilt zu haben. Verrat sei mir nicht vorzuwerfen und so beschränkte sich der Vertreter des Rates darauf, mich mit sofortiger Wirkung vom Dienst zu suspendieren. Meine Ausrüstung würde einbehalten. Sold sollte mir für den Monat nicht ausgezahlt werden. Ich erhielte jedoch fünf Kupfer, um mich so lange zu verpflegen, bis ich eine neue Arbeit gefunden hätte.

Die Blicke meiner – nein, nicht mehr meiner – Kameraden waren voller Genugtuung, als sie das Urteil hörten. Keppler schaute mich an und presste: »Du hast vier von meinen Leuten auf dem Gewissen. Sei froh, dass du so wegkommst!«, zwischen den Zähnen hervor.

Als ich mich umdrehte, um zu gehen, trat mir Förster in den Weg. Er packte mich am Hemd und kam ganz nahe an mich ran. Leise, ganz leise sprach er und wirkte dadurch umso bedrohlicher. »Wenn es nach mir ginge, dann würde ich persönlich dir jetzt die Bogensehne um den Hals legen.« Er lächelte kalt. »Sei froh, dass ich nicht Wolf bin. Und jetzt verpiss dich, ehe ich dir die Jungs noch auf den Hals hetze, damit sie dir wenigstens noch 'ne Abreibung verpassen.« Er stieß mich von sich. In ohnmächtiger Wut versuchte ich mich wieder zu fangen. Ich hatte keine Chance gegen sie, und so zog ich mich zurück. Wie ein geprügelter Hund mit eingezogenem Schwanz … Vollkommen desorientiert verließ ich die Kaserne und stolperte mehr als ich ging durch die Gassen von Tharemis. Ich hatte verloren. Alles.

***

Mein Becher war schon wieder halb leer … Ich nahm noch einen Schluck und fühlte langsam das bekannte Gefühl hochsteigen, dieses leicht-schwebende und wenn ich den Kopf drehte, dann kam das Bild erst verzögert mit und wurde auch erst nach und nach klar.

Etwas erregte meine Aufmerksamkeit. Es waren die Zwerge von eben. Sie randalierten inzwischen richtig und ein paar Falken liefen dazwischen rum und versuchten, sie zu beruhigen.

Es gab zwei Fronten, auf der einen Seite die Zwerge, auf der anderen Seite ein Grüppchen Menschen, die gleichfalls wütend waren und herumschrien.

Jetzt erkannte ich die Strategie der Falken. Sie positionierten sich geschickt hinter den beiden Kontrahentengruppen, dazwischen stand eine, die ich von früher her kannte. Wenn ich nur auf den Namen käme. Ich grübelte etwas und ging die Gesichter der Rebellen von früher durch. Sarah war es glaube ich. Richtig. Sarah Kupferschläger, die war inzwischen Vogt in Silbertor. Aber was hatte die so weit im Norden zu sagen? Na ja, wahrscheinlich war einfach niemand anders da, der sich zuständig fühlte. Aber wieso stand Fürst Tassilo dabei und unterhielt sich angeregt mit dem Vogt? Die Kupferschläger stand nur da, mit verschränkten Armen und düsterem Blick und antwortete recht einsilbig, während der Grenzbruecker ... er schien etwas spannend zu finden, seine Augen funkelten und ein spöttisches Lächeln spielte um seine Lippen. Endlich nickte der Vogt und zog sich ein Stück zurück. Daraufhin erhob Tassilo die Stimme.

»So, also du«, er fixierte einen aus der Menschengruppe »hast einen der Zwerge getötet. Gibt es dafür irgendeinen Grund?« Der Mann trat vor seine Gruppe und antwortete etwas, was ich nicht verstehen konnte.

Ungläubig gab der Fürst zurück: »Er hat deine Freundin angeguckt? Nein, so was. Und dafür stichst du ihn ab?«

Etwas irritiert nahm ich zur Kenntnis, dass niemand sich daran zu stören schien, dass dieser Ausländer hier, fernab von seiner Heimat, den Richter mimte. Der Angeklagte reckte sein Kinn nach vorne und fing an sich zu rechtfertigen, irgendein dummes Gerede von wegen das sei sein gutes Recht, er würde seine Freunde verteidigen gegen jeden, der ihnen dumm käme und so weiter und so fort. Ich verdrehte die Augen. Wie häufig hatte ich so einen Schwachsinn schon gehört.

Tassilo schien es ähnlich zu gehen. »Genug jetzt. Also, du hast einen von den Zwergen umgebracht und die verlangen jetzt Genugtuung. Du hast keinen guten Grund vorgebracht, also ist es Mord.« Der Fürst fing an, sich mit der einen Hand an seinem Kinnbart zu zwirbeln. »Was macht man bei Mord? Die Todesstrafe verhängen. Du bist schuldig, Du wirst sterben. Jetzt.«

Gespannt beobachtete ich, wie die Falken reagieren würden. Diese schauten unschlüssig zu ihrem Vogt. Die stand aber nur daneben, noch immer mit finsterem Gesichtsausdruck, zuckte mit den Achseln und nickte ihren Falken einfach nur zu.

Der Angeklagte selber blickte sich verunsichert um, konnte aber den Ernst der Lage offensichtlich noch immer nicht einschätzen. Und das obschon die Falken nun bedrohlich nahe bei seinen Freunden standen. Also mich hätte das nervös gemacht.

Ungerührt fuhr der Fürst aus Grenzbrueck fort. »Möchtest du beten?«

»Beten ist was für Weicheier.«

»Du solltest beten. Du wirst gleich sterben.«

Es ging so noch ein bisschen hin und her, der Verurteilte

zeterte etwas herum, wollte noch etwas zu seiner Verteidigung vorbringen. In dem Moment trat diese Tempeltänzerin hinzu.

»Bist du Condrianer?«

Diese Frage schien den Mann zu verwirren. »Äh, nein?«.

Die Tempeltänzerin schaute ungläubig zu dem Mörder hinüber. »Was glaubst du denn, gibt dir hier das Recht zu reden?« Das machte den Mann sprachlos.

Er wurde nun unter dem Gejohle der Zwerge nach vorne gezerrt. Seine Freunde trauten sich nicht, ihm zu helfen. Das könnte an den grimmigen Blicken der Sturmfalken gelegen haben, die sie inzwischen eingekreist hatten.

Einer der Falken drückte den Verurteilten auf seine Knie. Interessiert beobachtete ich, wie eine Frau nach vorne trat. Sie kniete sich neben den Mörder und fing an, laut zu ihrer Göttin zu beten. Na ja, ob das was nützen würde, wenn der Todgeweihte selber nicht betete? Ich wagte zu bezweifeln, dass irgendein Gott sich von dieser Szene beeindrucken ließ.

Nach einiger Zeit schickte Fürst Tassilo sie fort. Widerwillig stand sie auf und machte ein paar Schritte nach hinten.

Dann trat der Fürst näher an den Verurteilten heran und zog einen langen Dolch. »Möchtest du noch etwas sagen? Nein?« Fast lakonisch trieb er dem noch immer ungläubig blickenden Mann die Klinge ins Herz. Der Gesichtsausdruck des Sterbenden wechselte von Schmerz zu Fassungslosigkeit, ehe sein Blick brach und er zusammensackte. Der Grenzbruecker zog seine Klinge zurück und wischte das Blut ab, ehe er sie wieder wegsteckte. Dann drehte er sich zu dem Vogt um und fing mit ihr eine Unterhaltung an. Der Markgraf trat dann auch hinzu.

Ich schaute mich um, um die Reaktionen der Zuschauer zu beobachten, während seine Freunde die Leiche wegbrachten. Ein Großteil der Gäste hatte lediglich wie ich interessiert zugeschaut, die Zwerge schienen befriedigt und nur wenige schienen abgestoßen von dem, was sie gesehen hatten. Kaum jemandem verging beim Anblick der Tötung eines Menschen der Appetit und wieder einmal realisierte ich, was Condra in den letzten Jahren alles mitgemacht hatte, dass die Menschen so abhärteten.

Als ich meinen Blick weiterschweifen ließ, fing ich noch einmal den spöttischen Blick dieses Fremden auf, mit dem ich eben gewürfelt hatte. Dieser schaute mich ein letztes Mal interessiert an und nickte mir zum Abschied zu, ehe er sich umdrehte und den Weg entlang ging, während alle Augen, einschließlich derer, mit denen er eben gestritten hatte, noch völlig fasziniert auf den eigentümlichen Richtspruch gerichtet waren.

Ich versuchte, ihn aus meinen Gedanken zu verdrängen – und mit ihm die Erinnerungen, die er bei mir wachgerufen hatte – und leerte den noch halbvollen Becher, den ich bei diesem Schauspiel vollkommen vergessen hatte.

Wieder einmal ging ich zur Theke und bestellte bei dem grummeligen Falken einen Fisken. Als ich in meinen Beutel griff, spürte ich, dass da eine Münze mehr drin war. Ich langte mit der anderen Hand hinüber und schüttelte mir den gesamten Beutelinhalt in meine Hand.

Fasziniert starrte ich auf das, was ich dort sah: Meine zwei Kupfer, ein Goldstück und einen Würfel. Irritiert runzelte ich die Stirn, denn die Seite, die nach oben wies, zeigte sieben Augen …

Néomi Havinga und Anke Simon
Der gerade Weg

*Seine Gedanken sprangen hin und her,
wo war er, wer war er und was sollte dieser
ganze Mist? Nie war er gläubig gewesen,
noch weniger war er jemand, der weite Wege
mochte … und doch … es war anders.*

Furatha musste ihn hassen! Dieser verdammte Schnee. Was für ein Mensch war er nur, dass selbst die göttlich Tochter des Glücks ihn verließ. Jora Steinfelds Atem dampfte vor ihm in der Luft. Stur kämpfte er sich weiter den Hügel hinauf. Alles war weiß um ihn herum, die Flocken in der Luft so dicht, dass er kaum ein paar Meter vorausschauen konnte. Etwas Gutes hatte dieser verfluchte Schneesturm ja, die einfallslosen Söldner würden seine Spur niemals finden können. Doch er zweifelte daran, dass sie ihn überhaupt bei dem Wetter weiter verfolgen würden.

*Ja, zweifle ruhig, du dummer Kerl. Es ist
ja nur dein Leben, was hier bald ein Ende
finden wird, und damit noch das Leben von
jemand anderem.
Doch das ist dir wie immer egal.*

Dennoch, es machte keinen Unterschied, wenn er nicht bald Unterschlupf finden würde, brauchte es keine Söldner mehr, um ihn zu erledigen. Er war schon völlig durchnässt. Seine Kleidung war nicht passend für dieses Wetter. Der Umhang bestand zwar aus dichter, dunkel gefärbter Wolle, war aber viel zu kurz. Die helle Hose und das zerschlissene Leibchen, das er trug, passten Jora zwar besser, schienen jedoch mit ihrem leichten Leinen nicht wirklich für den condrianischen Spätherbst gedacht zu sein. Wer auch immer auf die Idee gekommen war, dass leichte Leinenkleidung überhaupt etwas für condrianisches Wetter war. Zumindest seine Stiefel vermochten noch, ihn warmzuhalten. Er dankte dem Ewigen stillschweigend dafür, dass er noch, bevor er geflohen war, daran gedacht hatte, diesem dämlichen Jüngling die Schuhe zu stehlen. Trotz seiner beschissenen Situation schlich sich ein Lächeln auf Joras Züge. Die Söldnergruppe war mit Abstand das Lächerlichste, was seit Langem hinter ihm her war. Aber gut, vielleicht war er auch aus der lächerlichsten Situation seines Lebens geflohen.

Lächerlich nennst du das? Ich dachte immer, es sei die Erfüllung deiner Träume gewesen, das zu erreichen, wonach andere sich sehnen. Wie oft hast du geschimpft, dass dir eine Gemeinschaft fehlt, doch wo bist du gelandet am Ende?
Eine Sackgasse war es, wenn ich mich recht entsinne.

Eine Sackgasse?

Wenn er daran dachte, dass er erst vor ein paar Tagen händchenhaltend im Kreis gesessen und die Namen der sieben heiligen Schwestern gesungen hatte, zweifelte er an seinem Verstand. Was beim Ewigen hatte ihn nur dazu gebracht zu glauben, dass er bei den Wiedertäufern endlich die Ruhe finden würde, die er suchte? Gut, der Ewige und seine Töchter waren ihm schon immer wichtig gewesen. Und schließlich waren es die Worte Therions, dem ersten Priester, die ihn vor so langer Zeit auf seinen verworrenen Weg geschickt hatten. Aber die Wiedertäufer waren so gar nicht das gewesen, was er sich erhofft hatte. Jora war so voller Hoffnung gewesen, als er den Weg bis zum Dunkelsee gepilgert war. Er hatte viel von den Wiedertäufern gehört. Man erzählte sich, dass ihre Anhänger in den Fluten des Dunkelsees die Schwestern selbst erblickten bei ihrer »zweiten Taufe«, wie sie es nannten. Und so hatte Jora beschlossen, dass das vielleicht der Weg war, der für ihn bestimmt sei, und hatte sich aufgemacht auf die lange Pilgerreise von Tileam bis zum Dunkelsee.

Als er auf dem Hof ankam, den ein Großteil der Wiedertäufer bewohnten, war er erstaunt darüber, wie freundlich er in die Gemeinschaft aufgenommen wurde. Er freute sich darüber, dass er nicht erst lange erklären musste, wer er wahr. Man fragte ihn lediglich nach seinem Namen und hieß ihn dann willkommen. Es lebten knapp zwanzig Gläubige auf dem kleinen Hof und das Miteinander war friedlich und freundlich. Jeder half bei der Arbeit mit und man teilte alles gemeinsam. Jalina, eine Priesterin oder so etwas ähnliches, führte die Gruppe an. Sie war es auch, die Jora seinen Schlafplatz zeigte und die anderen vorstellte. Und nach nur ein paar Tagen war sie es auch, die ihm die weißen Leinenkleider brachte, die alle in der Gemeinschaft trugen.

Der Tagesablauf war jeden Tag gleich. Morgens in der Dämmerung pilgerte man gemeinsam den Weg zum See hinunter. Und egal wie schlecht das Wetter auch war, ein jedes volles Mitglied der Gruppe tauchte einmal in den See, während die Neuzugänge am Ufer knieten, beteten und sangen. Dann kehrte man zum Haus zurück, um gemeinsam zu essen. Daraufhin machte man sich an das

Tagwerk. Es wurde ständig an dem Haus gebaut, ausgebessert und vergrößert. Andere kümmerten sich um die Ziegen. Wieder andere um den Haushalt, die Wäsche und das Essen. Jeder hatte etwas zu tun. Bis zum Mittag. Dann wurde wieder gebetet und gegessen. Der Nachmittag wurde dann gemeinsamen singend, betend und mit Gesprächen über den Ewigen und seine Töchter verbracht. Der Abend begann dann wieder mit Essen. Und wurde mit dem gemeinschaftlichen Gang zum See und einer Wiederholung des morgendlichen Rituals abgeschlossen.

Das Beste war, dass man nie alleine war. Das war es auch, was Jora so lange dort hielt. Er hatte wenig Zeit, seinen eigenen Gedanken nachzuhängen. Wenig Zeit, sich um all die Dinge Sorgen zu machen, die ihn sonst beschäftigten. Doch eines Tages, als er dort im Kreis saß, schlich sich ein Gedanke in seinen Kopf. »Was beim Ewigen mach ich hier?«

Das war nicht, was er wollte. Zwar wollte er dem Ewigen und seinen sieben Töchtern nahe sein und sein Leben in ihren Dienst stellen, doch irgendwie hatte er sich das Ganze ein wenig produktiver vorgestellt. Zwar kümmerten sich die Wiedertäufer gut umeinander und alles wurde für die Gemeinschaft gemacht. Jedoch bestand die Welt aus mehr als nur ihrer kleinen Gruppe. Und Jora wusste nur allzugut, dass es in Condra Orte gab, die bei weitem nicht so friedliche waren wie dieser. Und er wollte eigentlich für alle Menschen da sein. Für Condra kämpfen, so wie früher in der guten alten Zeit.

Und als dieser Gedanke erst einmal Fuß gefasst hatte, wurde es immer schlimmer. Je öfter der Tagesablauf wiederholt wurde, umso hohler wirkten die Handlungen. Und er begann alles zu hinterfragen. Bald fand er nicht einmal mehr in den Messen den inneren Frieden, den er sich so sehr wünschte.

Er zog sich von den anderen so weit es ging zurück und wurde schweigsam. Da kam eines Abends Jalina zu ihm und sie spazierten gemeinsam durch die kühle Nacht. Es war eine klare Nacht, Anathas Netz hatte sich über den Himmel gelegt und leuchtet klar und hell. Sogar das Auge des Ewigen selbst war voll und hell und blickte wachsam auf seine Nacht. Jalina fragte Jora nach seinen Sorgen, denn ihr war nicht entgangen, dass er sich aus der Gemeinschaft zurückgezogen hatte.

Jora versuchte so gut er konnte, ihr die Situation zu erklären: »Damals, als wir mit Therion an unserer Seite für die Freiheit stritten, da hat er immer gesagt, dass der Nachtblaue mit jenen ist, die für ihre Ideale kämpfen. Hydracor hütet die, die ihren Weg sicher beschreiten. Das hier ist ein gutes Leben, doch ich kann die Bedeutung darin nicht finden.«

Jalina sah ihn mit ihren großen dunklen Augen an und legt ihm die Hand auf die Schulter. »Es gibt eine Zeit für alles. Und nun ist die Zeit, in der wir unseren Bogen in den Schrank schließen müssen. Die Zeit Grunathas, der streitenden Tochter, ist vorbei. Vergiss nicht, der Ewige hat sieben Töchter. Und nun ist die Zeit Mediathas, die alten Wunden zu heilen. Es ist die Zeit Creathas, in der wir Condra aufbauen müssen, um es stark zu machen für den Tag, an dem wir wieder kämpfen müssen. Und es ist die Zeit Aguathas, eine Zeit in der wir uns zum Glauben wenden müssen. Lernen müssen zu verstehen, wie groß das Geschenkt, was der höchst ehrwürdige Vater Therion uns machte, wirklich war.«

Jora schüttelte energisch den Kopf. »Aber was wir hier tun bringt doch keinem was außer uns. Wir handeln nicht für Condra. Wir leben ruhig für uns und überlassen alle anderen ihrem Schicksal.« Der Gesichtsausdruck der Priesterin wurde traurig. »Sind dir die Menschen hier nicht genug? Muss es immer Kämpfen und Blutvergießen sein? Warum kannst du Condra und Hydracor nicht auf friedliche Art und Weise dienen?«

Verärgert schüttelte er ihre Hand von seiner Schulter. »Es geht mir doch gar nicht ums Kämpfen! Aber es wurde noch nie jemand durch beten gerettet. Ich will handeln. Es gibt genug Gegner die Condra bedrohen, von innen wie von außen.«

Sein Atem hatte Dunstwolken gebildet. Der Herbst war schon weit fortgeschritten und der Nachtfrost hatte sich bereits auf ein paar Blätter gesetzt. So wirkte Jalina fast ein wenig gespenstisch, wie sie dort vor ihm stand, ganz in weiß und von einer weißen Wolke umgeben. Ein Lächeln hatte sich auf ihre dünnen, blassen Lippen geschlichen. Mit sachter Stimme sprach sie zu ihm: »Dann ist es an der Zeit, dass du einen Schritt weiter machst. Dann wirst du verstehen. Es wird Zeit, dass du dich in die Arme Aguathas begibst. Dann wirst du verstehen, was wir hier machen. Und warum es so wichtig ist. Du musst die Fluten dich ganz umschließen lassen. Und erst wenn du die Umarmung Aguathas gespürt hast, wenn du schon die ewigen Fluten betreten hast, erst dann darfst du wieder umkehren. Und das, was du dann mitnimmst, wird dir die Augen öffnen. Dann wirst du wiedergeboren sein in unsere Welt. Dann wirst du auf immer ein Stück der Fluten in dir tragen. Dann wirst du verstehen. Komm, wir müssen viel vorbereiten.« Ohne auf eine Antwort Joras zu warten kehrte sie um, zurück zu dem Gehöft, in dem sie alle wohnten. Von der Situation erschlagen folgte er ihr wortlos. Tief in seine Gedanken versunken lenkten ihn seine Füße nach Hause.

Er hatte davon gehört.

Dem Initiationsritus der Wiedertäufer. Angeblich wurde man dabei im heiligen Dunkelsee ertränkt, nur um dann von seinen neuen Brüdern ins Leben zurückgeholt zu werden. Jora hatte diesen Gerüchten nicht geglaubt. Aber das, was Jalina da eben gesagt hatte, klang danach. Waren die denn alle verrückt? Dem Glauben zu vertrauen war eine Sache, aber so etwas? Gut, er hatte schon viel gesehen. Zur Zeit des Widerstandes, aber auch während der Sturmflut in Schieferbruch. Doch die Idee, sich absichtlich in die Ewigen Fluten, in das Totenreich zu begeben, um dort Erkenntnis zu erlangen, war anmaßend. Aguatha, die Wächterin der Fluten, konnte doch so etwas nicht zulassen. Nein! Jora war überzeugt, dass das keine gute Idee sein konnte. Er würde gehen. Das hier war nicht das Ende seines Weges.

Doch sein Entschluss zu gehen war schwerer umzusetzen, als er es sich vorgestellt hatte. Zunächst wurde das Wetter immer schlechter und die Herbststürme setzten ein. Der erste Schnee würde wohl nicht mehr lange auf sich warten lassen. Da fiel Jora zu ersten Mal auf, dass es keine Winterausrüstung auf diesem Gehöft gab. Auch waren jetzt immer die älteren Mitglieder der Gemeinschaft oder Jalina selbst um ihn herum. Sie bereiteten ihn auf seinen großen Tag vor. In der Nacht, als alle schliefen, wollte er sich aus seinem Bett stehlen. Doch kaum, dass er sich leise aus dem Raum geschlichen hatte, da stolperte er auch schon über zwei seiner Brüder, die offenbar noch am Beten waren. Oder hatten sie seine Tür bewacht?

Und dann tauchten diese Söldner auf. Sie sprachen mit Jalina und übernahmen dann die Bewachung des Hofes und der

Gemeinschaft. Viele der Brüder und Schwestern schienen diese Gruppe schon zu kennen und ihre Anwesenheit beunruhigte sie nicht weiter. »Das sind gute Männer. Die kommen immer zu uns, wenn es Ärger in der Gegend gibt. Sie passen gut auf uns auf. Du musst dich nicht fürchten.« Doch die Jahre des Kämpfens waren nicht spurlos an Jora vorbeigezogen. Er merkte schnell, dass einer der Drei immer ein besonders Auge auf ihn warf. Immer war einer in seiner Nähe.

Der Jüngling hatte immer einen kessen Spruch auf den Lippen und schaute schamlos den Frauen hinterher. Sein Schwert war glatt und ohne Kerben, selbst das Leder der Scheide hatte noch keine Kratzer. Alles an ihm war so glatt wie sein Kinn. Der zweite im Bunde war ein Trunkenbold. Und auch wenn er genauso groß war wie Jora, sah er nicht so aus, als könne er das gewinnbringend für sich nutzen. Aus seinen kleinen Schweinsäugelchen blinzelte er dümmlich in die Welt. Da er die ganze Nacht mit Saufen verbrachte, war ihm das Tageslicht stets zu hell, was dazu führte, dass er, wenn er sich nicht in einer dunklen Ecke verbarg, die Augen so sehr zusammenkniff, dass man Mühe hatte, sie zwischen all den Falten zu erkennen. Die Axt, die er als Waffe bei sich führte, sah so aus, als würde sie vor allem zum Besiegen von Feuerholz verwendet. Der Trupp wurde durch ihren Anführer vervollständigt, der sich wohl für so etwas wie einen Meuchler hielt. Jora hatte noch nie in seinem Leben jemanden gesehen, der so viele so schlecht versteckte Messer mit sich führte. Auch half seine mühevoll schwarz gefärbte Kleidung nicht wirklich dabei, ihn im Dunkeln zu verstecken. Seine Bewegungen waren auch nicht die eines geübten Schattenkämpfers. Oft wirkte er geradezu behäbig. Vielleicht würde sich das bessern, wenn er erst mal 20 Pfund abnehmen würde.

Es war Jora schleierhaft, wie diesen traurige Haufen irgendjemand als kompetent betrachten konnte. Doch da fiel ihm auf, dass wohl kaum jemand hier seine Erfahrung hatte. Er war Rebell gewesen. Ja sogar eine gewisse Zeit lang Falke. Auch seine Zeit in dem Piraten-Nest Tileam hatte ihn gelehrt, Menschen richtig auf ihre Gefahr hin einzuschätzen. Aber hier, zwischen den Bauern und naiven Gutgläubigen reichte wohl allein die Tatsache, dass jemand eine Waffe trug, aus, um ihn als Kämpfer einzustufen. Und bloße Anwesenheit als Fähigkeit, Leute zu schützen.

Dennoch es waren drei und sie hatten Waffen. Das schloss eine direkte Konfrontation aus. Aber der Umgang mit Waffen war nicht das Einzige, was Jora in seinem Kampf um Condra gelernt hatte. In Tileam hatte er einiges nützliches Wissen über die Wirkungsweise der Pflanzenwelt dieses nassen Landes gelernt. Er musste zwar sein gesamtes Geschick aufbringen, um bei der täglichen Arbeit und den Märschen zum See unauffällig die notwendige Menge an Pflanzen zu sammeln, doch schließlich hatte er genug, um seinen Plan umzusetzten.

So kam es, dass, als er am Abend in der Küche arbeitete, um das Essen vorzubereiten, ein Tee der ganz besonderen Art entstand. Joras Gewissen hatte sich zwar gemeldet, weil das Wetter so kalt geworden war, dass wirklich alle von dem Tee tranken. Aber der Sud der Pflanzen würde sie lediglich wirklich fest schlafen lassen. Die Kopfschmerzen nach dem Aufwachen würden vielleicht einige nochmal zum Nachdenken bringen. Es würde also kein bleibender Schaden entstehen.

Die Nacht kam. Schneeflocken tanzten um das Haus, als sich Jora still und leise aus seinem Bett schlich. Seine ehemaligen Brüder schliefen tief und fest, dennoch öffnete er die Tür lautlos mit geübter Hand. Bis zum Hauptraum des Hauses war nichts zu hören. Dort jedoch konnte man eindeutig das Geräusch von mindestens einer Person wahrnehmen, auch das Feuer im Kamin gab ein konstantes Knistern und Knacken von sich.

Ein Blick durch den Türspalt zeigte Jora die drei Söldner. Einer schlief und schnarchte in der Ecke, es war der Trunkenbold, die anderen zwei hatten den Tee verschmäht und würfelten miteinander, der Jüngling hatte wache, aufmerksame Augen, während der Anführer wie immer gähnte und sich reckte.

Er murrte irgendetwas und stand schließlich auf. Das war die Situation, die er gebraucht hatte, denn er war unterwegs, um sich zu erleichtern. Der Junge saß seitlich zur Tür, durch den Spalt konnte er sich hindurchzwängen, sodass ihn der Jüngling nicht bemerken würde, doch dann brauchte er je nachdem zu viel Zeit, und so viel Zeit hatte er nicht, bis der Anführer zurückkam. Jora überlegte nicht lange. Es waren eben solche Momente gewesen, die ihn geprägt und zu einem richtigen Rebellen gemacht hatten. Er ging durch die Tür, der Jüngling drehte sich und zog die Augen zusammen »Was willst du, Bursche?«

Jora verzog leicht das Gesicht »Ich bin um einiges älter, und ein Mann hat Bedürfnisse, ich brauch frische Luft.« Er schaute ihm nicht in die Augen, so etwas war gefährlich, der Jüngling könnte die Gefahr sehen. Stattdessen stellte sich Jora dumm. Während er zu Boden blickte, sah er die Stiefel des Mannes.

Sie wären genau passend …

»Ich denke nicht, dass du so alt bist. Ab ins Bett mit dir, du hast draußen um die Uhrzeit nix verloren, da isses zu gefährlich für solche Kuscheljungen wie dich!« Jora schnaubte, er war bis auf einen halben Meter an ihn herangetreten.

»Ich glaube da täuschst du dich …«

»Was sagst du da?«

Doch Joras dachte nicht mehr daran, darauf überhaupt zu antworten. Er drehte sich halb um den Jüngling, ein Arm schnellte hoch und mit der flache Hand schlug er ihm schneller gegen sein Kinn, als der andere überhaupt registrieren konnte, was geschah. Gleichzeitig nutze er seine linke Hand, um ihn von hinten zu umarmen und von der anderen Seite seinen Hals zuzudrücken. Es dauerte wenige Sekunden, dann war der Jüngling bewusstlos.

Schnell nahm Jora zwei Messer und das Schwert, dann blickte er zu dem Dicken, der noch immer schnarchte. Dieser hatte seine Axt bei sich liegen. Jora grinste, schlich schnell zu ihm und nahm die Axt ebenfalls an sich. Er blickte zur Tür. Nicht mehr lange und der Anführer würde zurückkehren – aber sein Blick glitt durch den Raum und blieb am Fenster hängen. Man hatte ihm hier nichts getan, er musste nicht töten …

Das Fenster war der ideale Weg! Er machte sich dorthin durch den Raum auf, als sein Blick erneut an etwas hängen blieb. Er grinste …

Wenige Minuten später hörte er die Rufe der anderen. Er lächelte, war schon längst im Schnee, gerade warf er das Paar Stiefel des Dicken weg und zog die des Jünglings an, so würde es dauern, bis diese beiden ihm überhaupt hinterherkommen würden. Er rannte durch den Schnee. Jora war dafür dankbar, dass es weiter schneite. Die Kälte war schier unerträglich, aber gleichzeitig war der Schnee Gold wert, nur wenige Minuten und seine Fußspuren würden verschwinden. Er lächelte.

Ja, ja, so war das, und was hat es dir gebracht? Nichts, nur Ärger, wärst du dort geblieben, dann hätte dir das Leben Schöneres gebracht, aber nein. Dein sturer Kopf ist es, der immer wieder eigene Entscheidungen trifft und tut, was er will. Und so bist du an diese vermaledeite Kreuzung geraten und dann weiter in diese Richtung gerannt, die dir nicht bekannt war, nie hast du darauf gehört was andere dir sagten ... nie ...

Eine Kreuzung, zurück ins Unbekannte.

Jora rannte nahezu, um wenigstens ein wenig warm zu werden, er war schon seit sicherlich zwei Stunden unterwegs. Er suchte nach Anathas Netz, doch der Schnee nahm ihm jede Sicht. Hier war er bereits einmal gewesen, er erinnerte sich an ein paar Dinge. Damals, vor einigen Jahren, waren sie im Herbst hier gewesen und waren auch geflohen. Manche Dinge änderten sich nie, er würde immer fliehen müssen, dachte er bitter. Das war sein Los, das war das Schicksal, welches er anscheinend gewählt hatte, schließlich war es sein freier Wille. Fast hätte er erneut bitter aufgelacht, dann fiel ihm etwas ein. Als er das letzte Mal hier gewesen war, gab es, tief im Unterholz versteckt, einen kleinen Steinbruch, in dem sich eine Höhle befunden hatte. Darin hatten die Rebellen damals einen kleinen versteckten Unterschlupf eingerichtet. Wenn es eine Hütte gewesen wäre – oder Ähnliches – hätte er keine Hoffnung gehabt, aber dieser Unterschlupf, das wäre eine Chance, zumindest vor dem Schnee. Wenn er doch mehr als nur wenige Meter weit sehen könnte. Er rannte schon beinahe, spürte seine linke Schulter fast gar nicht mehr, es war nicht mehr weit. Er erinnerte sich an den Weg, dann sah er von weitem den Steinbruch, und auch den Eingang der Höhle, verrammelt durch eine Holztür mit einem Guckloch – doch dort war auch etwas was dort nicht hin gehörte: Licht!

Er fluchte, fast etwas zu laut, und wollte sich umdrehen und gehen, als er hinter sich jemanden spürte. Er drehte sich um. Ein Mann grinste ihn an, doch das war keiner der Söldner. Beide Männer standen eine lange Sekunde im Schnee und blickten einander an. Der andere war ein Schönling mit breitem Hut und einer großen Feder an eben jenem. Unter der Hutkrempe blitzten seine Augen auf, und er lächelte, das Lächeln wurde immer breiter, das Grinsen war freundlich. »Es sieht so aus, als wärst du auf der Flucht, Frostbeule ... komm mit.« Jora entwich ein Seufzen.

»Danke.«

Der andere humpelte auf ihn zu.

»Es sieht so aus, als sei nicht nur ich auf der Flucht ...«

Beide Männer schwiegen, traten in die Höhle. Jora setzte sich nah an das Feuer, was der andere bereits entzündet hatte. Durch die Schlitze in dem Gestein gab es hier tagsüber nicht nur etwas

Licht, sondern auch einen natürlichen Rauchabzug in einer Ecke. Jora lächelte, es hatte sich kaum etwas verändert, nur vieles schien lange nicht mehr genutzt worden zu sein.

Der Mann mit dem breiten Grinsen setzte sich ebenfalls schwerfällig, er zog eine kleine Armbrust unter seinem Umhang hervor, der Pfeil hätte Jora aus der Entfernung eben mehr als nur verwunden können. Der Grinsende gab ihm eine Tasse mit dampfendem Tee. »Hier, Frostbeule. Etwas mehr als nur Tee, hilft gegen die Kälte … zu Essen hab ich nicht mehr als etwas Brot, Wurst und Käse, aber es dürfte für uns reichen, um die Nacht zu überstehen.« Jora nickte. »Ich danke dir, ich bin Jora, du hast echt was gut bei mir.« Der andere veränderte seinen Gesichtsausdruck fast gar nicht. »Ach was, so wie es scheint, haben wir nicht nur eine ähnliche Situation, sondern auch eine ähnliche Vergangenheit, sonst wären wir beide nicht hier … Ich wollte noch ein Kaninchen jagen und Fallen aufstellen, als ich dich anschleichen sah. Es kennt kaum einer dieses Versteck, außer er war schon einmal hier.«

Jora nickt. »Mit dem Fuß scheint Kaninchen jagen nicht möglich, oder?«

Der andere blickte ebenfalls auf seinen Fuß. Der stand in einem sehr ungesund aussehenden, eindeutig nicht natürlichen Winkel ab. »Unfall bei der Gartenarbeit. Und was ist mir deiner Kleidung? Etwas zu frisch, schaut fast so aus wie bei denen unten am See …« Jora nickte ebenfalls »Arbeitskleidung bei Brunnenbauern.« Sie grinsten beide, der Tee hatte doch mehr Prozente als gedacht, Furatha war doch bei ihm dachte Jora, die Wärme schlich langsam durch seinen Körper, er bewegte die Finger, spürte das Kribbeln. Der Mann war ein Rebell gewesen, soviel war klar, ein Rebell aus alter Zeit, der auch anscheinend auf der Suche nach seinem weiteren Weg war.

Jora stand auf »Lass mich deinen Fuß einrenken, als Dank für das Essen. Ich habe früher auch die Wunden der anderen versorgt. Man will ja nicht, dass du noch einmal einen Gartenunfall erleidest und die anderen Gärtner dich zur Rechenschaft ziehen.« Mit den Worten war er zu dem Mann hinüber gegangen. Der nickte erneut und nahm seinen Ledergürtel ab. »Ich hatte überlegt als Falkner umzusatteln, doch irgendwie versteh ich mich mit dem Gefieder nicht ...« Dann nahm er den Gürtel in den Mund.

Jora zog langsam an dem Fuß bis er ein Geräusch gab, was nicht gerade gesund klang. Der andere stöhnte kurz auf. Dann grinste er wieder, als er den Gürtel aus dem Mund nahm. »Ich schiene deinen Fuß noch, dann kannst du in wenigen Tagen wieder laufen, ein paar Wildkräuter könnten zerkocht die Heilung unterstützen.« Der andere nickte. »Hinten habe ich noch einen zweiten Satz Kleidung, dann erkennt man dich nicht direkt als jemanden, der doch nicht zur Taufe wollte ...«

Sie schwiegen wieder, Jora kleidete sich um, der andere holte währenddessen seine Essensvorräte aus dem Beutel. Bald saßen sie erneut am Feuer, Jora genoss die Wärme, und auch der andere Mann schien entspannter. »Das letzte Mal war ich hier vor dem Sturm«, sagte Jora schließlich, »es hat sich nicht so viel verändert. Ich hätte nicht gedacht, dass es die Einrichtung noch gibt.« »Ja, ich komme hier hin und wieder her, wenn es sich ergibt, eigentlich nicht verkehrt in alten Gedanken zu schwelgen. Ich bin hier in der Gegend groß geworden, aber nun führen mich meine Reisen quer durch Condra. In Wäldern fand man immer schon die schönsten Verstecke.«

Jora lachte. »Nicht nur in Wäldern«, erklärte er. »Ich bin in den Bergen groß geworden. Ein verstauchter Fuß ist nichts ungewöhnliches, wenn man durchs Geröll hüpft, aber es gibt dort auch viele Schluchten und Klippen, wo man immer ein gutes Versteck findet, wenn einem der Vater den Hosenboden vermöbeln will.« Der Grinsende schüttelte lachend den Kopf »Und so bin ich damals hier an die Wälder gekommen.«

Sie unterhielten sich über Joras Kindheit. Seltsam dachte er, der Kerl erzählte nahezu nichts von sich, und hatte auch seinen Namen nicht genannt, doch das machte nichts, Taten zählten, nicht Worte. Den alten Umhang konnte Jora als Decke nehmen, als sich beide schließlich schlafen legten. Der Tee hatte sein Übriges getan und so hatten sie noch gewürfelt, wobei der andere Furathas Liebling zu sein schien, er hatte jede Runde gewonnen. Doch zum Glück hatten sie nicht um Geld gespielt. Jora schlief so gut wie lange nicht mehr und träumte von seiner Kindheit, wie er durch die Berge rannte.

Als Jora die Augen aufschlug war er allein in der Höhle, im Feuer glimmte nur eine kleine Glut. Er blickte sich um, der andere war nicht mehr da, doch er hatte einen Beutel dagelassen. Darin fand Jora einen Flachmann, ein Stück Brot und Wurst – in ein grünes Kopftuch eingewickelt – sowie einen Würfel. Jora grinste, fast so breit wie der Mann diese Nacht. Solche Begegnungen schienen ihm unbezahlbar, doch genau solche machten Condra aus. Doch dass der alte Rebell mit dem frisch geschienten Knöchel einfach gegangen war, verwunderte ihn schon. Schließlich zuckte er die Schultern. Ein Mann, dem Furatha so hold war, würde nie geschnappt werden oder auch nur von Falken gesehen werden, egal was er für Verletzungen hatte. Möge er auch den anderen Schwestern ordentlich den Hof machen …

Furatha … natürlich, wenn du nicht mehr weiter weißt, dann ist es dein Glaube, der dir etwas bringt? Dann fliehst du in diese Welt der Schwestern, die dir ach so viel bedeuten. Doch wann frage ich, hat dir mal eine geantwortet, wann hat eine mal etwas für dich getan? Nein, mein lieber, das ist keine Abzweigung in eine Zukunft, sondern nur eine Rückkehr in altbekannte Muster, die dir nichts bringen werden und nie etwas gebracht haben …

Abzweigung in eine Zukunft

Von der Höhle aus war es nicht mehr weit nach Dunkelbach. Mit der neuen Kleidung, die er von dem Mann bekommen hatte, wirkte er auch nicht mehr so ganz wie ein Flüchtling, sondern mehr wie ein Wanderer. Aus dem alten Umhang hatte er sich ein Kopftuch geschnitten, das wärmte seine Ohren und war nicht so von negativen Gedanken geprägt wie das grüne in seiner Tasche. Er blickte in den Himmel, der Schneefall hatte aufgehört, doch als er wieder auf den Boden blickte, sah er keine Spuren, die der andere hätte hinterlassen haben können. Jora ging einen Umweg, um keine Spur zu dem Unterschlupf zu hinterlassen, doch kaum, dass er den Weg erreicht hatte, begann der Schnee wieder und auch seine Spuren wurden schnell unerkennbar. Nach einem halben Tag erreichte er Dunkelbach. In dem Beutel ganz unten waren noch ein paar Kupfermünzen gewesen, das reichte, um in der ansässigen Taverne einen Tee und vielleicht etwas Eintopf zu erstehen. Er kannte die Taverne, ein Familienbetrieb seit vielen Generationen. Er fand sie direkt und trat ein. Als er sich den Schnee vom Mantel klopfte und umschaute, sah er ein paar Falken durch den Raum gehen und Leute befragen, in einer Ecke schien der dazugehörige Wolf zu sitzen. Innerlich schnaubte er erneut, Falken, pah! Was für ein sinnloses Unterfangen, gerade die Condrianer brauchten eine solche Führung nicht. Doch Neugierde trieb ihn in die Nähe des Tischs der Anführer, um wenigstens ein paar Worte zu hören. Das Kupfer reichte für mehr aus als nur den Eintopf, auch eine Nacht in einem warmen Bett schien ihm gewiss. Gerade als die Tochter des Wirts den dampfenden Eintopf auf den Tisch stellte und er das erste Stück Brot vom Laib abschnitt, hatten die Falken seinen Tisch erreicht.

»Die Schwestern zum Gruße, Reisender!«

Jora nickte. »Furatha sei mit Euch, was kann ich für Euch tun?«

Mit einem Nicken bedeutete er ihnen, Platz zu nehmen. »Wir sind auf der Suche nach einem gemeinen Dieb und Betrüger. Er nennt sich selbst ›die blaue Gans‹ und wird in ganz Condra gesucht. Sag, Mann, woher kommst du, vielleicht hast du ja jemanden gesehen?«

Jora kaute genüsslich und trank noch etwas hinterher. Die Falken hatten ihn nicht bei sich haben wollen, hatten ihm nur gezeigt, wie sinnlos die Aufgabe war, den Condrianern den Willen irgendwelcher Vögte oder Ratsmitglieder aufzuzwängen.

Doch er zwang sich freundlich zu bleiben. »Ich komme vom See, eine kleine Reise um den Geist aufzufrischen, leider hat das Wetter nicht mitspielen wollen, so ging mein Weg hierher, um eine Pause zu machen. Ich habe wenige Menschen getroffen, in Gruppen und einzeln, doch keiner der sich blaue Gans nannte.«

Die Falken nickten, doch auch nach einer Beschreibung gab Jora an, sich nicht ganz sicher zu sein, ob er dem Mann begegnet sei. »Habt Dank, wenn Euch doch noch etwas zu dem Verbleib einfällt, wir sind noch eine Weile hier, bevor wir weiterreisen.«

Damit verließen sie seinen Tisch.

Anscheinend hatten auch andere Befragungen nicht viel ergeben. Die Ecke, in die Jora sich verzogen hatte, war dunkel und gemütlich, er hörte wie die Falken am Tisch neben ihm über die Taten der »Gans« redeten. Ein Schlangenmensch, ein Fassadenkletterer, er schien nahezu unverwundbar und verhöhnte all seine armen Opfer, stahl ihnen die Kupfer, das Silber, die Töchter und die Frauen, und alles was man meist fand, waren ein paar Würfel. Jora lächelte in sich hinein, das war niemand den er kannte … er hatte nur einen Wanderer getroffen, der verletzt war, und nun, das konnte ja nach der Beschreibung der Falken nicht der Gesuchte sein. Jora dachte an den Würfel in seiner Hosentasche und grummelte in sich hinein. Wenn reiche Menschen immer mehr und mehr Kupfer anhäuften – im Namen Hydracors oder ganz Condras –, dann konnten sie gut und gern auch einen Teil wieder abgeben.

Die Falken waren seiner Ansicht nach verblendet, doch die Naivität vieler von ihnen sprach nur dafür, dass es junge Menschen waren, nicht einmal früher beim Sturm dabei.

Erneut dachte Jora an die vergangene Nacht und das Kopftuch, ein seltsames Geschenk der Gans, als zwei Falken ihn aus seinen Gedanken rissen. Es waren der, der ihn zuvor befragt hatte und ein junges Küken, kaum mehr den Jungenschuhen entsprungen. »Dürfen wir uns zu Euch gesellen, alle anderen Tische sind besetzt.« Jora nickte, und als Dank gaben sie ihm ein Bier von denen, die sie bei sich hatten. Man unterhielt sich, doch die Naivität und der Irrglaube, den diese beiden da vor sich trugen, bestätigte ihn darin, dass das gewiss nicht sein Weg war. Er erzählte davon, wie er Anathas Netz gefolgt war, um seinen Weg zu finden, doch dass er sein Ziel noch nicht erreicht hatte, als sich die Tür der Taverne erneut öffnete.

Wie die Male zuvor blickte Jora zu ihr hinüber und fluchte innerlich. Verdammt, dachte er. kann Furatha nicht ein wenig Glück auch mir zukommen lassen? Dort am Eingang standen die drei Söldner, der Dicke trug nun ein langes Messer bei sich, und der Jüngling viel zu dünne Stiefel bei dem Schnee. Außerdem schimmerte sein Kinn in vielen bunten Farben. Sie klopften sich den Schnee von der Kleidung ab und der Anführer ging zum Wirt, die anderen folgten bald darauf. Joran saß im Schatten und durch die andere Kleidung schien er ihnen nicht aufzufallen.

»Was ist mit Euch, ist Euch ein Draco im Geiste erschienen? Oder war das Bier zu viel für einen Wandersmann?«, sprach ihn der Falke an.

Jora blickte zu ihm und zwinkerte. »Wie sah der Mann noch gleich aus, den ihn sucht?«, fragte er den Falken aus einer Eingebung heraus. Nachdem die Beschreibung geendet hatte, blickte Jora wieder zu den Männern die sich inzwischen einen Tisch gesucht hatte. »Ach nein, das wird schon nichts sein …«, murmelte er, doch der Falke, nun hellwach, blickte Jora an. »Was wird nichts sein? Nun erzählt!«

Jora nickte den Männer zu, die dort an dem Tisch saßen. »An einem Abend begegnete ich denen dort vorne. Ungemütliche Zeitgenossen. Doch teilt man sich in der Kälte gern mal unter dem wachen Auge Hydracors ein Feuer. Die Männer würfelten, und nun, ich dachte immer, es seien vier gewesen, aber ich bin mir nicht sicher. Am Morgen reisten sie früh wieder ab, noch während ich all meine Lagersachen zusammenpackte. Meinen Proviant hatten sie gegessen, meinen Wein getrunken, doch nichts dagelassen außer einem verfluchten Würfel … ich wollte ihn schon in das Feuer werfen …«

Der Falke bekam große Augen, ganz aufgeregt sah er nun auf den Würfel, den Jora mit diesen Worten hervorgeholt hatte. »Ihr seid ein wahrer Condrianer, ehrlich und aufrichtig …«

Das, dachte Jora, war vielleicht einer der Gründe, weshalb er die Falken verlassen hatte, die Dummheit der Jugend ...

Der Falke nahm den Würfel.

»Habt Dank, Euch gebührt noch eine Belohnung, wartet kurz, ihr wollt ja noch nicht aufbrechen?«

Jora schüttete den Kopf und blieb sitzen, während der Falke kurz zu seinem Wolf huschte. Ein Blick auf die drei Söldner verriet ihm, dass das Wetter ihnen übel mitgespielt hatte, und auch die fehlenden Schuhe hatten ihr Übriges getan. Der Dicke schniefte und nieste in einer Tour, während der verprügelte Jüngling nun gefährlicher aussah als zuvor.

Es dauerte nicht lang, bis der Wolf an seinen Tisch trat und erneut ein paar Fragen stellte, wie der Mann ausgesehen habe, ob er Kupfer von Jora geklaut habe, was er mit den anderen besprochen habe. Dann legte der Wolf ihm ein paar Kupfer auf den Tisch und wünschte ihm eine gute Weiterreise.

Jora nickte und verabschiedete sich, um in die Richtung Treppe zu gehen und im Bett zu landen. An der Treppe blieb er stehen und sah, wie die drei Söldner in die Mangel genommen wurden. Der Geldbeutel des Anführers wurde herausgeholt und beim Ausschütteln fanden sich erneut einige Würfel ... Anscheinend erkannte man sogar die Ähnlichkeit zweier Würfel. Daraufhin rasteten die Söldner aus und griffen zu ihren Waffen. Sie hatten keinerlei Chance gegen die Falken.

Angelockt von dem Lärm kam eine junge Frau die Treppe herunter und schaute ebenfalls um die Ecke. »Oh, was für ein Lärm, findet ihr nicht?«

Jora blickte zu der jungen Frau im Nachtgewandt. »Ihr seid geweckt worden von der Verhaftung?«

Sie nickte. »Ja, und wie mir scheint, will mein Trupp nun handeln ...« Sie seufzte, als der Wolf plötzlich vor ihnen stand.

»Ehrwürdige Mutter, gut das ihr schon wach seid. Wir wollen gerne mit diesen Männern zur Garnison, um sie zu befragen, wollt ihr bleiben oder mit uns kommen?«

Die junge Ehrwürdige Mutter legte den Kopf schief und blickte zu dem fast gleichgroßen Wolf hinüber, ein Kerl, der nach Bier stank wie kein zweiter.

»Nein, ich denke ich bleibe hier und werde morgen nachkommen. Lass mir ein paar da, dann können diese mich morgen begleiten. Doch mein Auftrag ist ein anderer.«

Das war der Moment, wo sich Jora verabschiedete. Er hatte nicht vor hier die Nacht zu verbringen, doch zwei Stunden in dem Bett, dann könnte er sich auf den Weg machen…

Falke sein, das war immer dein Traum, weißt du das überhaupt noch? Lange hast du von nichts anderem geredet als davon, ein Falke zu sein, dann warst du einer, all deinen Idealen zum Trotze und warst du glücklich? Nein, du warst es nicht, du hast weiter gezweifelt, weiter gebangt … nichts konntest du deinem Wolf Recht machen … erstaunlich, dass jemand Inkompetentes wie du überhaupt ein Kopftuch erhalten hatte. PAH! Doch meinst du, andere Ufer haben klareres Gewässer?

Ein Steg zu klaren Gewässern

Am Morgen darauf war es, als Jora müde das Bett verließ. Er lächelte wehmütig. Sicher, er war entkommen, all den Gefahren zum Trotz, doch was hatte ihm das gebracht? Nichts, rein gar nichts. Doch was sollte er nun aus seinem Leben machen. Falke werden? Nein danke, vor allem, wenn er an den Trupp vom Vortag dachte, musste er fast lachend den Kopf schütteln.

Joras Füße trugen ihn hinaus an den See. Dort ging er eine ganze Weile entlang, er hatte gar nicht bemerkt, dass der Schnee aufgehört hatte zu fallen und es sogar ein wenig warm geworden war, als er an einen Steg kam. Er beschloss, eine Rast einzulegen. Er schob den Schnee so gut es ging vom vorderen Ende des Stegs, setzte sich darauf nieder und baumelte mit den Füßen über dem Wasser. Nach einiger Zeit kam ein alter Kauz auf den Steg. Er blickte auf Jora und dann hinaus auf den See.

»Na, Jungchen, hier ist auch mein liebster Platz. Etwas dagegen, wenn ich dir Gesellschaft leiste?« Jora blickte zu dem Mann auf, er trug einen grauen Umhang gegen den Wind, der jedoch bereits abgeflacht war, das Gesicht vom Alter gezeichnet. Nein, dieser würde keine Probleme bereiten. Ein typischer Condrianer eben, und ein wenig Gesellschaft konnte Jora nicht schaden, also nickte er auf den Platz neben sich, den er schnell noch von Schnee befreite.

»Euer Lieblingsplatz? Warum? Oh entschuldigt, ich habe mich noch nicht vorgestellt, ich bin Jora, und ihr?« Der Alte zog eine Pfeife aus seiner Tasche und stopfte sie, während er sich neben Jora setzte. »Mein Name ist Eferdas, ich komme hier oft vorbei, das ist der Ort, wo ich gern raste und mir meine Pfeife rauche. Schließlich kann man von hier weit hinaus auf den See sehen, und nebenbei auch weit zurück zu den Wegen, ob sich jemand nähert.« Er zwinkerte vergnügt. Seltsam, dachte Jora, dass er den Mann nicht bemerkt hatte, er war anscheinend doch zu sehr in Gedanken gewesen.

»Ich habe Euch gar nicht kommen gesehen, muss ich zu meiner Schande gestehen. Ich war wohl nie ein guter Falke.«

Der Mann zog eine Augenbraue hoch und blickte Jora lange schweigend an »Wenn die Gedanken den Ausblick auf den See wie früher Nebel verweigern, sind noch lange keine schlechten Gedanken darunter.« Jora schaute kritisch drein, na toll, wieder so ein Schwafler ...

Da lachte der Mann. »Genau, und wenn man in schlechten Gedanken hängt, will man solche Worte nicht hören. Jora, vielleicht bin ich auch einfach gut darin, mich an andere anzuschleichen. Also bin ich nur der bessere Falke.«

Jora musste grinsen.

»Das ist nicht schwer, ich bin nie gern Falke gewesen, ich wollte es immer sein, doch dann ... es war nicht das, was ich sein wollte.«

»Ach nein, was wolltest du denn?« Jora überlegte, blickte hinab auf das Wasser und auf seine Füße, die in den geklauten Schuhen steckten. »Ich weiß es nicht, ich wollte immer Falke werden, ich wollte irgendeinen Sinn für mich ... doch aufgehoben gefühlt habe ich mich dort nie. Klar, alle saufen im Namen von Furatha, doch das ist nicht das, was ich will.«

Der Alte nickte, dann grinste er. »Du hast mir schwarze Gedanken, da wünschte ich, ich hätte anstatt einen guten Selbstgebrannten noch einen mit einem ordentlichen Gift versetzt dabei ...« Mit den Worten holte er eine Flasche aus einer anderen Tasche und nahm selbst einen ordentlichen Zug daraus, ehe er diese weiter an Jora gab.

Der blickte überrascht auf den Alten, dann lächelte er. »Genau, manchmal wäre eine ordentliche Portion Gift besser für alle Probleme dieser Welt.« Dann trank auch er einen Schluck von dem Selbstgebrannten.

Er blickte den Alten an »Wieso kommt Ihr hier eigentlich häufiger vorbei, hier ist doch nichts?« Der Alte deutete auf den See. »Anathas Netz überspannt den See, und ich kürze meine Wege gerne über dieses Fleckchen Erde ab, denn es ist das, was mich erfüllt.«

»So ein Unsinn, ein See an sich kann niemanden erfüllen, es ist das, was man daraus macht, woran man glaubt und wofür man arbeitet.«

»Siehst du, das meine ich, mein Weg ist der, den ich mir daraus mache, und manchmal zeigt mir eine der Schwestern dann etwas Besonderes, zeigt mir, wofür es sich zu leben, zu trinken, zu feiern, zu kämpfen und zu sterben lohnt.«

Jora schüttelte den Kopf. »Tun die Schwestern das wirklich? Ich finde, manchmal sind sie verdammt still, dann sind da nur andere Stimmen, die immer wieder erschallen.«

Der alte Mann schwieg, blickte auf das Wasser und beide tranken und rauchten abwechselnd, bis er erneut sprach: »Sind das deine Stimmen des Zweifels oder deine Stimmen der Vorwürfe, die du hörst?«

Jora blickte erneut auf. »Warum fragt Ihr das?«

Er blickte nun doch genauer hin zu dem Mann, der neben ihm saß. Eindeutig war unter dem Mantel eine Waffe zu erkennen, ein Schwert; ob er doch einer der Wiedertäufer war? Nein, dafür war er zu … anders …

»Wer seid Ihr wirklich?«

Der Alte blickte erneut auf das Wasser, dann auf seine Pfeife. »Ich bin der, der ich gesagt habe, aber auch mehr, und doch auch weniger. Jora, deine Stimmen, die dich zweifeln lassen, sind in jedem, der sucht. Du suchst nun schon sehr lange und immer wieder verschiedene Wege, doch sage mir, was sagen dir deine Stimmen genau?«

Genau, Jora, was sagen dir deine Stimmen, dass du mitten im Winter im Schnee an einem Steg am Dunkelsee mit einem alten, bewaffneten Condrianer sitzt und über das Leben sinnierst? Über deines! Als wäre es das Normalste der Welt! Natürlich erlebt jeder jeden Winter… Fällst du erneut auf einen Schwafler dieser Art rein? Bist du dir wieder sicher, dass das der rechte Weg ist, den er dir nun nennt? Ach und stellst du mich jetzt etwa auch in Frage? Genau, ich war immer für dich da, immer bei dir, habe dir immer zugehört, dir, deinen Zweifeln, deinem Unwissen, deinem Leiden.

Jora blickte auf »Die Stimme in mir ist meine eigene, die mich und mein Tun in Frage stellt. Sie fordert mich heraus, sie zeigt mir, was wichtig ist … und sie macht mir klar, dass Ihr nicht der seid, der Ihr vorgebt.«

Der Alte lächelte. »Wie ich schon sagte, ich bin mehr, und ich bin weniger. Ich bin ein Mann Hydracors, ein Mann der Schwestern, doch kein Priester, kein Falke. Ich habe gesucht nach meinem Weg und auch meinen Stimmen gelauscht, Jora …«

Ist klar, natürlich hat nun jeder eine innere Stimme oder wie?

Jora schüttelte den Kopf, schüttelte diese Stimme ab, die da immer war »Wer ihr seid, ist die falsche Frage. Wichtiger ist, was wollt ihr von mir? Warum von mir?«

Erneut lächelte der Alte. »Ich bin ein Mesiter, Jora, und wir beobachten die, die wir in unseren Reihen als richtig erachten lange und genau … Deine Stimme ist deine innerste Stimme und das war es, was dir fehlte zu erkennen … um ein Teil von uns zu werden, als ein Mesiter, musst du auch deine Schwächen erkennen und akzeptieren, dann kannst du mit mir kommen und ich kann dich lehren, was immer du willst, um deinem Leben einen Sinn zu geben.«

Kannst du deinem Leben selbst einen Sinn geben, oder sollte das nicht Hydracor tun? Sagst du nun etwa ›Ja‹ zu diesem fadenscheinigen Angebot?

Jora lächelte. »Ich kann mir meinen Weg nur selbst zeigen, wenn andere es nicht tun, aber ich kann auch nicht blind zu etwas zustimmen, was ich nicht kenne. Zeigt mir Euren Weg, und wenn es das ist, worin ich mich erkenne, dann will ich den Weg weiter gehen …«

Und so schwieg Joras innere Stimme, und lächelte. Verdammt, er wusste genau, dass sie grinste. Nie hatte er ihr Recht geben wollen … und nun?

Nun, ich habe nun einmal einfach immer Recht …

Tim Claahsen und Thomas Michalski
Abschied im Schnee

1

Wie seltsam sich doch manchmal alles in der Welt umkehrt. Ihm war warm, seine Füße brannten. Er schwitzte.

Nur seine Seele war taub, als er sich durch den immer dichter werdenden Schnee kämpfte. Die feinen, scharfen Kristalle wurden durch den beginnenden Sturm immer hektischer aufgepeitscht und seit Minuten konnte man nicht mehr als die Hand vor Augen sehen. Trotzdem bildete er sich ein, die Schritte seiner Verfolger zu hören, einzelne Schemen zwischen den spärlichen Bäumen.

Nur weg hier.

Lächerlich, wenn er bedachte, wie harmlos das alles eigentlich angefangen hatte. Und jetzt rannte er hier um sein Leben, mitten auf diesem schwesterverlassenen Gletscher.

Er lachte kurz und bitter auf und wurde dafür gleich mit einer Handvoll Schnee belohnt, die ihm eine Böe ins Gesicht trieb. Er musste husten und zog die Kapuze enger um seinen Kopf. Mühsam stapft er weiter durch das Eis. War da nicht eine Stimme? Verdammt! Sie waren doch schon nähergekommen, als er gehofft hatte. Wer hätte denn auch ahnen können, dass ihm diese Verrückten sogar bis hierher nachkommen würden?

Wenn er es noch ein bisschen weiter schaffen könnte, würde er sie vielleicht in dem Schneegestöber abhängen können. Oder vielleicht würden sie der Suche mitten im Sturm ja auch müde.

Aber ehrlich, flüsterte eine leise Stimme in seinem Inneren, welchen Unterschied würde es schon machen? Nur mit den Dingen, die du am Leibe trägst, ohne Proviant und die Chance auf Feuer, wie lange wirst du hier überleben können? Wenn sie dich nicht kriegen, werden Kälte und Hunger das schon erledigen.

Rosige Aussichten.

Und so verschwand der Mann wieder im dichten Treiben von Sturm und Schnee, blind und taub für alles außer seinen Verfolgern und dem Tosen des Sturms und dem Peitschen des Schnees, selbst für das Stechen der Frostkristalle seinem Gesicht und das leise Geräusch brechenden Eises.

2

»HHNNNNGH! NNGHHH! Verdammt!«, fluchte Tharik frustriert vor sich hin und ließ das schwere Bündel wieder scheppernd zu Boden gleiten.

»Na wundervoll. Kann jemand dieses siebenmal schwesterverfluchte Miststück mal festhalten?! Wie soll ich das ganze Werkzeug auf diesen depperten Esel kriegen, wenn er immer wieder wegtapert?«

Leiser murmelt er noch hinterher: »Und welcher Esel würde schon freiwillig beladen mit tonnen Stahl und Schrott auf einen Berg klettern?«

Die anderen beachteten ihn nicht, wie immer, wenn er vor sich hin meckerte. Gehörte eben irgendwie dazu. Nur der ohnehin schon schwerbeladene Esel warf ihm einen vielsagenden Blick zu. Lachte ihn dieses Vieh etwa aus?

Seufzend warf er sich das letzte Werkzeugbündel über die Schulter.

»Na bitte, dann eben so, schön zu sehen, das hier wenigstens einer genug Grips hat ...«, raunte er und tätschelt dem altgedienten Tier die Flanke.

»Kommst du dann auch mal Tharik?«, rief Eliza herüber. Der Rest ihrer kleinen Truppe war schon fertig, selbst Falstan hatte sich in seine etwas zu enge Rüstung gezwängt und war abmarschbereit. Wenn alles gutging, würden sie heute abend noch die kleine Eisengräbersiedlung am Fuße des Gulbalothroin erreichen, des Weißkäppchens. Dämlicher Name eigentlich für einen Berg, der alle anderen hier um fast das doppelte überragte. Nur seine schneebedeckten Gipfel rechtfertigten das vielleicht. Sicher war trotzdem, dass der Namensgeber betrunken gewesen war.

»Ich komm ja schon, mach dir mal nicht ins Hemd! Die Esel sind schon auf dem Weg.«

Die hatten's gut auf ihrem Karren. Mal schauen, wie sie ans jammern kämen, wenn es zu Fuß weiter ging. Zum ersten Mal an diesem Morgen musste er lächeln. Schadhaft und unvollständig.

Noch einmal seufzen, kurz fluchen, dann wickelte er sich enger in seinen Mantel und trottete hinter dem Wagen die schmale Passstraße entlang.

Hoffentlich würde sich dieser Ausflug hier wenigstens lohnen, nicht so wie das letzte Hirngespinst des Magisters.

Überreste einer orkischen Hochkultur mitten in der moorigen Ödnis der Venne. Pah. Alles was es ihnen eingebracht hatte waren Blutegel und ein verlorener Stiefel gewesen. Und der alte Zausel murmelte nur immer wieder: »Aber die Tafeln, die Tafeln …«, und wälzte sich durch seine Unterlagen. Was für ein Reinfall. Na wenigstens zahlte er ganz anständig. Und wenn er mit seinem Gebrabbel über die antike Zwergensiedlung auf dem Weißkäppchen recht hatte … wer weiß, vielleicht hatten die Stumpen ja noch ein paar ihrer Schätze liegenlassen.

Solchen und ähnlichen Tagträumereien gab er sich hin, als sie weitermarschierten.

Wie immer ging Tharik zu Fuß neben dem Esel. Reiten kam bei dem ganzen Zeug, das sie mitschleppten, sicher nicht in Frage und das andere Tier war vor den kleinen hölzernen Wagen gespannt. Darauf fahren würde die Sache sicherlich angenehmer machen, aber der Innenrum war schon völlig durch den Magister zugemüllt und bewohnt, zusammen mit ihrem Essen und Schlafsachen. Falstan, der faule Hund, hatte sich schon vor dem Frühstück zum Kutscher erklärt und machte sich einen schönen Tag auf dem leider zu schmalen Kutschbock. Na ja, immerhin besser als sich den ganzen Tag das Genöhle über seine schwere Rüstung anzuhören, »die ja ach so sehr kneift …«

Das bißchen Leder … pffft …

Er verzog gespielt jammernd das Gesicht, als er daran dachte, was ihm einen vergnügt-skeptischen Blick von Eliza einbrachte. Sie hockte mal wieder auf dem Dach des Wagens und beobachtete fasziniert die Landschaft. Nicht, dass sie diese Berge nicht schon tausendmal gesehen hätte, aber sie schaute eben trotzdem, als wäre es das erste Mal. Jungvolk, also wirklich.

»Hier, bevor sich deine Mundwinkel noch unterm Kinn treffen. Hepp!«, rief sie ihm frech grinsend entgegen, zog einen Apfel aus ihrer Reisetasche und warf ihn ihm zu. So gerade noch fing ihn aus der Luft, kam darüber ins Stolpern und konnte sich nur mit Not auf den Beinen halten.

»Pass doch auf, ein bisschen weiter und ich hätte den Aufstieg nochmal machen können, nur ohne Kopf! Und dann könnt ihr faules Pack den ganzen verbrannten, stinkenden, schwesterverfluchten … aarrh … Schrott selber schleppen!«

Er versuchte, sie böse anzuschauen, es klappte, aber gegen dieses Grinsen war er einfach machtlos. Nach ein paar Sekunden schüttelte er seufzend den Kopf und lachte leise in sich hinein. ›Verrücktes Gör‹, dachte er und biss in den Apfel.

Stunden später, nach einem ständigen Auf und Ab über die schmale Straße, hatte sich zwischenzeitlich sogar der Söldner erbarmt, Tharik mal auf dem Bock fahren zu lassen für vielleicht eine Stunde. Seine Füße schmerzten und hatten Druckstellen, seine Stiefel hatte er sofort neben sich aufgehängt, um wenigstens etwas Entspannung zu haben. Wen interessierte schon der laute Protest seiner Mitreisenden. Wer den ganzen Tag läuft, dessen Füße riechen eben ein bisschen, na und?

»Wann sind wir denn endlich da? Wir müssen den Berg doch schon fünfmal umrundet haben?«, fragte Falstan, der stämmige, vielleicht etwas zu stämmige Mann mit den kurzgeschorenen schwarzen Haaren.

»Das kommt dir nur so vor, weil du zum ersten Mal seit Tagen laufen musst, Onkel«, erscholl es vom Wagendach.

»Ich hol dich gleich da runter, Fräullein! Ich versohl dir nur deshalb nicht den Hintern, weil deine Mutter wollte, das ich dich gut behandle. Und das tu ich ja wohl, also zeig gefälligst mal ein bisschen Respekt.«

»Ich bin fast achtzehn, Onkel, die Zeit des Versohlens ist vorbei.«

»Ärger' mich noch weiter und wir werden sehen«, knurrte er mit eisernem Blick und einem Anflug von Wut in den Augen, nur um sofort zu beweisen, dass auch er nicht immun gegen ihr Grinsen war.

»Mediatha gib mir Geduld«, seufzte er. »Nur ein bisschen. Oder einen Rohrstock. Was auch immer zuerst kommt, nehme ich und …«

»Ich will Euch ja nicht unterbrechen ihr zwei Hübschen, aber ich glaube, wir sind da.«

In diesem Moment schob sich der Wagen knatternd um die letzte Kurve und vor Tharik breitete sich ein kleines Tal aus, von zwei Seiten von hohen Steilwänden flankiert, die im Abstand von einigen Hundert Schritt von Stollenschächten durchzogen waren. Nur Richtung Nordwesten gab es noch einen weiteren Aufstieg, einen gewundenen Pass Richtung Gipfel, über den die letzten Stahlen der untergehenden Sonne ins Tal hineinfluteten.

Tharik sah es vor sich. Kleine, weißgetünchte Häuschen reihten sich nur einen Steinwurf entfernt aneinander. Kleine Kinder und Schafe und Ziegen spielten in den winzigen Gärten vor jedem Haus. Am Ende der Hauptgasse schien ein luxuriöser Bau zu stehen, vor dessen Tür doch tatsächlich ein Schild mit einem goldenen Esel baumelte.

Ein einladender Duft nach geschmortem Wild und starkem Bier wehte den müden und hungrigen Reisenden entgegen und lockte zu den beiden spärlich bekleideten Schankmaiden …

3

›Schön wärs,‹ dachte Tharik sich, als er seine Augen wieder öffnete und ihm die erste Brise entgegenschlug. Eiskalte, scharfe Luft, geschwängert mit dem Geruch nach feuchter Erde, Rauch und ungewaschene Leibern. Lautes Hämmern hallte durch den Kessel aus den Pochstuben, wo das rohe Erz weiter gebrochen wurde.

Der Anblick war nicht wirklich besser.

Die Siedlung hatte keinen Namen. Zu Anfang war sie nur »das Lager« gewesen, eben ein Bergarbeiterlager am Rande der nördlichen Ausläufer des Retek-Gebirges, in dem die Condrianer seit ein paar Jahren unter der Duldung der Zwerge ein paar kleine Stollen betreiben durften. Am Anfang, noch zu Zeiten der Besatzung durch die Nekaner, wurde hier Kohle abgebaut, um die vielen Feuer der Tempel und Schreine zu versorgen oder zumindest die heilige Kohle zu strecken, die aus dem Herzen des Imperiums nach Condra gebracht wurde. Nicht gut genug für einen Haupttempel, aber der ein oder andere private Schrein war da nicht so wählerisch.

Einen blutigen Bürgerkrieg später waren die Arbeiter, ein wilder Zusammenschluss aus Herumtreibern und Abenteurern, ihre wichtigsten Kunden los.

Verzweiflung machte sich breit und viele Arbeiter zogen weg. Zelte wurden verlassen und notdürftig überdachte Gruben verwaisten. Einzig einige wenige Hartnäckige blieben im Lager und zogen nur während des Winters hinunter ins Flachland, um mit dem Beginn der Schneeschmelze wieder tiefer ins Fleisch des Berges zu schneiden.

Ein paar Jahre sah es so aus, als würde das Lager langsam aussterben. Jeden Frühling kamen weniger aus dem Tal hinauf, der Profit wurde immer geringer. Doch mit dem Wandel in Condra, dem Wiederaufbau und der Entstehung der Gilden, wuchs auch wieder das Interesse an der Kohle und dem Gestein des Lagers. Neue Leute kamen hinzu. Es wurde ein kleiner Schuppen gebaut und einer der Bergleute verdingte sich neben seiner Arbeit noch als Wirt. Immer mehr kleine, windschiefe Hütte entstanden und als man an einem der Hänge noch eine Goldader entdeckte, wuchs der Reichtum des Lagers sprunghaft an. Kein richtiges Gold natürlich, aber mindestens genauso wertvoll.

Eisen.

Eine dünne Schicht Eisenerz verlief durch den Granit des Berges, mehr wert als alle Kohle des Massivs. Plötzlich war aus dem Lager eine kleine Siedlung geworden. Vielleicht drei Dutzend Hütten, eine kleine Schankstube, die auch zugleich Krämerstube und Unterkunft war, zwei Schmieden, die zusammen den großen Hochofen betrieben, in dem das Eisen aus dem Gestein geschmolzen wurde und ein Lagerhaus, in dem Erze, grobe Barren und Holz für die Minen lagerten.

Mißtrauische, staubige Gesichter blickten ihnen entgegen, als sie den Weg in die Siedlung hineinfuhren. Fremde waren hier ein ungewohnter Anblick und nicht gerade sehr willkommen, davor hatte man sie im Tal schon gewarnt, aber die Atmosphäre, die ihnen hier entgegenschlug, ging über mehr als bloße Abneigung hinaus. Sogar Eliza, die den ganzen Tag fast unaufhörlich geplappert hatte, schwieg und machte sich klein in ihrem Ausguck auf dem Wagen. Als die Arbeiter die Reisenden sahen, brach Unruhe aus. Eine ältere Frau zog einen Jungen von vielleicht fünfzehn Sommern zu sich heran und redete eindringlich auf ihn ein. Der Junge nickte und rannte in eines der größeren Häuser, aus dem kurze Zeit später eine Gruppe von fünf Männern heraustrat. Sie alle trugen noch ihre dreckverschmierte Arbeitskleidung und schwere Hacken oder Schaufeln auf der Schulter.

»Hoffentlich holen die nicht gleich die Forken und Fackeln und laden uns zum Essen ein ...«, murmelt Tharik, »ich hab schon von solchen Dörfern gehört. Lange Winter, kaum Wild ... da kommen ein paar saftige Reisende gerade recht.«

»Halt den Mund, du Torfkopf!«, zischte ihm Falstan zu. »Bring die Leute nicht gegen uns auf, bevor wir auch nur ganz im Ort sind. Und sei um des Ewigen Eillen bitte leise. Und lass mich reden.«

Der Söldner versuchte ruhig zu bleiben und ein freundliches Lächeln auf sein Züge zu zwingen. Vergeblich. Seine Fingern lagen angespannt auf dem Knauf seines Kurzschwertes.

Tharik murmelte noch etwas über Spitzhacken, Sahnesoßen und Falstans Mutter, hielt dann aber doch endlich den Mund, als sie die ersten Leute erreichten.

Inzwischen waren auch die anderen Männer angekommen und hatten sich dazugesellt.

»Halt!«, rief einer von ihnen, ein ungeschlachter, bärtiger Kerl von fast sechs Fuß Größe, in eine derbe Ledertunika gehüllt. Überhaupt wirkte alles an dem Mann derb, von seiner Haut bis zu der Art, wie er sprach. An seiner Seite baumelten zwei schwere Hämmer, deren Gewicht ihn überhaupt nicht einzuschränken schien. Ein stechender Geruch von saurem Schweiß und Rauch ging von ihm aus und brannte in den Augen. »Was wollt ihr hier?«

Letztendlich hatte es Falstan doch geschafft, ein leichtes Lächen auf sein Gesicht zu zerren: »Die Schwestern zum Gruße, Meister. Wir sind nur auf der Durchreise. Meine Begleiter und ich sind auf dem Weg auf den Berg. Wir wollen nur ein, vielleicht zwei Tage hierbleiben, uns mit Proviant eindecken und dann sofort weiterreisen.«

»Auf den Berg? Was wollt ihr bei dem Wetter auf dem Berg? Es ist Selbstmord da um die Zeit noch raufzugehen. Die Herbststürme können jeden Tag anfangen und ihr erfriert, bevor ihr verhungert seid. Fahrt besser wieder zurück. Das ist besser für alle.«

»Verzeiht, Meister, aber ich fürchte, der Magister, den wir begleiten, besteht darauf. Es hat irgendwas mit den Sternen um diese Jahreszeit zu tun, fragt mit nicht. Ich hoffe, dass wir nicht weit hinauf müssen und bald zurück sind. Außerdem werden wir ein paar Träger brauchen.«

Sprachs und präsentierte einen kleinen Beutel mit ein paar Kupferstücken, die er leise klingeln ließ. Verstohlenes Getuschel brach unter den Männern aus. Die Aussicht auf etwas zusätzliches Geld war offenbar stärker als das Misstrauen einiger, der Sprecher allerdings wirkte nicht sonderlich überzeugt. Seine Hand legte sich drohend auf den schweren Schmiedehammer,

»Verschwindet! Wir können solche wie euch hier nicht gebrauchen. Hier lungern in letzter Zeit eh schon zu viele Fremde herum.«

»Jetzt hab dich nicht so, Rhaban«, mischte sich ein anderer ein, ein drahtiger Junger Mann mit hungrigem Blick, den Kopf kahlgeschoren. »Die meisten von uns können ein paar Münzen extra ganz gut gebrauchen, also sei gefälligst nicht so hart zu unseren neuen Gästen.« Er lächelte Falstan gewinnend und mit überraschend intaktem Gebiss an.

Patsch!

Und schlug – nicht mehr lächelnd – am Boden auf. Rhabans Faust hatte ihn völlig unvorbereitet getroffen. Der knackte noch einmal die Knöchel und fuhr an die beiden Reisenden gewandt fort, als wäre nicht passiert:

»Eure Sache. Wenn ihr jemanden findet, der dumm genug ist, sich auf so einen Unsinn einzulassen ist, bitte. Aber wenn ihr hier irgendwelchen Ärger macht, könnt ihr was erleben. Hab ich mich klar ausgedrückt?«

Eliza holte schon zu einer gepfefferten Antwort aus, wer glaubte der Kerl eigentlich, wer er war?

»Ja, völlig klar«, platzte Falstan heraus und warf ihr einen scharfen Blick zu. »Wir wollen Ärger weder haben noch machen. Bitte, wir wollen wirklich nur für ein, vielleicht zwei Tage hierbleiben und dann weiterreisen. Wir machen keinen Ärger. Dürfen wir dann?«, fragte er und deutet weiter die Straße entlang.

Die Augenbrauen des Mannes trafen sich knapp über der Nasenwurzel und fast schien es, als würde er jeden Moment auf Falstan losgehen. Das plötzliche Stöhnen des jungen Mannes, der sich langsam wieder auf die Knie kämpfte und mit blutender Lippe hasserfüllt zu Rhaban heraufschaute, lenkte ihn kurz ab. Dann schnaubte er abschätzig und tratt wortlos zur Seite. Man sah ihm an, dass in dieser Sachen das letzte Wort noch nicht gesprochen war.

Die Menge löste sich langsam auf und die meisten verschwanden wieder in den Baracken der Siedlung. Ein anderer junger Mann half dem Geprügelten auf und brachte ihn schwankend zum großen Haus hinüber. Nur Rhaban und ein weiterer Mann blieben am Eingang des Ortes stehen und blickten dem Wagen mit finsterer Miene hinterher.

»Na, das kann ja Heiter werden«, ertönte die gemurmelte Stimme Thariks vom Kutschbock, dessen Hand sich nur langsam wieder vom Lauf der kleinen Armbrust löste, die hinter dem Fahrersitz lag. Nicht gespannt, natürlich, aber man fühlte sich eben einfach sicherer.

»Kann man wohl sagen. Was für ein Widerling!«, meinte Eliza. »Und wo wir heute Nacht schlafen, wissen wir immer noch nicht. Ich werde in diesem Dorf der Verrückten mit Sicherheit nicht draußen schlafen, erst recht nicht bei dieser Drachenkälte!« Schmollend rollte sie sich in ihren Mantel ein.

Falstan nickte. »Du hast Recht. Das gerade hat wohl auch nicht unbedingt dazu beigetragen, uns hier Freunde zu machen. Wir sollten uns mal nach einer Unterkunft umschauen.

Bestimmt vermietet der Wirt auch Zimmer. Ha! Wäre der erste Schankknecht, der ein paar Extramünzen abgeneigt wäre und niemand macht sich den Mann mit dem Bierfass zum Feind.«

Das brachte ihm einen argwöhnischen Blick Thariks ein.

»Aber pass auf, wo du mit deiner Börse noch überall herumwedeln willst. Reiche Leute verschwinden in der Gegend häufiger als Arme und das liegt nicht am Gewicht des Geldbeutels. Wenn du jedem hier damit vor der Nase wedelst, wachen wir sonst morgens auf und sind tot.«

»Jetzt übertreib mal nicht. Lass uns einfach mal mit dem Mann reden und dann sehen wir ja, wie's weitergeht. Und wenn wir hier jemanden finden wollen, der uns hilft die Sachen mit in die Berge zu schleppen, dann am ehesten heute Abend in der Schankstube. Das Gespann können wir ja wohl kaum den Pfad mit heraufnehmen.«

»Kann ich mitkommen?«, fragte Eliza. Falstan zuckte die Schultern »Von mir aus. Es sollte nur jemand beim Wagen bleiben, sonst klauen sie uns noch den Magister.«

Tharik zuckte mit den Schultern. »Keine Sorge, wer immer ihn klaut, der bringt ihn auch wieder zurück. Kein geistig Gesunder hält das lange aus ...«

Mit diesen Worten drehte er sich um und marschierte auf den niedrigen Bau zu, in dem sich die Taverne des Ortes befindet.

4

Schließlich hatten sie doch alle die Gaststube betreten, alleine wollte auch der Magister nicht draußen warten. Es war hübsch, fand Tharik. Wie zuhause. Das Stroh hatte schon bessere Zeiten gesehen und über allem lag der süße Duft nach altem, nur noch schwach wahrnehmbaren Erbrochenem und verschüttetem Bier. Der kalte Qualm von Pfeifen und Gedrehtem aller Art, von Wasserpfeifen und wahrscheinlich auch dem ein oder anderem Strohfeuer hatte sich in Stroh und Balken gefressen und verlieh dem Ort einen ganz besonderen Charme. Außerdem war es lustig anzuschauen, wie der dicke Falstan versuchte, einen der Dörfler dazu zu bewegen, sie rauf in die Berge zu führen. Falstan hatte sich trotz des Schweigens seines Gegenübers höflich vorgestellt und sein Anliegen vorgetragen, so sülzig und gestelzt es eben ging. Jetzt lehnte Tharik an der Theke und genoß das Schauspiel.

»Verjisset Jung! Nömmes is su schel un jeht möt Üsch do eropper. Hasste ne Vuurstellung, wat datt Wäer do uoove im Moment vör Fissematenten maht? Do küttne schlimme Sturm. Isch leech mich liever mot nem opjedriende Uahse an! Watt bis du da vör ne Schennoos? Dat wehs doch ad ne kleene Könk, datt datt ne Driss-Idee is.«

Falstan starrte den Mann noch einige Augenblicke an, dann in die verrußten Gesichter der anderen Männer am Tisch. Schließlich seufzte er und schaute hilfesuchend in Thariks grinsendes Gesicht.

»Er sagt nein, wenn das deine Frage ist. Und wenn ich darauf hinweisen darf: Das werden die anderen hier auch sagen. Du hast den Kerl draußen doch gehört.«

»Es wird doch wohl einen verdammten Einheimischen geben, der sich nicht vor Angst in die Hosen macht! Feige inzestuöse Bande allesamt.«

»Die meinen alle, es käme ein Sturm auf, dabei ist der Himmel total klar, ich versteh das nicht«, grübelte Eliza, als sie sich zu den beiden gesellte. »Ich hab auch schon ein paar gefragt, aber alle haben entweder Angst, da raufzugehen, wollen sich nicht mit diesem Rhaban anlegen oder sind so betrunken, dass sie nicht mal mehr auf einen Stuhl raufkämen, geschweige denn den Weg aus diesem Laden hier finde würden.«

Leises Lachen drang ihnen aus einer Ecke der Kneipe entgegen. Ein Mann von vielleicht zwanzig oder dreißig Jahren saß an einem kleinen Tisch nahe der Theke. Seine Haare waren blond und im Nacken zu einem Zopf zusammengebunden. Auch sein Gesicht war staubverschmiert, doch im Gegensatz zu den anderen Gästen lächelte er der kleinen Gruppe freundlich zu. Oder besser gesagt: Er lächelt Eliza zu, die ihn genauso anstrahlte, froh, endlich ein Gesicht zu sehen, das nicht mürrisch dreinblickt.

»Eine so gute Beschreibung meiner Kollegen habe ich lange nicht gehört, Feldmäuschen.« Wieder lachte er dieses volle, freudige Lachen und deutete auf die restlichen Stühle an seinem Tisch.

»Bitte, setzt Euch doch!«, grinste er sie an.

Tharik wollte schon etwas erwidern, doch Eliza war schneller. Sie drehte sich einen Stuhl herum, nahm rittlings darauf Platz und blickte den Fremden neugierig an. Der Magister, sichtlich von der Dynamik des Moments überrannt, folgte ihrem Beispiel. Thariks Zügen war der Frust deutlich anzusehen, aber offenbar hatte auch er keine Lust, stehen zu bleiben und so nahm letztlich auch er einen der Plätze am Tisch wahr. Einzig Falstan blieb auf den Füßen und hielt sich einen Schritt hinter seinen Gefährten.

»Ihr«, fragte Eliza und spielte dabei mit ihren Haaren, »seid also anders als Eure Kollegen?«

»Die Frage«, entgegnete der Fremde, der noch immer den Blickkontakt mit ihr hielt, »ist doch eine ganz andere. Die Frage ist doch, was macht ein so zartes Pflänzchen auf einem so kargen Fels wie diesem? Wurzeln schlagen jedenfalls kaum.«

»Sie ist in meiner Begleitung hier«, erklärte der Magister schließlich mit heiserem Räuspern. Der Fremde hielt noch so lange Blickkontakt mit Eliza, bis diese lächelnd zu Boden sah, dann wandte er allein die Augen dem alten Mann zu.

»Wir suchen jemanden, der uns auf den Berg führen kann und auch von dort auch wieder zurück. Wir suchen dort … nun, es ist eine Expedition.«

»Aber die anderen Kerle hier sind zu feige. Was wir suchen, ist ein richtiger Held, mit Mut in den Knochen«, erklärte Eliza.

»Ein Held?« Es schien, als würde das Lächeln des Fremden noch breiter. »Ein Held, Feldmäuschen, ist einer, der nach seinem Tod besungen wird. Kluge Männer kehren gesund heim, um sich die Lieder anzuhören.«

»Und was von beidem bist du?« Falstan klang nicht einmal feindselig, doch etwas an seiner Tonlage machte klar, dass er nicht vorhatte, die Nacht mit Säbelfechten zu verbringen.

»Gut, gut«, beschloss der Fremde und wurde dann schlagartig ernst. »Dann eben geschäftlich. Was transportiert ihr?«

»Mich«, erklärte der Magister. »Dazu meine Begleiter. Jene, die ihr seht, keine mehr. Oh, und einen Esel.«

»Einen … Esel?«

»Nun, ja, für den Transport der Instrumente.«

»Plant ihr ein Konzert für die Bergziegen? Ich hab mir sagen lassen, sie sind für zotige Lieder immer zu haben.«

»Nicht doch, junger Mann«, wies der Magister ab, ganz offenbar jede Doppeldeutigkeit ignorierend. »Es geht um Messinstrumente, sehr empfindliche Vorrichtungen, die ich für die Forschung benötige.«

»Auf einem Esel.«

»Nun, ja. Oh, und das Werkzeug natürlich. Schaufeln, Spitzhacken. Drei Töpfe, eine, nein, zwei Suppenkellen –«

»Lasst gut sein. Wann möchtet ihr aufbrechen.«

»Morgen.«

Der Fremde lachte. Laut, roh, unbändig. Dann erst realisierte er, dass es offenbar kein Scherz war. »Vergesst es. Nach dem Sturm wäre schon hässlich, vor dem Sturm ist Narretei.«

»Ich zahle … überaus großzügig«, erklärte der Magister, löste einen imposanten Beutel von seinem Gürtel und warf ihn vor den Fremden. Er landete laut und gut vernehmlich vor ihm; dem Klang der Münzen nach war es eine über alle Maßen gut gefüllte Geldkatze.

»Nein.«

»Hör mal, du unverschämter Bursche«, knurrte Tharik. »Weißt du eigentlich, wie viel Geld das ist?«

»Zu wenig.«

Tharik wollte schon wieder etwas entgegnen, der Magister aber nickte nur. »Nun gut, wie Ihr wünscht. Aus Mangel an Alternativen an diesem tristen Ort … Tharik, sei doch so gut, geh zum Esel und hole die zweite Börse aus der hinteren Tasche. Du weißt schon, die Schwarze, mit dem grünen Rand.«

»Schickt euren Burschen raus, so viel ihr wollt«, erklärte der andere, während Tharik tat, wie ihm geheißen. »Es ändert aber nichts. Mein Leben ist zu wertvoll, um es im Sturm wegzuwerfen.«

»Ihr seht mir aber auch nicht aus wie einer, der faul in einer Taverne verendet«, hakte Eliza nach.

»Ich sag dir was, Kleines. Wartet den Sturm ab und wenn der Schnee wieder unter die Fensterbänke gesunken ist, führe ich euch rauf. Wir machen uns bis dahin hier ein paar schöne Tage, lassen uns einschneien und haben's schön warm.«

Eliza senkte den Kopf, auch, damit er keine Chance hatte, ihre rot glühenden Wangen zu sehen. Der Blick des Fremden aber ging bereits an ihr vorbei, haftete sich an den Tresen. Zwei grobschlächtige Kerle waren neu hinzugekommen, sprachen mit dem Wirt. Der gestikulierte ablehnend und erklärte ihnen etwas, was jedoch bei den beiden erst einmal auf taube Ohren zu stoßen schien. Einer, ein Kerl in rotem Umhang, drehte sich kurz um, als Tharik wieder durch die Türe trat, wandte den Blick aber dann erneut zum Wirt. Falstan, der das Schauspiel auch verfolgt hatte, sah gerade noch zu, dass Tharik unbehelligt mit dem zweiten Beutel voller Silber zu ihnen kam, als hinter ihm der Fremde das Wort wieder ergriff: »Lass gut sein mit dem zusätzlichen Geld.«

Die Irritation war den Reisenden ins Gesicht geschrieben, doch er überging dies einfach. »Ich willige ein.« Und dann, wieder mit diesem Grinsen im Gesicht: »Das Angebot ist einfach zu verlockend.«

Falstan war sich nicht sicher, ob die Augen des Fremden dabei auf Eliza ruhten, oder an ihr vorbei zum Tresen blickten. Nun, der Magister schien zufrieden und willigte schon etwas gestelzt per Handschlag ein. Das sollte ihm vorerst genügen.

5

Die Hufe des Esles bohrten sich in das Erdreich, als er sich mit aller Kraft gegen Thariks Versuch wehrte, ihn auch nur halbwegs in die richtige Richtung zu zerren. Wer könnte ihm das auch verübeln? Es war kalt, nass und zu essen hatte es auch nichts Richtiges gegeben. Und bei der Wahl, noch eine Nacht in einem warmen, gemütlichen Stall zu verbringen oder einen steilen Passpfad emporzuklettern, gewann ganz klar der Stall.

›Störrisches altes Mistvieh …‹, oder etwas in der Art dachte der Esel, als der seltsame kleine Mann fluchend an seinen Zügeln zerrte und und wilde Unflätigkeiten über seine Mutter zischte.

»Jetzt komm schon, du wertlose Missgeburt eines nekanischen Wasserträgers! Depperetes dreistöckiges Wanderscheißhaus! Und wenn ich dich diesen verdammten Berg selber rauftragen muss, du gehst da rauf!«

Um Fassung und Atem ringend ging er um den Esel herum, holte tief Luft und nahm Anlauf …

»Wenn du's so haben willst …!«

202

… und versuchte sein Glück mit viel Schwung am anderen Ende des Tiers. Der Esel verlagerte sein Gewicht, wackelte mit den Ohren und blickte sehnsüchtig zum Stroh hinüber.

»Jetzt mach schooon! Bitte!«, bettelte Tharik beinahe, während er versuchte, das Kräftemessen mit dem 200 Stein schwereren Tier durch nackte Kraft für sich zu entscheiden.

»Beweg dich endlich!« Er schnauft kurz einmal durch und murmelt leise zu sich selbst: »Immerhin sieht uns hier keiner …«

Ein leises Hüsteln ließ ihn mitten in der Bewegung erstarren.

»Probleme?«

»Wir kommen klar. Und was geht dich das überhaupt an?«

Mit hochrotem Kopf warf er einen genervten Blick an dem Esel vorbei. Vor der Stalltür stand mit leicht geneigtem Kopf ihr neu angeworbener Führer. Der zog eine Augenbraue hoch und fragte mit verschmitztem Unterton: »Belästigt dich der Esel etwa? Brauchst du Hilfe?«

»Nee, geht schon, danke«, grummelte Tharik und verschwand wieder hinter dem Tier.

»Ich könnte dir helfen, wenn du magst.«

»Welchen Teil von ›nein‹ verstehst du nicht? Der ist nur – HNNNGH! – ein bisschen – ARGGHHH! MPPPF! – störrisch!«

»Hast du mal …?«

»Verpiss dich!«

Dem Kerl würde er es zeigen! Er sammelte seine letzten Kräfte, stemmte seine Bein gegen die Wand des Stall und spannte seine drahtige Muskelmasse an für einen letzten Kampf des Willens: Mann gegen Esel!

Und sprang ins Leere, als das Tier in genau diesem Moment zwei Schritte nach vorne machte.

Klatsch!

Mit wütenden Grunzen erhob Tharik sich wieder aus Stroh und Schlamm und starrte fassungslos auf den Fremden und das Ding in dessen Hand …

Die Karotte.

Ohne jedes Zögern trottete das dämliche Vieh einfach hinter diesem Arschloch her …

Tharik fehlten die Worte. Treulose Rübe, elende.

6

Als Tharik den Mantel enger um sich zog, fragt er sich gerade noch, ob der Wind tiefer in seinen Leib oder in seinen Stolz schnitt … blöder Laffe … und jetzt musste er den anderen auch noch hinerhertraben als wäre er der Esel … na danke.

Grummelnd ließ er seinen Blick in die Ferne schweifen. Wenn man bedachte, in was für einem Sauwetter sie aufberochen waren, hatten sie schon einen beachtlichen Teil der Strecke zum Gipfel des Berges hinter sich gebracht. Das Schneetreiben setzte ein, kaum dass sie das Lager hinter sich gelassen hatten, hatte nun aber etwas nachgelassen. Hin und wieder brach sogar wieder ein Flecken blauen Himmels durch die Wolken und das Heulen des Windes kam kurz zum Erliegen.

Tharik stutzte.

Am Zugang des Tals, das sie gerade verlassen hatten, blitzte etwas Rotes auf.

Ein Umhang?

Angestrengt starrte er weiter.

Da war doch Bewegung … Eine handvoll Gestalten bewegte sich dort unten langsam den steilen Pfad hinab, den sie selber genommen hatten.

Mühsam kniff er die Augen zusammen, aber in genau diesem Moment beschloss der Wind, seine kurze Pause zu beenden und trieb ihm in eine mit Eiskristallen gespickte Böe ins Gesicht. Er rieb sich den Schnee aus dem schmalem Schlitz über seinem Schal und spähte wieder ins Tal.

Die Schemen waren verschwunden.

»Wartet mal!«, rief er nach vorne.

»Was gibt es?«, brüllte Falstan zurück.

»Ich … Ich weiß auch nicht! Ich glaub uns kommt da was nach! Hab hinten am Passpfad 'n paar Leute gesehen! Könnt schwören, die nehmen denselben Weg!«

»Seid ihr Euch sicher, dass …?«, begann der Magister, wurde aber sofort von ihrem Führer unterbrochen.

»So ein Quatsch!«, rief der und lachte. »Wer könnte schon so dumm und verrückt sein, bei dem Sturm hier rauf zu kommen?« Er ließ einen vielsagenden Blick über die kleine Gruppe wandern und setzte ein strahlendes Lächeln auf. »Anwesende natürlich ausgeschlossen.«

Ein Hauch von Hähme schlich sich in das Lächeln, als er Tharik anschaut.

»Hast wahrscheinlich ein paar Bergziegen gesehen. Von denen gibts hier Hunderte. Brauchst du keine Angst zu haben … auch wenn sie klüger und schöner sind …«

Mit geballter Faust machte Tharik einen Schritt auf den Mann zu. »Ich schieb dir gleich 'ne Bergziege, du blöder Arsch! Ich weiß doch wohl, was ich gesehen hab! Schon mal 'ne Bergziege mit rotem Umhang gesehen? Noch so'n dämlicher Spruch und ich geh zum Schrank!«

»Ist gut, Tharik!« Eliza schob sich zwischen die beiden Streihähne. »Reißt euch bitte zusammen. Der Rest wird hart genug, auch ohne dass ihr euch wie Kleinkinder hier oben prügelt. Jetzt mal ehrlich, er hat Recht, wer außer uns sollte hier raufkommen, wenn er nicht muss? Und bei dem Wetter kann man ja eh kaum was erkennen.«

Sie lächelte ihn müde an, der Aufstieg schien ihr mehr abzuverlangen als den anderen.

»Bist du wieder lieb?«

Fassungslos starrt Tharik sie einen Moment mit immer noch erhobener Faust an.

Ein paar zähe Sekunden später ließ er sie sinken, grummelte leise und stapfte wortlos weiter, nicht aber ohne ihrem Führer noch einen bösen Blick zuzuwerfen. Hatte der nicht eben kurz erschrocken in den Sturm geblickt, bevor sich Eliza eingemischt hatte? Genau in dem Moment, als er das von dem roten Umhang erzählt hatte? So oder so … der Kerl stand spätestens hiermit auf der Liste …

7

Prasselnd schlugen die Flammen aus dem kleinen Feuer im Windschatten der Felsnase. Es hatte sie fast eine halbe Stunde gekostet, den Schnee zur Seite zu räumen und daraus einen kleinen Schutz gegen den immer stärker werdenden Sturm anzuhäufen.

Nervös starrte Falstan in die Dunkelheit hinter ihrer kleinen Schneemauer. Die brabbelnden Alten in der Schänke hatten leider mehr Recht gehabt, als es ihm lieb gewesen wäre.

Seid ihrem Aufbruch schneite es fast ununterbrochen und auch der Wind schien zu einem ausgewachsenen Sturm werden zu wollen. Wenn das so weiterginge, würden sie es wohl nicht mehr vom Berg hinunterschaffen, aber er behielt diese Gedanken noch für sich, während er seine Gefährten musterte, die sich zu einem wärmenden Haufen am Feuer zusammengerollt hatten. Er lächelte und blickte wieder in die sturmumtoste Nacht. Wenigstens gab es hier oben keine wirklichen Raubtiere. Bei dem Wetter würden sogar die Trolle in ihren Höhlen bleiben und wenn er den Geschichten seiner Großmutter glauben konnte, würden das kleine geweihte Speckstein-Schaf und die Harpyenfeder um seinen Hals solches Getier wie Schneeelfen und Frostgeister fernhalten. Leise murmelte er noch ein kleines Gebet, lockerte zum gefühlt hundertsten mal sein Schwert in der Scheide, um sicher zu sein, dass es noch nicht festgefroren war und schmauchte noch in aller Ruhe seine Pfeife zuende, bevor er zu Eliza hinübertrat. Er überlegte sich es dann jedoch anders und weckte Tharik mit einem sanften Stoß in die Seite.

»Mmmh?«, murmelte der verschlafen.

»Werd' mal wach, du bist mit Wache dran. Ich lass' die Kleine schlafen.«

Schlaftrunken grummelnd wühlte sich Tharik aus seinen Decken. Kaum auf den Füßen, drückte ihm Falstan auch schon sein Schwert in die Hand.

»Was soll ich denn damit?«

»Schadet nicht. Falls sich doch etwas Hungriges bei dem Wetter hierher verirrt, hat die einzige Wache besser was Scharfes in der Hand. Gib's mir nur morgen zurück und mach keinen Unsinn damit.«

Während Tharik das Schwert noch wie eine tote Feldmaus in seinen Händen betrachtete, krabbelte der dicke Mann unter die Decken. »Viel Spaß.«

»Mhhm. Danke …«

Immer noch nicht richtig wach, kuschelte er sich wieder ans Feuer. Was für eine Saukälte! Da half nur eines. Er fummelte unter seinem Mantel eine Flasche hervor, entkorkt sie mit den Zähnen und spülte die Kälte mit einigen Schluck herunter. Kurz noch eine Pfeife gestopft und schon konnte die Wache beginnen. So ließ es sich ertragen, dachte er leise vor sich hin und stierte noch eine Weile ins Feuer, während wohlige Wärme seine Sinne benebelt.

Er blinzelt nur einmal kurz …

Wirklich nur ganz kurz …

Und plötzlich war es fast dunkel. Das Feuer war bis auf einen kleinen Haufen Glut heruntergebrannt, aus dem nur hin und wieder noch kleine Flammen schlagen. Erschrocken sah er sich um.

Das Erste, was er bemerkte, war Eliza, die sich noch näher an die sterbende Glut herangerollt hatte und zitterte wie Espenlaub. Ein leichter Schimmer von Raureif lag in ihren Haaren und kleine Wolken aus Dampf bildeten sich bei jedem Atemzug vor ihrem Mund. Direkt neben ihr lag Falstan, sich unruhig im Schlaf hin und her wälzend. Wahrscheinlich träumte er wieder schlecht. Ein Blick nach links. Der Magister schlief wie immer wie ein Stein, der manchmal ein leises Schnorcheln von sich gab. Am Rande des letzten Feuerscheins zeichnete sich die Silhouette des Esels ab.

»Ach, kacke. Na immerhin wurde keiner gefressen …«

Er stand auf und machte sich auf zu dem großen Paket mit Feuerholz und Kohle, um das Feuer wieder in Gang zu kriegen. Er lud sich einige große Scheite auf und stolperte zurück zum Feuer, das Schwert schlackerte ihm ständig zwischen die Beine.

Gerade hatte er alles auf das Feuer geworfen, als ihm eine böse Ahnung kam. Ganz langsam drehte er sich um und starrte für einen Moment auf die leere Schlafstätte, über die er gerade gelaufen war und in der eigentlich ihr Träger schlafen sollte …

»Oh. Kacke.«

Knirsch.

Knirsch.

Knirsch.

Das kam aus der Dunkelheit vor dem Lager.

Tharik erstarrte mitten in der Bewegung. Leicht panisch wandte er sich zu Falstan, um ihn zu wecken. Dabei streifte sein Blick das fast erlosche Feuer und die zitternde Eliza und seine Gesichtszüge erstarrten. Kurz zögerte er. Einen unterdrückten, saftigen Fluch später versucht er, möglichst leise an der kleinen Schneemauer vorbei zu spähen.

Da! Einer der neuen Scheite hatte Feuer gefangen und in seinem Schein ließ sich eine Gestalt erkennen, die sich geduckt die Felswand entlang dem Lager näherte. Thariks Finger spannten sich um den Griff des Schwertes.

Wie eine Katze schlich er vor bis zur Kante ihres improvisierten Windschutzes und drückte sich in die Schatten. Sprungbereit ging er in die Knie. Die Schritte kamen näher.

»Trau dich nur ...«, dachte er sich, als eine dunkle Gestalt durch die Öffnung im Mäuerchen geschlichen kam. Halb geduckt.

Mit einem Schrei stieß Tharik sich ab und katapultiert sich aus seinem Versteck. Noch im Sprung griff er zum Schwert und riss mit voller Wucht daran, um es in den Leib des Fremden zu treiben.

Der Schatten zuckte erschrocken zusammen und hob die Hände.

In diesem Moment lernte Tharik zwei Dinge:

Eis ist glatt. Und wenn man mit Schwung an etwas zieht, muss es sich noch lange nicht bewegen ...

Tharik schrie immer noch, als sich sein Gesicht schon in den Schnee zu Füßen des anderen gebohrt hatte, eine Hand noch am Griff des Schwertes, welches wohl schon vor Stunden rettungslos in der Scheide festgefroren war.

Laut fluchend rappelte er sich wieder auf, die Fäuste kampfbereit erhoben, schneespuckend.

»Komm her du Drecksau!«, schrie er dem Ankömmling entgegen. »Ich mach dich fertig!«

Seine wütende Miene verlor etwas Wirkung durch den Klumpen Schnee in seinem Bart.

Ein immer stärker werdendes Zittern lief durch den Schatten und erst nach ein paar Sekunden wurde Tharik klar, was passierte.

Der Bastard lachte!

»Was soll denn das für eine Vorstellung werden? Tu dir nicht weh, Eselchen ... und sei bitte leise ...«, sprach der Schatten und streckte eine Hand aus. Er machte ein paar Schritte auf Tharik zu und langsam erhellte der Schein des Feuers die Züge ihres Trägers.

Das war's!

Wütend schlug Tharik die Hand zur Seite.

»Leise? LEISE?!« Das zornige Beben seiner Stimme wurde von den Hängen rings umher hin und her geworfen. Etwas Schnee rieselte von einem der Vorsprünge über ihnen hinab.

Der Träger hob beschwichtigend die Hände.

»Sei bitte still, da …«

»Ich geb dir gleich ›Still‹, du aufgeblasener Saftsack! Und 'nen Schlag in die Fresse gibts gleich ma' gratis dabei! Hast du 'se eigentlich noch alle hier so rumzuschleichen?! Hätt' dich fast kalt gemacht, du Hohlbirne. Und was läufst du überhaupt um die Zeit hier rum? Da soll dich doch der Glutwurm holen, du ausgemergelter Höhlentroll!«

… troll

.. roll

.oll

… schallt es aus dem Tal zurück.

»Halt die Klappe, du tumber Trottel! Wir sind nicht alleine auf dem Berg.« Der Träger deutete zurück in die Richtung, aus der er gekommen war. »Jemand folgt uns.«

Thariks Augen wurden groß und er dreht sich hektisch zum Wall, um einen Blick ins Tal zu werfen. Unter ihnen, noch am Anfang des Passes, aber doch beunruhigend nah, zog sich eine kleine Kette aus Flämmchen den Weg hinauf. Fackeln.

Er ballt die Fäuste und dreht sich mit funkelnden Augen um.

»Du wußtest, dass …«

»Was ist hier los? Welchen Grund hat dieses Geschrei?«, rasselte die Stimme des Magisters durch die Nacht. Mühsam erhob sich der alte Mann und trat zu den beiden Streithähnen.

»Also bitte. Ich verlange zu erfahren, was hier vor sich geht.«

Tharik zeigte trotzig auf ihren Träger.

»Dieser stinkende kleine …«

»Wir müssen hier sofort weg, Magister«, unterbrach der andere ihn. »Irgendjemand verfolgt uns und sie sind schon fast hier oben angekommen. Wer auch immer das ist, führt bestimmt nichts Gutes im Schilde, wenn er um dieses Zeit hier oben rumkraxelt.

Und hier sitzen wir alle mitten auf dem Präsentierteller. Wir müssen hier sofort aufbrechen oder kriegen ein Riesenproblem.«

»Seid ihr Euch sicher? Vielleicht sind es nur einfache Reisende oder Forscher wie wir?«

Inzwischen war Unruhe ins Lager gekommen. Auch Falstan und Eliza waren durch die Schreierei wach geworden und rieben sich verschlafen blinzelnd die Augen.

»Bitte Magister, niemand besteigt mitten in der Nacht einen Berg, wenn er nicht etwas jagt oder etwas verstecken will. Vielleicht sind das Schmuggler, Räuber, Trolljäger oder was anderes in der Liga, aber mit nichts davon wollen wir uns anlegen, glaubt mir.«

Grübelnd fuhr sich der Magister mit einer Hand durch den Bart, während Thariks Blicke den Schnee zum Schmelzen brachten.

»Ihr habt vielleicht Recht. Immerhin kennt ihr diese Berge. Es mag mir nicht recht gefallen, aber nun gut, so soll es sein. Wir suchen ein anderes Lager, abseits des Weges dieser Gesellen und warten dort den morgigen Tag ab. Packt zusammen.«

»»Aber …«, meldete sich Tharik.

»Ihr habt gehört, was ich sagte, guter Mann. Eile ist geboten und in Eile soll gehandelt werden. Husch, husch!«, und wedelte beiläufig mit seiner Hand, während er schon wieder abwesend seinen Blick übers Tal wandern ließ.

8

Die volle Wucht des Sturms hatte sie schneller eingeholt als erhofft. Stundenlang zogen sie nun schon die Flanke des Berges hinauf im schwachen Schein ihrer Laternen, den Abbrüchen und Gletscherspalten ausweichend, die ihrer Reise ein jähes Ende bereitet hätten. Mehrmals musste Falstan sie über andere, schwierigere Pfade führen, um den Weg über unsichere Schneebretter und brüchige Felsen zu vermeiden. Dann, kurz bevor sie dass Plateau zwischen den Zwillingsgipfeln des Berges erreichten, kam der wirkliche Schnee.

Sie hatten ein paar Mal versucht, ihr Tempo zu drosseln, auch weil der Magister und Eliza am Ende ihrer Kräfte waren. Mit einem alten Mann, einem jungen Mädchen und einem vollgepackten Esel mitten in der Nacht in dieser Eishölle zu klettern, war purer Wahnsinn.

Jedes Mal jedoch, wenn sie sich abseits des Weges einen geschützen Ort gesucht hatten, um die Nacht zu verbringen, tauchten schon bald wieder hinter ihnen die bösen Augen der Fackeln auf. Und langsam wurde ihnen eines bitter klar:

Hier suchte niemand Obdach vor dem Sturm, dies waren auch keine Forscher.

Dies war eine Jagd.

Und sie die Beute.

9

Sie hatten nur eine kurze Rast eingelegt und auch seine Kräfte waren schon fast am Ende, als Falstan seinen Fuß auf die Kante des Plateaus setzte. Neben ihm taumelte Eliza. Sie war still geworden und tapste nur noch mechanisch hinter ihm her. Egal wie es weiterging, lange würden sie nicht mehr durchhalten in diesem Wetter, falls sie nicht einen sicheren Unterschlupf finden konnten. Keine Chance, hier auf diesem Eisfeld. Wenn überhaupt blieb ihnen nur der Weg zu einer der überhängenden Felswände am Fuß der Gipfel. Bevor der Schnee wieder eingesetzt hatte, waren dort einige Felssäulen im Licht des Mondes zu erkennen gewesen. Mit etwas Glück, würden sie sich dort eine Weile verstecken können, um wieder zu Kräften zu kommen.

»Kommt!« Falstan schaute Tharik an und legte einen Arm um seine Nichte. »Wir müssen es bis dort vorne schaffen. Da können wir uns verschanzen und mit etwas Glück finden sie uns in dem Schnee nicht mehr.«

»Verschanzen? Das ist ein Berg! Wie sollen wir das denn machen? Schnitzt du kurz ein Fort aus dem Stein?«

Müde schaut er seinen alten Reisegefährten an.

»Stell bitte einfach dein Gemotze ein, ja? Ich kann das nicht mehr hören und wir haben einfach keine Zeit mehr dafür.« Damit drehte sich Falstan wieder um und marschierte weiter.

»Aber ich wollte doch nur … ach vergiss es.« Brummelnd rannte er ein kurzes Stück hinter den beiden her, nicht ohne dem Träger noch einen »sag bloß nix«-Blick zuzuwerfen, schlang seinen Arm um Elizas andere Seite und halfwortlos mit, sich durch den Schnee zu quälen.

10

Niemand sprach mehr, bis sie die hohen Säulen aus massivem Stein erreicht hatten, die sich in einem Bogen an die Seite der Felswand schmiegten. Anscheinend hatten hier die Jahrtausende den harten Kern des Berges herausgeschält. Hier war der Wind etwas schwächer, abgefangen vom mächtigen Schatten des Gipfels, und auch der Schnee fiel nur noch rieselnd, während der Rest des Plateaus aus weißem Tosen bestand. Schwer rollten die Wolken und verschlangen auch noch das letzte Licht des schon niedrig hängenden Mondes. Es war dunkel geworden und Hydracors Blick weilte an einem anderen Ort. Doch noch während sich die kleine Gruppe an die Arbeit machte, mehrere Schneewälle aufhäufte und ein kleines, geschütztes Feuer entzündete, dräute am Horizont schon das Versprechen auf einen baldigen Morgen und färbte das Eis im zarten Ton der blauen Stunde.

Der Esel schnaubte, als der Träger ihn in den improvisierten Ringwall führte. Er war froh, endlich seine schwere Last abladen zu können. Kiste um Kiste wanderte unter einen kleinen, halbwegs trockenen Vorsprung. Feuer. Schlaf. Etwas zu essen. Das würde ihnen allen guttun. Auch der Träger war froh um die Pause. Die Beinverletzung, frisch verheilt war sie gewesen, hatte unter den Strapazen wieder zu schmerzen begonnen. Wäre der Verschlag viel weiter weg gewesen, hätte er es vor den anderen nicht mehr verbergen können. Nervös warf der Mann noch einen Blick in den Schneesturm. Umsonst. Man sah da draußen ja kaum die Hand vor Augen. Vielleicht hatten sie ja tatsächlich Glück und ihre Verfolger hatten sie verloren.

Müde lehnte er sich gegen den Esel. Wirklich eine seltsame Bande, die er hier her begleitet hatte. Der alte Mann sah nach den Kisten. »Achtung«, »Zerbrechlich«, »Vorsicht« hatte man darauf geschrieben. Darin war nur wertloser Plunder. Seltsame Messinggeräte, Linsen und Lupen, Schreibkram. Spaten, eine Spitzhacke. Nutzloser Ballast. Er schüttelte den Kopf.

Anscheinend hatte der weltfremde alte Narr wirklich keine Ahnung, in was für einer Gefahr sie schwebten. Er selbst hätte den ganzen Schrott schon längst entsorgt. Sein Blick wanderte weiter über den Rest der Gruppe. Tharik und Falstan hatten sich zu Eliza ans Feuer gesetzt und kochten aus Schnee und Gemüse eine dünne Suppe für das Mädchen. Schon seltsam, wie fürsorglich die beiden sein konnten, wenn es um die Kleine ging. Empathie war ja sonst nicht gerade die hohe Schule der beiden. Ein dünnes Lächeln zog sich über sein Gesicht und er gab dem Esel einen aufmunternden Klaps.

Falstan erhob sich mit zwei Schüsseln und kam auf ihn zu.

»Hier, iss etwas Warmes. Wir werden unsere Kräfte noch brauchen.«

Er reichte ihm die Schüssel und zog wie beiläufig kurz sein Schwert aus der Scheide, nur um es wieder zurückzustecken.

»Auch wenn ich hoffe, dass wir ab hier unsere Ruhe finden. Was meint ihr, werden die uns hier aufspüren können?«

Ein Zischen. Scheppern. Und wie zur Antwort trudelte nur wenige Meter neben dem Feuer ein Holzstück zu Boden. Erschrocken sprang Tharik auf und griff danach.

»Was ist das denn für ein …«

Zischen. Scheppern.

Diesmal rauschte etwas direkt an ihm vorbei und prallte vom Felsen ab.

»Bolzen!«, schrie er. »Die schießen auf uns!«

»Alle in Deckung!« schrie Falstan und warf sich hinter eine der Säulen. Auch die anderen krochen hinter Kisten und Felsen. Tharik krabbelte auf seine eigene Armbrust zu und begann, sie zu spannen.«

»Wieviel Munition hast du noch?«

»Frag nicht!«

»Wieviel, verdammt nochmal?!«

»Fünf.«

»Ernsthaft? Wir sitzen hier in der Falle und haben noch fünf Bolzen?«

Leise weinend drückte sich Eliza fester an Falstan, als ein weiterer Bolzen aus dem Schneetreiben heranzischte und an den Felsen um sie herum abprallte. Der dicke Mann legte kurz den

Arm um sie, löste sich dann aber wieder und presste sich an eine der Felssäulen, die an der Kante ihres Unterschlupfes meterhoch in den wirbelnden Schnee aufragten. Vorsichtig lugte er um die Kante, doch kaum, dass er seinen Kopf um die Ecke gesteckt hatte, zuckte er bereits wieder zurück, denn schon schlug das nächste Geschoss einige Meter neben ihm in die Säule ein.

»Hoh! Die schießen also erst, bevor sie fragen. Unser Glück, dass sie bei dem Wetter so schlecht treffen.«

»Was wollen die Kerle denn nur von uns?«, schluchzte Eliza.

Der Magister erhob sich auf die Knie und krabbelte zu den anderen herüber.

»Mir scheint es, als hätten noch andere Parteien Interesse an den Ergebnissen unserer kleinen Exkursion gefunden.«

Er warf einen eigentümlichen Blick zu Tharik und dem Träger hinüber, die an einem kleinen Vorsprung geduckt versuchten, einen ihrer Verfolger ins Visier zu bekommen.

»Ich muss mir allerdings die Frage stellen, aus welcher Quelle sie überhaupt von unserer Anwesenheit wissen.«

»Kunststück«, knurrte Tharik in seine Richtung, ohne die Schneewehen unmittelbar vor ihm aus dem Auge zu lassen. »Wir reiten ja nur in einem Karren voller Schaufeln durchs Gebirge und der werte Herr erzählt jedem, der es nicht hören will, von seinen ach so tollen *aschelotischen* Erfolgen. Und wer weiß, was die Kleine noch alles erzählt hat, wovon wir nichts wissen!«

»Jetzt reichts aber!«, knurrte ihm Falstan entgegen und rückte etwas näher an Eliza heran.

»Ach halt's Maul, fetter alter Bock. Ich mein' doch nur, dass wir uns alle verplappert haben könnten. Oder das sind einfach nur einfache Banditen, die auf unsere Sachen aus sind und uns für leichte Beute halten. Aber wir sind keine leichte Beute ihr verkrüppelten, ziegenliebhabenden Rübenlutscher!«, schrie er plötzlich, sprang auf und feuerte einen Bolzen in die Richtung ihrer Angreifer, der prompt von der nächsten Böe weggerissen wurde.

Der Träger schaute ihn skeptisch an und warf dann einen Blick in den Bolzenköcher.

»Da waren's dann noch vier.«

»Na immerhin fühl ich mich jetzt besser!«

»Wenigstens einer.« Eliza klang resigniert, erschöpft. Alle warfen ihr besorgte Blicke zu. Sogar der Magister schien beunruhigt zu sein. So kannten sie das Mädchen nicht. Von der frechen Göre, die zu allem ihren Senf dazugab und der wirklich nichts die Laune verderben konnte, war kaum noch etwas übrig. Stumpf brütend und zitternd starrte sie ins Feuer.

»Jetzt hab dich nicht so, Mädchen, wir …«

»Psssch!«, unterbrach ihn Falstan, der einen Finger vor die Lippen hob und angestrengt zu lauschen schien.

Alles erstarrte. Eine neue Stimme hatte sich unter das Heulen des Sturm gemischt. Schwach und bruchstückhaft war die Stimme eines Mannes zu hören, der irgendetwas zu ihnen herüberschrie.

»… gebt … ganz heraus … lebend wieder … Berg …«

»Was will er?«

»Verdammt noch eins, ich versteh den Kerl nicht!«

Eliza sprang plötzlich auf. »Wenn … wenn wir ihm geben was er will, vielleicht lässt er uns dann einfach gehen.«

»Das glaube ich nicht, Feldmäuschen«, sagt der Träger »Das ist nicht die Art von Leuten, die einfach weggehen, wenn sie jemandem auch das letzte Kupfer aus der Tasche schneiden können. Ich meine, bei den Schwestern, die sind uns auf diesen verdammten Berg gefolgt, obwohl sie auch einfach unten hätten warten können, bis ihr wieder runterkommt. Und was könnten wir ihnen schon geben? Schaufeln? Dieses hässliche Messingmobilee?« Er deutete auf das Vermessungsgerät.

Eliza drehte sich zu der Öffnung herum. »Aber vielleicht wollen sie einfach nur …«

Die nächsten Momente vergingen wie in Zeitlupe.

Es war, als hielte der Berg für einen Moment den Atem an. Der Sturm ebbte für den Bruchteil einer Sekunde ab und der Schütze, der auf die kleine Gruppe anlegte, war für diesen Moment klar zu sehen. Ein schmaler, junger Mann mit einem kantigen, für seinen Körper zu groß geratenen Kinn und struppigen Haaren. Er war in einen roten, pelzverbrämten Mantel gekleidet und trug eine moderne Armbrust, eine schöne Waffe mit goldenen Intarsien, ebenso wie der Bolzen, der sich in diesem Moment davon löste. Langsam und gemächlich trieb er an den Schneeflocken vorbei und auf Eliza zu. Kurz stand die Zeit still, um dann mit einem

Schlag wieder ihrem gewohnten Gang zu folgen. Lautlos wie eine Schneeflocke sank die junge Frau zu Boden, den Bolzen bis zum Schaft in ihrer Schulter begraben.

11

Mit einem panischen Schrei stürzte Falstan zu seiner Nichte

»Eliza!«, schrie er mit tränenerstickter Stimme und versuchte verzweifelt, ihr Blut daran zu hindern, den Schnee zinnoberrot zu färben. Er griff nach dem Bolzen und begann zu ziehen. »Jetzt helft mir doch!«

»Hör auf an dem Ding rumzuzerren! Du bringst sie um! Du musst den Bolzen in der Wunde lassen, sonst verblutet sie dir.« Tharik und der Träger zogen Falstan von der Verwundeten weg.

»Magister, könnt Ihr irgendetwas tun?«

»Wartet ... Ich könnte möglicherweise ...«

»Jetzt macht schon! Die kleine verblutet uns hier!«

Plötzlich schaute der Magister erschrocken und zum ersten Mal seit Stunden klärte sich sein Blick, als würde ihm erst jetzt wirklich der Ernst der Lage bewusst. Nervös wrang er die Hände.

»Also ... ich ...« Er atmet durch.

»Also gut.« Er deutet vage auf die Kisten und ließ sich auf die Knie neben Eliza nieder. »Bringt mir meine Tasche! Ich werde sehen, was ich hier tun kann. Aber ich brauche Zeit. Zeit und Rotdüschelwurz! Nun los!«

Falstan beugte sich vorsichtig hinter der Säule hervor und versuchte, einen Blick auf ihre Verfolger zu erhaschen.

»Das funktioniert so nicht. Wir müssen hinter diese Schweine, aber wenn das klappen soll, müssen wir irgendwie hier raus. Wir sitzen auf dem Präsentierteller, solange die uns umzingeln. Die sehen jeden unserer Schritte und wir starren nur in diesen niederhöllischen Schnee!«

»Nach dir.«

»So hab ich das nicht gemeint, aber irgendwas müssen wir doch ...«

»Ich gehe.«

Falstan schaute überrascht zu Tharik auf und sah dort ein Spiegelbild seiner eigenen Verwunderung.

Es dauerte einen Moment, bis ihm klar wurde, wer da gesprochen hatte und wandte sich ungläubig dem Träger zu.

Irgendetwas in seinem Gesicht hatte sich verändert. Das leicht spöttische Grinsen, das er seit ihrer Abreise auf dem Gesicht trug, war wie weggewischt. Seine ganze Körperhaltung wirkte gespannter, sicherer, stärker, als er sich aus seiner Deckung hinter dem Felsgrat erhob und Eliza anschaute. Müde strich er über seine Augen. Schuldbewusst.

Er schien noch einen kurzen Moment zu überlegen, bevor er zu einem Entschluß kam.

Jetzt lauter sagt er wieder: »Ich gehe.«

Wütend sprang Tharik auf.

»Was für 'ne tolle Idee! Und auf dem Rückweg bringst du den Zwergenkönig und seine Leibwache mit oder was?« Jetzt schreit er. »Du wertloses Stück Fleisch willst dich doch nur aus dem Staub machen! Aber nix da! Wenn, dann hau ich ab, ich werd hier nicht verrecken.«

Er machte ein paar schnelle Schritte auf den Mann zu und versuchte ihn am Kragen zu packen … um sich Sekunden später mit dem Gesicht im Schnee wiederzufinden. Blitzschnell hatte sein Gegenüber sein Handgelenk gepackt und sich ruckartig um die eigene Achse gedreht. Ein wirbelnder Fußtritt erledigt den Rest und Tharik lag benommen im Schnee, den Fuß des Fremden auf der Brust.

»Sei kein verdammten Idiot, Eselchen!«

Er nahm den Fuß von Thariks Brust, der ihn nur noch hasserfüllt anstarrte, und machte ein paar Schritte zurück. Er atmete tief ein und schüttelte langsam den Kopf.

»Ihr versteht das nicht. Denen sind eure Forschungen völlig egal. Die suchen … die suchen mich.«

»Sag das nochmal …«

Falstan zischt die Worte zwischen zusammengepressten Zähnen heraus. Seine Miene war weiß vor Zorn und die Hand griffen zum Schwert.

»Es … es tut mir leid. Ich hätte nicht gedacht, dass sie so weit gehen würden. Es hätte doch keiner wissen können, dass sie mich in diesem Loch am Ende der Welt finden würden und dann auch noch so dumm sind, hier rauf zu kommen. Ich dachte, sie würden auf mich warten oder die Sache einfach auf sich beruhen lassen. Ehrlich, es tut mir Leid. Ich wollte doch nicht, dass es so weit kommt!«

Der Magister schaute zu Falstan auf und hob einen blutigen Finger.

»Bleibt ruhig, mein Gutester.«

Er schaute den Träger einen Moment mit schmalen Augen eindringlich an.

»Und doch bleibt es eine nicht zu ändernde Tatsache, dass unser kleiner Stern von unseren Verfolgern schwer verletzt wurde und diese Nacht vielleicht nicht überstehen wird. Ein Schicksal, welches wir alle teilen werden, wenn ich die Zeichen richtig deute. Und das, so scheint es, allein durch Eure Schuld. Ihr habt uns getäuscht und belogen und wir werden unsere Gutgläubigkeit scheint's mit dem Leben bezahlen. Ein Ende, welches mir wenig erstrebenswert erscheint. Ich will ehrlich zu Euch sein: Es interessiert mich nicht, welchen Hader ihr mit diesen Gestalten pflegt. Ich denke jedoch, dass es an Euch ist, diesen zu beenden oder eine andere Lösung zu finden. Unser Tod wird Euch nicht aus dieser Lage befreien, aber wenn Ihr ein Mensch seid, können wir vielleicht noch etwas retten. Was also gedenkt Ihr, kann getan werden um uns aus dieser Lage zu befreien?«

Bei jedem Wort des Magisters verhärteten sich die Züge des Fremden ein wenig mehr und er wickelte sich fester in seinen Mantel, als der Wind wieder stärker wurde und eine eisige Böe durch ihr kleines Versteck pfiff.

»Lass mich mit deinen Monologen in Frieden, Väterchen. Ich hab mich längst entschieden.«

Er zog die Kapuze über den Kopf und noch bevor einer der anderen auch nur zu Wort kommen konnte, schnappte er sich seinen Rucksack, sprang über ihren kleinen Wall und rannte an der Felswand entlang ins tosende Treiben des Sturms. Er hielt kurz inne, blickte einen winzigen Moment zurück, lächelte traurig, zog sich die Kapuze vom Kopf und stieß einen hohen, trillernden Pfiff aus, bevor er – in Richtung ihrer Belagerer winkend – vom tosenden Sturm verschlungen wurde. Weitere Bolzen verschwanden im Schneetreiben, keiner in gefährlicher Nähe des Mannes.

Es wurde still.

Totenstill.

Nur der Wind wehte über dem angehaltenen Atem der Verbliebenen. Der Atem des Berges über einem kalten Grab.

12

Und plötzlich geschah ... nichts.

Tharik war der Erste, der sich hinter seiner Säule hervortraute. Mühsam blinzelnd starrte er in den Schnee. Nichts. Noch fast eine halbe Stunde regte sich fast niemand. Nur das kurze Murmeln und Kramen des Magisters unterbrach das Schweigen. Inzwischen hatte er den Bolzen aus Elizas Schultern entfernt und das Mädchen war erschöpft am Feuer eingeschlafen.

Mit einem Mal gab es ein donnerndes Krachen vom Rande des Plateaus! Eis knirschte und splitterte und selbst die Erde unter ihren Füßen begann zu beben. Einige Sekunden dauert das Rumpeln, dann war alles wieder still.

»Was bei Furathas fettem Euter war das denn?«, entfuhr es Tharik. »Das klang ja, als wäre der halbe Berg eingekracht.«

»Eine Lawine, will ich meinen«, antwortet der Magister leise.

»Meint ihr, sie sind ...«

»Ich weiß es nicht. Aber es steht zu hoffen, auch wenn ich mich des Gedankens schäme. Warten wir noch eine Weile ab. Wenn der Sturm sich gelegt hat, werden wir mehr wissen.«

Still nahmen alle am Feuer Platz und vertilgten die Reste der Suppe. Schließlich legte Tharik noch seine Armbrust hinter sich, zündete eine Pfeife an und begann zu schmauchen. Der Sturm hatte inzwischen etwas von seiner Wut verloren und der Schnee rieselte nur noch herab, erhellt von den ersten Sonnenstrahlen des neuen Tages.

»Na dann hoffen wir mal das Beste.«

Ein scharfes Atmen zog sofort wieder ihre Aufmerksamkeit auf sich. Eliza hatte die Augen aufgeschlagen und ein dünnes Lächeln lag auf ihren bläulichen, zitternden Lippen.

Falstan sprang sofort auf. »Kleines! Geht es dir wieder gut?«

Mühsam brachte sie ein knappes Nicken zustande und ihr Lächeln versuchte, aufmunternd zu erscheinen.

»Sehr schön! Das freut mich. Und wenn das so bleiben soll, werft ihr jetzt eure Waffen weg, gebt mir euren Esel, Proviant und 'ne Decke und keinem passiert was!«

Mit diesen Worten trat ein junger Mann aus dem Schneetreiben heraus. Die Überreste seines roten Mantels leuchteten in der aufgehenden Sonne. Er humpelte auf die kleine Schar zu. Er wirkte verwundet und Schrammen zogen sich über sein ganzes Gesicht. Blut aus einer Wunde am Kopf hatte seine blonde Mähne verklebt und schien mehr gefroren als geronnen. Trotz seiner versehrten Erscheinung bewegte er sich voller Selbstbewusstsein in das Lager, seine Arbrust angelegt und auf das verwundete Mädchen zielend.

»Tut was ich sage. Es gab schon genug Verluste wegen diesem Bastard ...«

Dieser Mann war es gewohnt, zu bekommen, was er will.

Anders als Tharik ...

»Genug Verluste, soso. Hast du hängengebliebene Nachttopfspülung eigentlich eine Ahnung, was ich für eine Woche hatte?« Was als leises Zischen begann, steigerte sich schnell zu einer wüst in den Wind geschrienen Hasstirade. »Mir ist Scheißegal, was du willst oder nicht. Ich werde nicht auf diesem schwesterverfluchten, schneeverseuchten Berg in die Fluten gespült. Ich will in einer mit Huren vollgestopften, siffigen und preiswerten Kneipe sterben und nirgendwo sonst, gerissene Sehne verdammt! Und wenn da so ein stinkender, arroganter Sitzpisser in feinem Zwirn auftaucht und was von mir will, nachdem er meine Freunde angegriffen und uns in diesen riesen Haufen verschneiter Scheiße getrieben hat, dann KANN ER MICH MAL!«

Völlig überrascht von Thariks brachialer Erwiderung starrte der Mann, die Armbrust noch auf Eliza angelegt, auf den gefiederten Schaft, der plötzlich aus seiner Brust ragte.

»Du willst unseren Kram?! Da haste!«

Ohne einen Laut stürzt der Angreifer nach hinten über.

»Arschgeige.«

Tharik hob seine, beim Brüllen verlorene Pfeife aus dem Schnee auf, klopfte sie ab und steckt sie sich in den Mund. Dann setzte er sich wortlos wieder ans Feuer, unter den entsetzten und staunenden Blicken seiner Gefährten.

»Ist noch Schnaps da?«

13

Sie sprachen nur wenig, während sich die Sonne langsam zum Zenit vorarbeitete, um das Schneetreiben von einer anderen Stelle zu beleuchten. Das traurige kleine Feuer hatte sie in ihrem kleinen Lager vor dem Erfrieren bewahrt, aber trotzdem war der Anblick der kleinen Gemeinschaft, die sich da unter ihren Decken aneinander und an den Esel kuschelte, ein zittriger und trauriger. Erst als der Sturm kurz vor Mittag seine letzte Kraft an der Flanke des Berges verschwendet hat, kam auch der Schneefall zum Erliegen.

Stille lag über dem Berg und erst allmälig wich die bittere, schneidende Kälte des Schneesturms. Die ersten wirklichen Sonnenstrahlen wärmten die dunkle Felswand ein wenig auf.

Falstan warf noch einen mageren Scheit auf das Feuer, während er ihren kleinen Kessel darüberhängte und ihn mit Schnee füllte. Eine Tasse Tee würde ihnen allen guttun. Er kletterte auf ihre kleine Mauer und für einen Moment tauchte ein warmes Lächeln auf, das sofort wieder weggewischt wurde.

Sie hatten Glück gehabt, wenn man das so nennen wollte. Diesmal.

Kopfschüttelnd verließ er den Halbkreis der Säulen, die ihnen Schutz geboten hatten. Kaum als er auf das Plateau hinausgetreten war, klappte ihm der Unterkiefer herab. Der gegenüberliegende Berghang war … weg.

Nur leicht angepuderter dunkler Fels glänzte dort, wo gestern noch ein riesiges Gletscherfeld gehangen hatte. Das also hatten sie gehört, gestern. Es war ein Wunder, dass ihr ›Gast‹ von gestern Abend es überhaupt lebend zu ihrem Lager geschafft hatte. Aber eines war sicher: Außer ihnen gab es kein lebendes Wesen mehr, um das man sich Sorgen machen musste.

Beruhigt ging er zurück zum Lager.

Der Schnee leuchtete hell und blendend und er kniff die Augen zusammen, um überhaupt richtig zu sehen. Mit etwas besserer Laune trat er um die vorderste Säule neben ihrem Schutzwall wieder in ihr Lager.

Und erstarrte.

Am Feuer saßen der rauchende Tharik und der Magister, jeder

eine Tasse in der Hand, während die Kleine noch unter einem Stapel Decken begraben lag.

»Was schaut ihr so?«, fragte der Magister und hielt ihm eine weitere Tasse entgegen.

Auch Tharik schaute inzwischen vom Polieren und Fetten seiner neuen Armbrust auf. Ein wunderschönes modernes Ding mit goldenen Intarsien.

»Is wat?«

Wortlos hob Falstan eine Hand und deutet auf die Felswand an der Rückwand des Lagers, während er ein paar Schritte zurück machte.

Irritiert schauten sich die anderen an, schauten hoch und dann wieder zu Falstan.

Tharik stand auf, legte die Armbrust beiseite und marschierte auf Falstan zu.

»Jetzt sag aber mal! Hast du was auf den Kopf gekriegt gestern? Oder ist nur das Hirn eingefro…«

Er hatte sich neben seinen Freund gestellt und war der Richtung seines Fingers gefolgt.

Plumps.

Klatsch.

Die Pfeife fiel aus seinem plötzlich offenstehenden Mund, gefolgt von der Teetasse.

Stille.

Allmählich kam ein gequältes, fast hysterisches Kichern tief aus seiner Brust, wuchs an, bis er lauthals und grölend lachte. Auch Falstan fiel mit ein und nach einer Weile kicherten beide Männer wie kleine Jungs, während sie sich gegenseitig festhielten, um nicht umzufallen.

Mit weit ausgebreiteten Armen stand der Magister dort am Feuer, neben ihrer kleinen lebensrettenden Felswand, unter dem Vorsprung, der sich fast vier Meter über ihnen befand und ihnen einen großen Teil des Schnees erspart hatte.

Da stand er, verwirrt den Kopf schüttelnd über das seltsame Verhalten seiner Gefährten.

Falstan und Tharik allerdings konnten nicht anders als Furathas Humor zu würdigen, während sie sich in den Armen hielten und auf das Relief schauten, das durch das Beben der letzten Nacht zum Vorschein gekommen war. Über dem Felsvorsprung, der bei Licht betrachtet tatsächlich ein wenig bogenförmig war, prangte das stark verwitterte Gesicht eines Mannes mit darunter gekreuzten Hämmern. Und waren nicht auch diese Säulen etwas zu regelmäßig, um einfach so gewachsen zu sein?

Und da lachten sie und lachten sie und wunderten sich, wie sich doch manchmal alles in der Welt umkehrt.

Der Berg aber schwieg und genoss die Sonne.

Epilog

Bertrap wartete geduldig, bis die letzte Geschichte verklungen war und ließ erneut den Würfelbecher auf den Tisch niederfahren. Und wieder ging ein Stöhnen durch die Reihen seiner Mitspieler, als sie die im Kerzenschein funkelnden Augen der hölzernen Würfel zählten.

»Entweder du betrügst, ohne dass wir es merken, oder Furatha hat noch mehr mit dir vor, als bislang klar ist«, knurrte Lano.

Der Fremde blickte zur offenen Front der Taverne hin und musste lächeln, als er einen ersten Silberstreif hinter den Wipfeln der Bäume sah, die jenseits des verschneiten Vorhofes aufragten.

»Spät ist's geworden«, stellte Bertrap fest und zustimmendes Gemurmel erklang, »ich würde sagen, ich gebe euch allen noch eine Runde aus und dann soll es das für mich auch gewesen sein.«

»Ist ja eh unser Geld, das du dem Wirt gibst«, murmelte Mervon, stimmte aber wie alle anderen zu. Bertrap erhob sich und ließ, begleitet von einem fast entschuldigenden Lächeln, die restlichen Münzen in seinen Beutel fallen. Er ergriff die Kelche und Hörner, die verteilt auf dem Tisch standen, stapelte sie neben einem vertrockneten Stück Wurstpelle auf einem Brettchen und balancierte die sperrige Ladung geschickt dem Tresen entgegen. Die Stille am Tisch hielt nur für den Moment, bis der Fremde hinter der Feuerstelle außer Sicht getreten war.

»Habt ihr so was schon mal erlebt?«, entfuhr es Mervon. »So viel Glück hat einer alleine doch niemals!«

»Ich hab aber drauf geachtet, sag ich dir«, erklärte Lano, »der betrügt nicht. Hätt' ich gesehen!«

»Und wenn sich hier einer mit Betrug auskennt, dann du, das stimmt.«

»He! Was soll das denn heißen?«

Sie verstummten, als eine Gestalt wieder hinter der Glut ins Licht trat, doch war es nicht Bertrap, sondern der Wirt persönlich, die gleichen Gefäße ungleich weniger geschickt an den Tisch tragend.

»Seit wann bringst du denn was hier bis zum Tisch?«, fragte einer der Bauern lachend und die anderen stimmten ein.

»Seit's die hohen Herr'n beliebt, mir'n Silber dafür auf'e Hand zu legen.«

Das Gelächter verstummte verwundert und die Spielgemeinschaft schaute verdattert zu, wie der Wirt die Getränke auf dem Tisch abstellte.

»Der Herr ist schon fort, hat noch was zu erledigen, sagt'er. Oh, und das soll'ch euch geben«, ergänzte er und reichte Mervon, der ihm am nächsten saß, einen kleinen, schwarzen Beutel.

»Samt«, bemerkte er irritiert, öffnete ihn und stutzte erneut.

»Was ist denn drin?«, fragte Lano, und wiederholte die Frage noch einmal, als keine Antwort kam.

Mervon starrte noch immer hinein, riss sich dann aber am Riemen.

»Unser Geld«, erklärte er.

»Alles, was der heute gewonnen hatte?«

»Vielleicht sogar eher mehr.«

Mervon schüttete, noch immer ganz verwundert, den Beutel aus und in der Tat rollte bald ein ganzer Berg von Kupfermünzen, gespickt mit dem einen oder anderen Silberstück, über den klebrigen Tisch hinweg. Doch noch etwas anderes rollte aus dem Beutel hervor und blieb am Rande des Kupferhaufens liegen.

Es war ein Würfel.

Und auf der Seite, die nach oben zum Liegen gekommen war, funkelten gleich sieben Augen im Schein der letzten Kerzen.

Glossar

ACHT	Kurzform für Academia Cantus Harmoniae zu Tharemis
Academia …	Die Elementaristische Akademie zu Condra
Alinesisch	Aus Alinos stammend
Alinos	Nekanische Provinz
Anathas Netz	Die Sterne am Himmelszelt.
Apfelgerber	Aryos Apfelgerber; Autor frivoler, oftmals minderwertiger Literatur eindeutigen Charakters.
Brackwasser	Mit Zitronensaft versetztes Wasser; beliebtes Getränk einfacher Leute.
Cantus Harmoniae	siehe Academia …
Dunkelsee	Große Wasserfläche in der Mitte des Landes und zugleich eines der Zentren des Glaubens innerhalb der Hydracor-Kirche.
Engonien	Ein Kaiserreich, das auf der gleichen Kontinentalmasse liegt wie Condra.
Falken, die	Die Armee Condras. Manchmal auch „Sturmfalken" genannt. Anders als die meisten Armeen eine eher lose geordnete Gruppe, deren einziges Uniformteil ein grünes Kopftuch ist, die jedoch seit der Befreiung Condras für dessen Sicherheit sorgt.
Gardisten, die	Die Wachgarde der Akademie zu Tharemis. Geschulte, disziplinierte Soldaten, deren oberstes Ziel stets das Wohlergehen und der Schutz der Akademie und ihrer Schüler ist. Stehen in eigentümlichem Kontrast zu den Falken.

Grenzbrueck	Ein Königreich, das auf der gleichen Kontinentalmasse liegt wie Condra.
Hydracor	Der Nachtblaue. Von den Condrianern verehrter Gottdrache. Wasser ist sein heiliges Element.
Kupfer	Kupfermünzen sind die kleinste Währungseinheit des Landes. Darüber stehen Silber und (theoretisch) Gold.
Neka	Großes Kaiserreich, das Condra über Jahrzehnte besetzt hielt. Zum Zeitpunkt dieser Erzählung beschränkt sich ihr Gebiet allerdings nur noch auf einige Städte im Osten Condras.
Nekaner	Einwohner Nekas
Nektor	Die einzige Stadt des Landes, die auch seit der Befreiung Condras stets in nekanischer Hand gelegen hat. Sie ist die einzige Hochburg des Pyrdracorglaubens in Condra und ein militärisches Bollwerk, das als Uneinnehmbar gilt.
Port Wolfslauf	Eine der größten Hafenstädte Condras, an der östlichen Küste gelegen. Zum Zeitpunkt dieser Geschichte befindet sich Port Wolfslauf unter nekanischer Besatzung innerhalb des sog. „Protektorates Nektor".
Pyrdracor	Der Ewig Flammende. Von den Nekanern verehrter Gottdrache. Feuer ist sein heiliges Element.
Rat, der	Sieben Auserwählte, die die Geschicke des Freien Condras leiten. Sitz des Rates ist heute Tharemis, doch die Gründung des Rates geht bereits auf die Zeit des Widerstands zurück. Der Rat wird nicht gewählt, sondern bestimmt selbst über seine Mitglieder.
Retekberge	Schier unpassierbares Gebirge, was im Süden Condras aufragt und das Land von den südlicheren Regionen trennt.

Rote Laterne, die	Das berühmteste Bordell Condras.
Schieferbruch	Eine große, condrianische Handelsstadt. Sie ist jüngst erst von der Zwangsherrschaft durch die Handelsfamilie Edlenviel befreit worden. Die Rückeroberung hat schwere Verluste hinterlassen und die Stadt in eine schwer zu bewohnende, magisch verzerrte Zone verwandelt.
Sturm, der	Die entscheidende Phase der Rebellion gegen die nekanischen Besatzer, in deren Zuge das Land befreit wurde.
Sturmfalken	siehe Falken.
Sturmflut, die	Große Offensive gegen die zu der Zeit von einer verrückten Kriegstreiberin besetzte Stadt Schieferbruch; einer der wenigen Fälle, in denen Kirche, Akademie und Ratstruppen zusammengearbeitet haben.
Tileam	Hafenstadt im Norden Condras. Vor allem als Ort der Piraterie und des Verbrechens bekannt. Zu Recht.
Tharemis	Die Hauptstadt Condras, Sitz des Rates.
Vierkant	Ein starker Schnaps aus der Vogtei Quellauen.
Vogtei	Verwaltungsgebiet innerhalb Condras, in dem Recht und Ordnung im Namen des Rates von einem durch ihn bestimmten Vogt aufrechterhalten werden.
Wolf	Kommandant in einer Einheit Falken.

Die sieben Schwestern

Aguatha	Die Hüterin der ewigen Fluten
Anatha	Wissen und Weisheit
Creatha	Schöpfung, Aufbruch und Neuanfang
Furatha	Wankelmut, Glück, Spontanität und Launigkeit
Grunatha	Widerstand, Freiheit und Unabhängigkeit
Maratha	Die Hüterin der Familienbande
Mediatha	Harmonie, Frieden und Heilung

Die sieben Söhne Pyrdracors

Anutep	Der Hüter des Wissens
Destrutep	Der Kriegsmeister, Schwert und Schild
Fiskutep	Familie, Ackerbau, Viehzucht, Handel und Geld
Imotep	Wächter der Grenze, er führt die Seelen in die ewige Flamme
Iustotep	Der göttliche Richter, das Schwert der Wahrheit
Kaldutep	Der Wahrer der Flamme, Oberster unter den Söhnen
Obutep	Hüter der Ordnung, der große Verwalter

Die sechs Elemente

Aura	Luft
Cryo	Eis
Aqua	Wasser
Aeris	Erz
Vita	Humus
Flamma	Feuer

Condrianische Himmelsrichtungen

Oben	Norden
Unten	Süden
Links	Westen
Rechts	Osten

Die Vogteien

Fuchsbach	Silbertor
Nachtwall	Tharemis
Port Wolfslauf	Tileam
Quellauen	Trallum
Schieferbruch	

Nachwort

Dieses Buch gäbe es nicht, wenn nicht eine Menge Leute eine Menge Energie investiert hätten, um es möglich zu machen. Das betrifft natürlich meine Mitautoren Anke, Julia, Lina, Néo, Susanne, Tim und Tobi, aber das betrifft genauso all die anderen, unerkannten Helfer. Lars Raasch, der an der Konzeption des Buches ebenfalls beteiligt war, aus zeitlichen Gründen aber ausscheiden musste. Götz Ehemann, der recht spontan gegen Ende noch eingesprungen ist, um uns eine weitere Korrekturstufe zu spendieren. Oder Rani, die uns sowohl die kleinen Grafiken im Buch als auch das Phantombild der Blauen Gans auf dem Cover gezeichnet hat.

Vieles hat länger gedauert, als wir selber hofften. Aber ich denke, anstatt uns darüber zu ärgern, ist es vielmehr ein Grund zur Freude, dass wir das Projekt zu diesem – wie ich persönlich meine – nun durchweg positiven Abschluss gebracht haben.

Aber warum das alles? Letztlich sind es zwei Anlässe. Condra ist ein Setting, das aus dem Live-Rollenspiel heraus geboren wurde und jene, die es mit uns im LARP nutzen, finden in diesem Buch ein paar Perspektiven, Anregungen und Interpretationen der Welt, wie sie ansonsten nur schwer zu bekommen sein dürften. Es ist ein Weg, einfach mehr über die eigene Spielwelt erfahren zu können.

Und gleichzeitig ist es für alle anderen Leser eine Einladung, unserem etwas eigentümlichen Setting auch einmal einen Besuch abzustatten. Ich persönlich glaube, dass wir mit Condra seit jeher Geschichten erzählen, die sich auch lohnen, erzählt zu werden. Du, geneigter Leser, kannst dir nun ein Urteil bilden. Uns war es ein Fest, diese Geschichten zu erzählen und wir werden gerne wiederkommen, um mehr zu berichten. Wir würden uns freuen, wenn du dann auch wieder hier bist, um uns zu lauschen.

Thomas Michalski,
Aachen, April 2015

Weitere
Geschichten aus Condra
werden folgen.